KB251809

Katis
마검이야기

카티스

7

카티스 7

방지연 판타지 장편 소설

초판 1쇄 찍은 날 § 2001년 6월 10일
초판 1쇄 펴낸 날 § 2001년 6월 20일

지은이 § 방지연
펴낸이 § 서경석
펴낸곳 § 도서출판 청어람
편집 § 문혜영 · 허경란 · 박영주 · 김희정 · 권민정
마케팅 § 정필 · 강양원

등록번호 § 제1081-1-89호
등록일자 § 1999. 5. 31
어람번호 § 제1-0111호

주소 § 경기도 부천시 원미구 심곡1동 350-1 남성B/D 3F ㈜420-011
전화 § 032-656-4452 팩스 § 032-656-4453
e-mail § eoram99@chollian.net

© 방지연, 2001

값 7,500원

※ 잘못된 책은 바꿔드립니다.
※ 저자와 협의하여 인지를 붙이지 않습니다.

ISBN 89-5505-061-5 (SET) / ISBN 89-5505-108-5 04810

카티스

Katis
마검이야기

7

사인(死因)의 바람

방지연 판타지 장편 소설

도서출판 청어람

목차

Chapter 28

마
지
막
마
검

마지막이 되었다는 것은
아직 희망이 남아 있다는 것을 암시하기도 한다.
그러나 모든 것이 사라져 결국에는
홀로 남았다는 것을 의미하기도 하는 것이다.

식상하고도 뻔한 전개, 나는 그런 것이 싫다. 하지만 안타깝게도 내 눈앞에 있는 녀석들은 그것을 바라고 있는 듯한 느낌이 든다.

내 앞에서 은빛의 달빛이 은흑색 머리카락 남자의 얼굴을 정면으로 비추고 있다. 그 악당들이 싸구려 미소를 짓고 있지는 않지만, 그렇다고 내가 처해 있는 이 상황이 진부하지 않은 것은 아니다.

난 쫓기는 데다가 멍청하게도 적에게 압도당해 있었다.

지금의 상황으론 백 중 구십은 녀석들에게 승산이 있을 것이다. 니드호그 하나도 벅찬데 니드호그뿐만 아니라 저 은흑색 머리의 남자까지 있지 않은가. 나에게는 고작 해봐야 도움도 안 되는 마검 녀석들만 있을 뿐이다.

화마가 도사리는 마을은 어두운 하늘을 붉은색으로 뒤덮고 있었다. 나는 입술을 깨물었다.

이질리스가 강한 적의를 보이며 에셀흰의 앞을 가로막아 섰다. 누군가를 지키고자 하는 것은 그 녀석에게 어울리지 않다. 그러나 녀석은 이미 모든 것을 잃어버린 상태였기에 자기 힘으로 에셀흰 만큼은 지켜주고 싶다는 생각이 든 것인지도 모른다. 이질리스는 그 정도로 마음이 약해져 있었던 것이다. 나는 쓴웃음을 지으면서 로키를 바라보고 있다.

"이따위 싸움은 별로 마음에 내키지 않는군, 로키."

"그렇다면 곤란하지. 내가 그동안 너의 사랑을 받기 위해 얼마나 노력했는데."

스르릉.

녀석의 손 안에서 은빛 날의 검이 반짝였다. 그 검은 마검이었다. 아마도 잘은 모르지만 이그드라실의 마검 가운데 하나였을 것이다. 그의 손 안에 있는 검은 은빛의 달빛을 머금고 서늘하게 빛났다.

"이곳에서 당신이 원하시던 모든 것을 손에 넣는 겁니다."

랑유라고 불린 작은 안경을 낀 남자가 싸늘하게 미소 지으며 바람의 정을 자신의 주위에 대기시켰다. 아마도 마법을 사용한 것은 이 녀석이었을까? 아니, 그는 바람의 힘을 빌려주었던 것인지도 모른다.

"다른 사람들은 모두 죽여도 좋아. 원하는 것만 손에 넣으면 그만이다."

타인에게 명령을 내리는 것에 익숙한 그는 자연스럽게 명했다.

나는 아무래도 빠져나갈 수 없는 녀석들의 분위기를 느꼈다. 불에 타고 있는 나무 때문에 주변은 밝고도 시끄럽다. 마을 사람들이 불을 끄는 등 소란을 일으키고 있었다. 하지만 나로서는 그런 건 아무래도 좋았다.

"넌 왜 날 추적한 거지?"

나의 물음에 로키는 빙그레 웃었다.

"너의 힘이 필요해. '빌려줘' 라고 한다면 넌 빌려줄 건가?"

"내가 미쳤냐."

대답을 듣고 그는 당연히 그럴 줄 알았다는 듯이 고개를 끄덕였다. 녀석의 선명한 푸른 눈동자가 빛났다.

"그럴 줄 알았어. 그렇기 때문에 이렇게 너를 쫓고 있는 거지."

"허참, 재수없는 녀석이로군."

나는 녀석에게 칭찬을 해주었는데,

"칭찬으로 알아듣지."

녀석도 그것을 고맙게 받아들였다. 제기랄!

그 녀석은 랑유에게 능글맞은 눈짓을 하며 입을 열었다. 묵직한 목소리로, 지금까지의 가벼운 목소리와는 또 달랐다.

"우선 손에 넣고자 하는 것을 얻어라. 다른 녀석들은 미루어도 좋아. 이제 준비는 끝났으니까."

"무엇을 준비한다는 거냐?!"

이 녀석도 오래 살았으면 그것이 얼마나 무의미한 건지 잘 알고 있을 테니, 설마 세계 정복과 같은 고리타분한 것을 원하는 것은 아닐 테지. 지금의 상황을 보니 남보다 위에 서기 위해 발버둥 치는 건 아닌 것 같고, 그냥 괴롭히면서 쾌감을 얻는 그런 이상한 성격도 아닌 것 같은데 무얼 준비한다고 말하고 있는 걸까.

"알 것 없잖아?"

로키는 빙그레 웃었다.

"빨리 피하는 것이 낫지 않을까요? 이렇게 불빛이……!"

아스가르드가 뻔뻔하게 나를 재촉하기 시작했다. 하지만 로키나 랑유 녀석들이 내버려 둘 리 없다.

"괜찮아. 저런 숲쯤은 한둘 타버린다고 해도 별다른 지장이 없으니까."

로키는 코웃음을 치면서 대답해 주었다. 아스가르드는 한심하다는 듯이 눈을 비비면서 혼잣말을 중얼거렸다.

"저건 아시르 인의 마법인 것 같은데……."

마치 마법사 이미르가 뿌려놓은 마법과 같은 느낌이 강하다.

"난 치료해 주는 것밖엔 쓸 만한 힘이 없으니까 그냥 피해 있을게요, 사카디은 씨."

자기 무덤을 파는 아시르 인 울보 검은 숨어 있도록 내버려 둔 채 난 머리를 감싸 쥐었다. 도망갈 궁리를 모색할 생각이었지만 그런 출구는 어디에도 보이지 않는다.

엎친 데 덮친 격으로 금방이라도 잡아 가둘 수 있도록 랑유 역시 주술을 펼쳐서 우리를 가로막고 있었다.

"리스 형, 어쩐지 두려운걸요, 저 사람들."

에셀휜이 이질리스의 팔을 꼭 잡으면서 입술을 깨물었다. 꼬마는 불안으로 떨고 있었다.

"어떻게 하지?"

수다 검의 물음에,

"글쎄, 이 상황을 빠져나가는 것은 쉽지 않을 것 같은데……."

나는 적당히 얼버무리며 쓴웃음을 지었다. 상당히 어울리지 않는 난처한 미소였다. 난 항상 자신있는 표정으로 피를 보며 입술을 혀로 쓸어 내리는 것을 좋아한다. 하지만 지금의 상황은 내가 그러한 멋진 모습을 보이길 원하지 않고 있다. 은흑발인 로키의 입꼬리가 올라갈 때마다 난 내가 궁지에 몰렸다는 것을 확인할 수 있었다.

그것을 알아차린 로키는 가는 눈을 더 가늘게 뜨면서 악수를 청하듯 내게 오른손을 내밀었다.

"어때? 싸우지 않고 날 따라오겠다면 너에게 특별히 피해를 입히지 않는다고 보장하지."

"그런 약속은 믿는 쪽이 바보잖아?"

난 약속 따위는 믿지 않는다. 약속이라는 것은 원래 깨어지기 위해서 존재하는 것이다. 하물며 저런 놈과 약속하는 것은 내가 바보라는 소리밖에 더 되겠는가!

"그렇지. 내가 유리한 상황에서 그런 조건을 단다는 것은 우스운 일이겠지?"

파하! 로키도 자신이 한 제안에 자조적인 웃음을 터뜨렸다. 주술을 펼치던 랑유가 약간이지만 눈썹을 찡그린 것을 나는 포착해 냈다.

"야아~ 아!"

큰 소리를 지르며 누군가가 땅을 세게 밟으며 달려오고 있다.

"뜻밖의 손님이로군요."

그건 내가 하고 싶은 말이었다. 녀석은 길게 기합을 주며 드러난 튼튼한 다리로 대지를 밟으며 이곳으로 다가오고 있었다. 한 손에는 부메랑 마수 검을 든 채 마치 사자를 쫓는 사냥꾼처럼 비장한 표정을 짓고 있었다.

헝그리의 그런 모습을 본 로키는 황당하다 못해 웃음조차 터뜨리지 못하는 상황이 되었다. 잠시 후에 로키는 경직된 얼굴을 풀면서 입가에 미소를 띠었다. 저 로키를 웃기다니, 헝그리도 대단한 녀석이다.

"마수 검 지크프리드, 이미 죽은 것으로 알고 있었는데 불쌍하게도 안식조차 얻지 못했군."

그 녀석의 혼잣말과 함께 헝그리 하이브의 외침 목소리가 다급하게 불을 피하기 위해 달아나는 사람들 사이에서 우렁차게 울려퍼지고 있었다.

"난 정의의 용사 헝그리 하이브! 당신을 구해주러 온 기사입니다, 카티나 양!"

헝그리 녀석은 침대 시트를 망토 삼아 온갖 폼을 다 잡으면서 나타났다. 나 역시 황당한 모습으로 잠깐 경직했었는데 수다 검은 그 순간을 놓치지 않았다. 미드가르드는 이질리스에게 눈짓을 하면서 나와 에셀휜의 몸을 덥석 끌어안았다.

"난 정의의 용사다. 악의 무리를 응징하기 위해 나타났다."

헝그리는 예의 이해할 수 없는 말을 지껄이면서 방금 일어난 부스스한 얼굴로 침대 시트를 바람에 나부끼며 영웅 흉내를 내고 있었다.

"난 로얄 히어로! 널 상대해 주겠다!"

그것을 본 로키는 코웃음조차 치지 않았다. 아니, 치지 못하고 있었다.

"정의의 용사라… 좋은 말이다."

로키의 말에 헝그리 하이브는 짐짓 놀란 시늉을 하며 오버 액션을 했다.

"악인 주제에 내 이름을 입에 담다니… 추접하게쓰리!"

"당돌한 녀석이로군. 아니, 단순한 정신 이상자인지도 모르지."

헝그리 하이브는 로키의 말에 전혀 다른 대답을 하면서 자신의 멋을 뽐내자 로키도 그 녀석의 말에 황당하다는 듯 대답했다. 그때 나와 에셀휜을 안은 채 미드가르드가 날갯짓을 했다. 이질리스는 상황을 파악하고 곧바로 검 안으로 들어갔다. 아스가르드 녀석의 일까지는 미드가르드도 그다지 걱정하고 있지 않는 듯했다.

"하지만 너 따위에게 가르쳐 줄 이름은 없다."

멋있어 보이기 위해 상당히 노력하지만 너, 이미 나타날 때부터 말한 거 알고 있냐, 멍청아!

"누가 내가 악인이라고 말했지? 난 아시르 인 나부랭이이라서 약간은 예지를 할 줄 알지. 확실히 넌 내가 실패하면 전설의 용사란 칭호를 얻을 수 있을지도 몰라. 그건 어떤 종족도 예외는 아니듯이 인간이란 허영 덩어리니까."

로키의 말이 조금 어려워지자 전혀 알아듣지 못하면서 헝그리 하이브는 마치 공을 던지듯 한쪽 다리를 번쩍 들어 땅을 박차며 시동을 걸었다. 그리고 그 부메랑 마검을 딴엔 멋지게 휘둘렀다. 랑유도, 니드호그도 그 순간은 꼼짝하지 않았다. 헝그리의 행동은 마치 언제 터질지 알 수 없는 시한폭탄처럼 알기 힘들기 때문이었다.

"무슨 말을 하고 있는지 전혀 모르겠지만, 이거나 먹어라!"

부메랑 마수 검이 녀석의 손에서 떠났다. 그의 손을 떠난 부메랑 마검이 바람을 가르면서 로키를 노렸지만 눈이 달려 있는 한 로키는 그것을 간단히 피했다.

"이때야!"

그 순간을 노려서 수다 검이 힘차게 날갯짓을 했다. 그 녀석이 날개를 힘차게 움직이자 땅에 있던 먼지들이 휘날려 뿌옇게 앞을 가렸고, 그 틈을 타서 미드가르드는 어둑해진 하늘을 향해 날아올랐다.

"어딜 가려는 거지?"

니드호그가 수다 검 녀석을 빠르게 쫓아왔다. 미드가르드가 큰 날개를 가지고 있어서 강한 바람을 일으키기는 하지만 니드호그의 기동성은 그보다 더 뛰어났다. 그런 이유로 미드가르드가 그의 시야에서 벗어나기는 힘든 일이었다.

니드호그가 손톱을 세웠다. 난 수다 검 녀석의 품에 안긴 채 검이라도 휘두르기 위해 노력했지만 의외로 수다 검 녀석이 그것을 제지했다.

"카티, 넌 신경 쓰지 마. 지금은 나는 일에만 열중할 생각이니까."

니드호그의 잔인한 표정이 점점 더 가까이 다가왔다. 녀석은 날이 선 손톱으로 사정없이 갈가리 찢기 위해 수다 검 녀석의 날개를 노렸다. 그 녀석이 할퀸 자리에서 새빨간 피가 흘러나왔지만 수다 검 녀석은 작은 신음 소리를 냈을 뿐이었다.

"크흑……"

"괜찮아요?"

에셀휜이 걱정스러운 모습으로 물었지만 수다 검 녀석은 그럴수록 더 강하게 나와 에셀휜을 끌어안은 채로 날개짓했다. 그 상황에서 벗어나기 위해 녀석은 안간힘을 다 쓰고 있었다. 미드가르드의 날개가 공기에 부딪쳐 상당한 부압을 발하자 니드호그가 그 공기의 압력에 잠깐 퉁겨 나가 멀리 떨어졌다.

"젠장! 이렇게 있으면 마검도 사용할 수가 없잖아!"

하지만 수다 검 녀석은 나를 놓아주지 않았다. 니드호그 녀석이 땅으로 떨어질 뻔하다가 균형을 잡고 다시 날아올랐다.

"젠장할!"

니드호그는 비록 욕지기를 했지만 눈은 즐거운 사냥감을 쫓는 용과 같았다.

"그냥 내버려 둬도 좋아, 니드호그."

그것을 저지한 것은 땅에 발 붙이고 있던 로키의 목소리였다. 이미 그는 헝그리 하이브를 제압한 상태로 니드호그를 바라보고 있었다.

아스가르드는 멀리 날아가 버린 미드가르드에게 화를 내고 있는 것 같았다. 아스가르드의 입 모양으로 추정해 보건대 '치사하게 이 몸을 두고 가다니. 넌 후회할 거야, 이 잡검아!' 라고 소리치고 있는 것 같았다.

"……."

니드호그는 로키의 말을 듣고서야 비로소 내밀었던 손톱을 거두었다.

"좀 더 발버둥 치게 놔두는 것도 좋지. 그래야 더 고통을 맛볼 테니까. 안 그런가, 니드?"

"……."

니드호그는 대답은 하지 않았지만 입꼬리를 올려 씩 미소를 지었다. 역시 느낌이 이상한 녀석들이었다.

랑유는 바닥에 쓰러진 헝그리 하이브를 발로 차면서 차갑게 질문을 하는 듯싶었고, 정작 헝그리를 제압시킨 로키는 별 관심이 없다는 듯 미드가르드가 날아오른 그 하늘만을 바라보며 미소 짓고 가만히 서 있었다.

"이 녀석은 어떻게 하는 것이 좋을까요?"

"그냥 놔둬."

얼마 후에 검은 하늘에서 비가 내렸다. 바로 조금 전까지만 해도 날씨가 맑았는데 비가 내린다는 것은 불을 끄기 위해서가 아니었을까 하는 생각이 들었다. 혹시 그것은…….

"이질리스……."

이질리스의 힘이었을까. 이질리스에겐 물을 다루는 능력이 있었다. 녀석이 폭우가 쏟아지게 하고 있는 것이라 짐작되었다. 아마 자신도 모르게 심리적인 상태에서 그 능력이 발동되어 비가 내리고 있는 건지도 모른다. 과연 이질리스는 약해진 것인지도 모른다. 아니, 수다 검 녀석의 말에 따르면 오히려 강해졌을 수도 있다.

수다 검 녀석은 특유의 수다도 내뱉지 않으면서 묵묵히 날았다. 그러나 속도는 점점 줄어들었고, 그에 따라 녀석의 몸도 점차로 하강해서 결국 쓰러지듯 우리를 수풀이 무성한 언덕과 같은 곳에 내려주었다. 먼지를 먹었던 풀들은 폭우에 씻겨 나가 깨끗해졌고, 우리의 옷과 머리카락도 폭우에 의해 질퍽하게 젖고 말았다.

"이런 곳이 별로 좋진 않겠지만 난 더 이상 날 수 없는 상태야."

수다 검 녀석이 쓴웃음을 지으면서 근처에 있는 자그마한 동굴로 비를 피하기 위해 우리를 안내했다. 미드가르드의 날개에서 검붉은 피가 어지럽게 흩어졌고 그 양도 상당한 것 같았다. 상처 입은 주변의 깃털은 마치 병든 수탉의 깃털처럼 빠져나갔다.

그곳에서 비가 그치길 기다리면서 수다 검 녀석은 젖은 나무라도 모아 불을 피우기 위해 안간힘을 다했다. 미드가르드의 안색은 종이보다도 더 창백했지만 특별한 지혈이나 그런 것은 하지 않았다. 그렇다고 내가 녀석을 도와줄 재간도 없었다. 니드호그의 손에 있는 독은 마검에게도 꽤 치명상을 입힐 수 있는 것 같다.

수다 검 녀석은 불을 피운 후 물이 스며들지도 모르는 동굴의 입구 가장자리에 앉아서 불규칙한 숨을 내쉬면서 휴식을 취하고 있었다. 미드가르드의 약한 모습을 바라보는 에셀휀의 얼굴에는 근심이 가득했다.

"죄송해요."

"네 탓이 아냐."

수다 검이 거칠어진 숨을 내쉬면서 대답했을 때 이질리스가 검 안에서 다시 몸을 드러냈다. 에셀휀은 젖어버린 작은 몸을 부르르 떨고 있었다.

"하지만……."

"그럴 필요 없어. 너 때문만은 아니니까."

이질리스가 말을 이었다.

"비가 오는군."

내가 뿌루퉁하게 말했다. 나는 젖는 것은 질색이었기 때문에 별로 거세지 않은 불길이지만 일부러 모닥불 가까이에 앉았다.

"알타크나의 이 지역은 비가 내리지 않는 곳인데……."

내 예상대로 이질리스의 동요로 인해 내리는 비가 틀림없다. 그런 것을 잘 알고 있는 수다 검도 창백한 얼굴로 그것을 바라보며 이렇게 말하고 있었다.

"불길해."

부슬부슬 비가 떨어지면서 수다 검 녀석의 날개로부터 검붉은 피가 뚝뚝 떨어졌다. 얼기설기 엉킨 녀석의 날갯깃이 반지르르했던 평소 때와는 달리 빛을 잃은 채였다. 날개에서 떨어지는 물엔 핏물이 섞여 있었지만 그 녀석은 그런 것에 전혀 개의치 않고 내리는 비를 바라보고 있을 뿐이었다.

어쩐지 어색한 공기가 계속되고 있다. 불안한 분위기가 계속되고 있었던 것이다. 수다 검 녀석은 말을 하지 않고 계속 내리는 비만을 바라보고 있다.

"어쩌면 빠져나가는 것이 불가능할지도 몰라."

그 녀석이 이렇게 입을 연 것은 얼마 지나지 않아서였다. 여전히 시선은 빗물을 응시한 채 아련히 그곳을 바라보고 있을 뿐이었다.

"그게 무슨 상관이야?"

"글쎄, 그들은 치밀해. 로키는 지금은 아시르 인이지만 원래 라그나였어."

수다 검 녀석은 힘이 없고 감정이 결여된 목소리로 중얼거렸다.

"그런데 어떻게 아시르 인이 된 거지?"

내가 귀찮다는 듯 묻자 그 녀석은 자신도 그것에 대해서는 아는 바가 없다는 듯이 고개를 저었다. 어쩐지 분위기를 잡고 있는 녀석을 퍼억 하고 한 대 쳐주고 싶은 기분이 들었지만 얼굴이 너무 창백해서 그만뒀다. 지금 미드가르드는 피가 빠져나가서 그런지 얼굴이 매우 창백해져 있었다. 만일 마검의 안으로 들어간다면 상처 회복이 빠를 테지만 녀석은 그렇게 하지 않았다. 밤이 되어 힘이 강해지면 검 안에 들어가는 것을 녀석은 그다지 좋아하지 않았다. 그 때문에 아마 고집을 부리고 있는 것이겠지만 자기의 몸은 자기가 챙겨야 하는 법. 나는 녀석의 행동에 참견하지 않았다.

"그건 알 수 없어. 내가 그를 처음 만났을 때부터 그는 아시르 인이었으니까."

수다 검 녀석이 숨을 고르게 쉬면서 조용한 목소리로 말했다.

"그는 매우 치밀한 남자야. 너의 힘을 원하는 것도 무언가 자신을 위해 사용하고 싶어서 그런 것이겠지."

"그리고 그게 마검과도 어느 정도 연관성이 있다고 말하고 싶은 거야?"

"그래."

어째서 마검과 그가 아시르 인이 된 것이 연관되어 있는지는 알 수 없다. 그건 그 이름없는 여행자 녀석도 그렇게 말하지 않았던가. 하지만 그것은 나로서는 관심도 없는 일이다. 내가 이전처럼 힘만 있다면 귀찮은 녀석들은 다 쓸어버리고 내 좋을 대로 할렘을 구축했을 것이라는 생각이 들 뿐이다.

그렇게 수다 검 녀석과 심각한 이야기를 하고 있었을 때 에셀휜이 모닥불 앞으로 와서 앉더니 나에게 물었다.

"배 안 고프세요? 뭔가 먹을 거라도 만들면 좋을 텐데……."

"그냥 뛰쳐나온 사람들이 무슨 식사야?"

피면 몰라도. 나는 입맛을 쩍 다셨다. 어쩐지 피가 마시고 싶지만 마땅한 녀석이 없다. 이전에는 그 동굴에서 물을 마신 이후 피가 고프지 않았었는데 지금은 조금 다르다. 서서히 그 갈증이라는 것이 나기 시작한 것인가.

"뭔가 먹을 것을 만들 수 있다면 좋을 텐데 어쩔 수 없군요."

에셀휜은 불꽃을 바라보면서 말했다. 이질리스 녀석도 에셀휜과 똑같이 불꽃을 바라보며 멍하니 앉아 있었다.

"나도 그렇고, 이 녀석들도 그렇고, 우린 먹지 않아도 괜찮아."

그때 에셀휜의 표정이 밝아졌다.

"그렇다면 다행이네요. 저도 배가 고프진 않거든요."

다행이라니, 그건 내가 하고 싶은 말이다. 나는 가넬 족이고 다른 녀석들은 마검이기 때문에 먹어도 그만, 안 먹어도 그만이다. 하지만 넌 그냥 하찮은 인간일 뿐이라서 먹지 않으면 죽잖아. 그러나 그런 내 마음을 아는지 모르는지 에셀휜은 분위기를 전환하기 위해 동굴 밖에 내리고 있는 빗줄기를 보면서 감탄의 목소리로 말했다.

"그래도 참 좋은 곳이에요. 아늑하고. 이상하네요, 지금은 이렇게 비가 오는 계절도 아닌데. 마치 마법을 부린 것 같아요."

그것과 비슷할 수도 있지. 마검들이 쓰는 능력은 아시르 인들의 마법과도 같은 것이니까.

"굉장히 시원해요."

에셀휜이 화사하게 웃었다. 난 계집애들이 아니면 화사하거나 예쁘다는 표현을 쓰지 않지만 엷은 머리카락에 검은 눈이 묘한 분위기를 내는 에셀휜을 보니 계집애가 될 것이라는 확신이 들어서 그런 표현을 아끼지 않기로 했다. 난 재미있는 생각이 들어서 이질리스를 보고 이죽이며 녀석의 어깨를 퍼억 한 대 갈겼다.

"너, 에셀휜의 웃는 얼굴에 반한 거지?"

내 말에 이질리스는 퉁명스럽게 반대 편으로 고개를 돌렸다.

이런 땐 웃는 것이 아니지만 공갈 검 녀석 괴롭히기 재미있군.

"여하간 이 녀석이 요샌 유디엔님, 유디엔님이라고 부르지 않아서 좋군."

나는 입을 삐죽 내밀고 혼잣말했다. 내 말에 에셀휜은 호기심을 보였다.

"유디엔님이라뇨?"

"이 녀석의 주인이라고, 그런 사람이 있었지. 별것 아니지만."

에셀휜의 물음에 나는 건성으로 대답했다.

"그 사람은……."

"오래전에 죽었지."

내가 내뱉듯 던지자 에셀휜은 고개를 숙였다. 그리고 모닥불을 곁눈질로 흘끗흘끗 보면서 중얼거렸다.

"그, 그렇다면 그것 때문에 가슴 아픈 것이었군요."

"가슴 아프다니?"

"리스 형은 그것 때문에 가슴 아파한 거였어요."

녀석이 아직도 과거에 얽매이고 있다는 말인가. 역시 이 여자 앤 보통이 아니로군.

"과거에 얽매이는 것은 어리석은 일이야."

"하지만 추억은 아름다운 것이니까요."

내 말에 에셀휜이 방긋 웃었다. 이애, 생각보다 뻔뻔하군.

에셀휜처럼 추억이란 아름답다라고 생각하진 않지만 그렇기 때문에 이질리스가 이애에게 끌리고 있는지도 모르겠다는 생각이 들었다.

이질리스와 에셀휜의 성격은 정반대라고 해도 과언이 아니다. 그러나 정반대의 속성일수록 서로 끌리기 쉽다는 말이 있지 않은가. 그래서 녀석들은 자석처럼 서로에게 이끌리고 있는 건지도 모른다.

"리스 형이 항상 즐거운 것만 생각했으면 좋겠어요."

난 이런 때일수록 침착하게 공갈 검 녀석을 놀려먹어야겠다는 생각이 들었다. 난 공갈 검 녀석의 허리를 툭 쳤다. 녀석의 쇠사슬에서 철렁 소리가 났다.

"이질리스, 너 이 계집애랑 결혼할 거냐?"

"무슨 말을 하는 거야, 당신!"

공갈 검 녀석이 어쩐 일로 발끈하면서 얼굴이 붉게 물들였다.

의외의 반응에 오히려 내가 다 놀랐다.

"저, 전 여자가 아니에요."

시끄러워. 그래도 계집애가 될 거잖아. 내 눈엔 그렇게 보인다고. 그리고 공갈 검 녀석이 당황한 것은 처음 보는군.

"함부로 그런 말 하지 마!"

쳇! 여자 하나 챈 걸 가지고 되게 재네. 난 여자들에게 인기가 많단 말야. 남자한테 인기 많은 너와는 질이 다르지. 리아드나 강그라드 같은 이상한 녀석들만 꼬이지만 난 여자가 훨씬 많아. 지금은 비록 이런 꼴이지만. 흥!

이질리스의 말을 듣고 에셀휜이 까르르 웃음을 터뜨렸다.

"그래도 리스 형은 이런 사람들이랑 있어서 행복할 것 같아요."

"말이 되는 소릴 해라. 쫓기지, 수다 검 녀석 성격 더럽지, 저 녀석은 결코 행복할 상황이 못 돼."

"당신, 남자일 때가 가장 이상해."

이질리스는 내가 계집애의 몸일 때와는 달리 남자의 몸일 때를 더 싫어하는 것 같았다. 아니, 싫어한다기보단 두려워하고 있는 것이겠지.

"그래도 다른 사람들과 함께 있을 때의 리스 형이 가장 행복해 보여요."

그건 네가 있어서 그런 것일지도 몰라.

나는 마음속으로 그렇게 생각했다. 어린아이라 멍청한 것인지 순진한 것인지 알 수 없지만, 저 아이가 이질리스를 진심으로 좋아하고 있다는 것은 알 수 있었다. 그런 면에서 녀석은 행운아다. 비록 지금까지 꼬인 것은 모두 남자 놈들이었으니 에셀휜을 만난 것은 녀석에겐 가장 좋은 일이 아닌가? 하지만 로키인지 하는 그 은흑발이 에셀휜을 노리고 있다는 것이 굉장히 마음에 걸리는데.

희미한 미소를 얼굴에 띤 채 수다 검 녀석은 에셀휜과 이질리스를 바라보았다. 어쩐지 미드가르드에겐 어울리지 않는 궁상맞은 투명하고 슬픈 미소였다. 녀석은 비가 그쳐 가는 하늘을 바라보면서 고개를 들었다.

"날이 개고 있어."

"드디어 공갈 검 녀석의 힘이 풀린 모양이군. 이제 불은 꺼졌을지도."

내가 내뱉은 말에 수다 검 녀석도 고개를 끄덕거리며 동의했다. 이제 피는 모두 말라붙어서 더 이상 흐르지 않았지만 피곤한 기색이 역력했다.

"일단 눈이라도 붙이는 게 어때? 에셀휜은 잠들어 버렸네."

수다 검 녀석은 나에게 말했다.

"이질리스도 함께 잠들었어."

나도 그의 말에 동감했다. 그리고 눈을 감았다.

얼마간 시간이 흐르고 고요한 적막이 계속되었다.

눈 틈으로 가늘게 빛이 새어 들어오고 있었다.

드디어 다시 아침이 밝아오는군.

나는 장성한 남자의 몸을 되찾고 하늘은 태양을 되찾았다. 헐렁했던 옷을 다시 제대로 입을 수 있다. 수다 검 녀석은 검 안에 들어가 버렸는지 보이지 않았다. 난 빛이 비치는 동굴을 보고 기지개를 켜며 일어섰다. 내가 일어섰을 때야 겨우 이질리스도 아침이 왔다는 것을 깨달았는지 그 자리에서 벌떡 일어섰다. 그 바람에 쇠사슬 소리가 철그렁 하고 들려왔다.

“이질리스?”

어쩐 일로 녀석의 당황한 모습이 눈 안에 들어왔다.

“에셀휘이… 없어졌어.”

이질리스의 얼굴이 새하얗게 질려 있었다.

이질리스의 놀란 모습을 보는 것은 오랜만의 일이다. 언제 그렇게 놀란 표정을 지었었는지는 기억조차 나지 않지만, 내가 기억하는 한 그런 놀란 표정을 지은 것은 거의 처음이 아닌가 싶다. 항상 무표정한 그 녀석에게 있어서는 매우 신선한 모습이라는 생각이 들었다.

“어떻게 하지?”

이질리스가 생각에 잠긴 채 고개를 갸웃거렸다. 좀만 더 있으면 저놈은 금방이라도 밖으로 뛰쳐나갈 기세다.

“무슨 상관이야. 화장실이라도 간 모양이지.”

이질리스는 날 벌레 보는 눈으로 바라보았다. 저 지겨운 놈.

“수다 검, 넌 에셀휘을 보지 못했어?”

내가 형식적으로 물었고 수다 검 녀석도 형식적으로 대답했다.

『아니, 전혀 느끼지 못했어』

“이런, 뭔가 이상한 느낌이 드는데.”

수다 검의 시큰둥한 대답에 나는 턱을 쓰다듬었다.

이질리스 녀석은 어쩐지 불안해하고 있었다. 어쩌면 이질리스를 처음 만났을 때부터 지금까지 본 모습 중에 가장 불안해하는 모습을 보이고 있는 건지도 모른다. 이질리스 자신이 리아드의 수중에 있었을 때에도 저처럼 불안하게 보이진 않았었다.

“에셀휘은……”

이질리스가 무슨 말을 하려고 모처럼 입을 열었지만 내가 가로막았다.

"아쉽지만 도망가 버렸다면 어쩔 수 없지. 안타깝군. 피 맛도 보지 못했는데."

게다가 예쁜 계집애였는데.

"그애가 그럴 리가 없잖아?!"

"그앨 믿고 있는 거냐? 웃기는군. 난 만난 지 얼마 되지 않은 꼬마 따위는 믿지 않아."

내가 윽박지르자 이질리스가 녀석답지 않은 행동을 하며 내 옷깃을 잡았다. 금방이라도 때릴 기세였다.

"당신!"

『그만둬! 그애는……』

수다 검 녀석이 급히 말리려고 했을 때 눈부신 햇살과 함께 날갯짓 소리가 들려왔다. 균일한 소리가 조금씩 근처에서 들려왔고 곧 가까이 다가왔다. 나와 마검 녀석들을 발견하고 창공을 빙글빙글 돌고 있는 니드호그 녀석이 눈에 띄었다. 녀석은 한 쌍의 녹색 날개를 펼치고 거만한 얼굴로 빙그레 웃으며 나를 노리고 있었다.

"여기 있었군."

"니드, 니드호그……."

이질리스도 그를 알아보고는 중얼거렸다. 나도, 수다 검도, 공갈 검도 에셀휜의 일로 말다툼을 하느라 그것을 제대로 느끼지 못한 것을 후회하고 있는 상태였다.

"실망이야. 날 더 즐겁게 해주리라 생각했는데 이렇게 찾기 쉬운 장소에 있었다니. 역시 우스울 정도로 재미없는 녀석들이라니깐."

수다 검과 공갈 검을 금방 챙겨 나오기는 했지만 저 녀석과 싸우는 것은 피하고 싶었다. 니드호그의 자신있는 얼굴을 보면 내 자신이 위축되어 버리는 것 같다. 젠장, 난 그래서 저런 라그나는 싫다.

"어쨌든 지렁이도 꿈틀할 생각이라면 기회를 주지."

"너 따위에겐 지지 않아."

나는 혀를 날름거렸다. 그와 동시에 니드호그가 마치 육식 동물이 공격 시작을 알리듯 쭈뼛이 손톱을 세웠다.

『위험해』

"시끄러워! 저 녀석 따위에겐 지지 않아!"

전율로 인해서 피가 끓는다. 일방적으로 죽이거나 이길 수 있는 전투가 아니라는 것만은 확실히 알고 있다. 하지만 저 니드호그가 나를 장난스러운 눈으로 바라보는 것만은 아무래도 참을 수 없었다.

"아무래도 그냥 끌려가고 싶지는 않은 모양이군."

니드호그가 금빛의 눈동자 안에 내 모습을 담아내고 있었다. 그 녀석의 눈에 비친 내 모습은 머리도 헝클어져 있고 옷도 엉망이었지만 굶주린 눈으로 독룡 녀석을 한껏 쏘아보고 있었다.

"뭐, 좋아. 나도 그 편이 훨씬 재미있다고 생각하고 있으니까."

독룡이 고개를 들고 미친 듯이 웃었다.

"내가 하고 싶은 말이야."

나도 녀석에게 응전해 주었다. 그때 공갈 검 녀석이 바람처럼 니드호그의 옆으로 빠져나가 숲으로 달려가 버렸다.

"이질리스!"

『저런, 이질리스도 카티를 버려두고 가버렸네』

저 녀석, 무서워서 도망가는 것은 아닐 테고―본신은 이곳에 있으니까—결국엔 에셀휜, 그 꼬마를 찾으러 간 모양이군. 저 한심한 녀석.

"사검(死劍)은 볼일이 있는 모양이로군."

니드호그는 아쉬운 얼굴이었지만 녀석을 붙잡지는 않았다. 나만 잡으면 그만이라는 식이다. 나도 나의 가치가 이렇게 높은 줄은 몰랐다. 기뻐하면 멍청한 녀석일지도 모르지만 공갈 검보다 가치가 있다는 것이 조금은 기쁘군.

"넌 로키님의 것이니까 나와 함께 가자."

니드호그가 나의 움직임을 파악하고 있었다. 나는 모닥불을 발로 비벼 끄고 빛이 비치는 동굴 밖으로 천천히 걸어나왔다. 카티나로 변했을 때 귀찮더라도 장화를 신고 나오길 잘했군.

"난 나의 것이야. 그런 말을 한다면 더 이상 말을 못하게 해주지."

나는 혀로 입술을 쓸어 내렸다. 아무래도 전투는 피할 수 없을 것 같았다.

"허세 부리긴!"

"허세인지 아닌지 보여주지!"

녀석은 빨랐다. 나는 수다 검과 공갈 검을 엇갈려 어깨에 멘 채 스릉 검광을 빛내면서 수다 검을 뽑아 들었다. 니드호그는 손톱을 세우고 잔인한 미소를 지으며 나를 응시했다. 녀석은 날갯짓을 해대면서 나에게 즉시 손톱을 뻗었다. 나는 등을 뒤로 빼면서 그것을 피하곤 반동으로 다리를 뒤로 빼며 스프링처럼 튀어나가 니드호그 녀석의 목을 노렸다. 하지만 니드호그 역시 얍삽한 두 날개로 바람을 일으키면서 쉽게 나의 손을 빠져나갔다.

"아하하, 이제 조금 재미있군. 그래도 계집애일 때보다는 좀 용을 쓰는걸?”

“너 따위에게 그런 말 듣고 싶지 않아.”

최근에 나는 굶주려 있었다. 피에 굶주려 있다고 생각했지만 그
건 아니다. 이상하게도 로키인지 하는 그 은흑발 머리 놈이 마시
게 했던 물을 마신 후 별로 갈증을 느끼고 있지 않았다. 그러나 어
디선가 살육의 욕구가 나를 짓밟고 있는 것은 사실이었다. 가넬
족인 나는 죽이지 않으면 살아갈 수 없다. 그러나 요 근래 쫓기기
만 해서 죽일 수도 없었고, 비릿한 피 냄새도 맡지 못했다.

솔직히 몸이 달아오르고 싸우고자 하는 욕망이 솟아오르는 것
은 사실이었다. 놈을 이기고 싶다. 쓰러뜨리고 싶다. 그래서 살아남
고 싶다.

난 누구보다도 탐욕스럽게 삶에 집착하고, 또 그것에 의미를 부
여하기 위해 공을 들여왔다.

“고통을 바란다면 그것을 부여해 주겠다.”

“그런 친절은 사양하겠어. 난 고통스럽지 않고도 살아 있다는
것을 느낄 수 있어. 그러니 너부터 깨끗하게 죽여주겠다, 니드호
그.”

“배짱 좋군!”

“내가 하고 싶은 말이야!”

허세인지 아닌지는 싸워보면 알 수 있는 법이다. 니드호그도 의
욕에 차 있었다. 이 녀석에게 심장을 꿰뚫리고 싶진 않다.

“정에 얽매여서 약해진 것은 네가 아니던가, 라그나 가넬 카티
스?”

나는 입술을 피가 나올 정도로 깨물었다.

“난 네 생명력이 끈질긴 것이 너무나 마음에 들어.”

"네가 말한 것은 칭찬으로도 들리지 않는군!"

"그렇게 말해 주니 고마운걸."

난 니드호그의 팔을 겨누었다. 저 자유자재인 날개와 팔만 어떻게 한다면 녀석의 허를 찌를 수 있을 것 같은 느낌이 들었기 때문이다. 하지만 녀석은 빈틈이 없었다. 나는 최대한 방어만을 감행하면서 그 녀석의 등 뒤로 점프하여 녀석의 날개를 노렸다. 검날이 공기를 가르며 쉭 소리를 냈고 녀석의 어깨는 운이 좋게도 수다 검의 검날에 먹혀 들어갔다.

『니드호그의 피는 그다지 맛있지 않군』

"중얼거리지 마, 수다 검."

콰악!

수다 검 녀석의 입을 막는 동안 빈틈을 보였기 때문에 녀석에게 나는 목을 내주는 지경이 되었다. 니드호그 녀석이 야리야리하게 생기긴 했지만 팔 힘은 남달리 강한 편이다. 내 목을 파고드는 녹색 손톱의 독 때문에 현기증이 날 정도로 아찔해졌지만 이대로 니드호그에게 굽힐 수 없다는 생각이 들어서 나는 어깨에 메고 있던 공갈 검을 왼손으로 들어 녀석의 심장을 노렸다. 딱딱한 것이 찔러 들어가는 감촉이 칼날을 통해 전해졌다. 니드호그의 손에 힘이 조금 약해졌다.

"너도 제법 하는군."

녹색을 띠고 있는 붉은색의 피가 푸른 날의 이질리스를 타고 떨어졌다. 그러나 녀석의 입가엔 미소가 띠어져 있었다. 나는 아차 하는 생각에 뒤로 점프하여 녀석에게서 물러섰다.

헛손질하는 바람에 정확한 심장을 관통하지는 못한 것 같다. 하지만 이번엔 확실하게 죽여줄 수 있을 것 같다. 틈을 주지 않고 뒤에 있던 나무를 박차고 달려 올라갔지만 녀석은 날개를 퍼덕거려 뒤로 물러섰다. 식은땀이 흘렀지만 입가엔 여전한 웃음이 띠고 있었다.

"좋아, 즐거워. 아직까지 확실한 고통을 주지 못해서 정말 미안하군."

그런 거 미안하게 생각할 거 없으니까 저리 꺼져, 이 독룡 녀석아!

나는 발목 스냅을 이용해서 가볍게 뒤로 돌아 녀석의 목을 겨누었지만 니드호그는 재빨리 허리를 숙였다. 그리고 순간 내가 그 날개가 현란하게 움직이는 것에 정신이 팔렸을 때, 녀석은 내 허리 깊숙이 손을 찔러 넣었다.

나의 피가 튀고 살점이 뜯겨 나갔다. 그 덕분에 몸이 잘 움직여지지 않는다. 나른한 기분과 함께 야릇한 통증이 전신을 감싸왔다. 하지만 나도 녀석의 어깨를 정확하게 관통했다. 녀석의 입가에 녹색 기가 도는 피가 걸돌았다.

그 녀석은 자신의 입가에 흘러나온 피를 닦으며 녀석은 손톱에 묻은 내 피를 맛보았다.

"꽤 맛있군."

피를 흘려 창백한 얼굴인데도 니드호그는 여전히 단정한 모습으로 망토에 피가 배어든 손을 닦았다.

그런 니드호그를 보고 있자니 어쩐지 눈이 가물가물거리는 것이 느껴졌다. 마치 내 몸이 내 몸 같지 않았고 감각이 둔해져 갔다.

젠장, 이럴 리가 없다. 내가 이렇게 간단하게 쓰러질 리는 없을 텐데! 나는 그렇게 생각하면서 신경을 곤두세웠다. 나는 뒤에서 공간을 비집고 랑유가 나타난 것을 그제야 겨우 알아차렸다. 설마, 저 녀석이… 내 뒤에서 사술이라도 쓴 것인가?!

"랑유, 쓸데없는 짓 하지 마. 저런 상대에게 사술을 사용하는 건 마음에 들지 않아."

"당신이 위험할 뻔했습니다, 어둠의 교살자."

퉤! 니드호그는 피가 섞인 침을 땅에 뱉었다. 어쩐지 눈이 흐려져 웅크려진 내 몸을 바라보고 니드호그는 마음에 들지 않는 듯 땅을 발로 거칠게 다졌다.

"난 내 싸움에 남이 끼어드는 건 싫어. 다음에 또 끼어든다면 너 같은 것은 산산조각을 내주겠어."

"그거 환영하죠."

언뜻 볼 수 있었는데 어느덧 저 라그나에게 매수된 정들이 주위를 희뿌옇게 만들고 있었다. 그것은 안개와 같은 장막이었고, 좀 전에 정신이 혼미해진 사실과도 관계가 있는 것 같았다.

"흉한 꼴을 보여서 죄송합니다, 가넬의 카티스. 하지만 당신을 이런 식으로 해서까지 잡아들이고 싶은 만큼 그분의 귀중한 보물이거든요."

느끼한 말은 저리 치워. 그리고 다가오지 말란 말이다.

"움직일 순 없을 겁니다. 그래도 말은 할 수 있겠죠."

케이아르가 썼던 무식한 방법에 그냥 당해 버린 것 같았다. 저 라그나는 사술사와 비슷한 능력을 가지고 있는 것 같다.

"당신은 괜찮습니까?"

"상관없잖아?"

랑유의 말에 니드호그는 피가 튄 얼굴과 손을 깨끗이 망토로 닦고 더러워진 망토를 던져 버렸다.

"그래도 내 몸에서 피가 흐르는 것은 오랜만의 일이야."

니드호그가 안에 입은 옷은 어울리지 않게 깨끗한 흰색이었다. 니드호그의 피로 얼룩진 곳만 제외하면 매우 깨끗했다.

"덕분에 살아있음을 느꼈어."

그 녀석은 날 바라보고 그렇게 말했다. 나는 입술을 깨물며 정신을 잃지 않으려고 애썼다. 눈앞이 매우 탁해졌다.

"이제 로키님께 가자. 원하는 것은 모두 손에 넣었으니까."

"네, 어둠의 교살자."

다행스럽게도 나는 정신을 잃지 않았다.

이런 것을 도살장에 끌려가는 소 신세라고 말할 수 있을지도 모르겠다. 아무튼 난 지금 심히 기분이 나빴다. 니드호그와 랑유의 손에 이끌려 도살되기 위해 가고 있었기 때문이다.

"잘했어, 니드호그, 랑유. 하지만 상처가 별로 없어서 아쉬운 걸?"

니드호그는 능글맞은 로키의 말에 대꾸조차 하지 않았다. 니드호그의 표정은 장난감을 빼앗겨 아쉬워하는 모습과 비슷했다.

"이제 원하는 것은 손에 넣었으니 됐어."

그는 나를 바라보며 만족한 듯한 미소를 지어 보였다. 난 마취된 개구리처럼 축 늘어진 상태가 되어 그 녀석에게 전혀 대꾸도 할 수 없었지만 참견하길 좋아하는 수다 검은 한숨 쉬듯이 무언가 중얼거렸다.

『역시 무리였나……』

그 말을 들은 로키는 푸른 눈을 빛내면서 미소를 지었다.

"그렇지 않은가, 미드가르드?"

『글쎄요……』

수다 검 녀석은 어쩐지 당황하며 중얼거렸다. 젠장, 이렇게 움직일 수 없는 꼴이라니! 게다가 이질리스는 도망가 버리지 않았던가! 남이 붙들고 있는 상태는 아니었지만 이건 이질리스가 팔에 쇠사슬을 차고 있는 것보다도 더 부자연스럽다는 것만은 확실하다.

"좋아! 재미있어. 이로써 모든 것을 손에 넣은 거야."

"정말입니까? 하지만……."

랑유가 불이 꺼져 버린 마을을 바라보면서 중얼거렸다. 로키가 있던 곳은 백색의 신전이 있는 슬리드라는 마을이었다. 다른 인간들은 마을 어귀에 라그나들이 출현한 것에 대해서 매우 두려워하고 있었는데, 그들은 니드호그나 로키를 특별히 알아보진 못하고 단순히 힘이 강한 불청객 정도로만 생각하고 있는 것 같았다. 힘 없는 늙은이와 계집애들은 이미 한구석으로 도망간 상태였다. 하지만 로키는 특별히 그런 자질구레한 일들에 신경 쓰지 않았다.

녀석은 자신이 원하는 것을 손에 넣기 위해선 나라의 백성 따위는 날아다니는 벌레 정도로밖에 생각하지 않는 것 같다. 라그나로서는 당연한 일이지만.

"로키님, 이곳에 그 마검을 찾으러 온 것이 아니었습니까?"

랑유가 두려움에 떨고 있는 그들을 바라보면서 로키에게 물었다. 다행히도 불은 꺼져 있었다. 새까만 연기는 아직까지 피어 오르고 있었지만 그것도 점차 옅어져 갔다.

"맞아, 찾아온 거지."

로키가 간단히 대답했다.

"그런데 왜 주지하시죠?"

"주저하고 있는 게 아냐. 알맞은 때를 기다리는 것뿐이지."

"알맞은 때를 기다린다고요?"

로키를 바라보면서 랑유는 이해한다는 듯 의미심장한 미소를 지었다. 조금 다행인 것은 수다 검과 공갈 검이 바로 나의 옆에 세워져 있어서 만일 몸이 풀려서 도망갈 수 있다면 그 녀석들을 쉽게 다시 손에 넣을 수 있다는 것이다.

하지만 로키나 랑유 녀석은 어쩐지 의도적이라고 생각될 정도로 허점을 드러내고 있었다. 내가 이 꼴로 늘어져 있어서 그런 것도 있겠지만 어찌 됐든 녀석들은 의도적으로 경계를 해이하게 하고 있는 듯했다.

"그렇군요. 곧 두 마리의 까마귀가 뜰 테니까요. 이곳에는 지혜의 샘도 있고, 빛의 신도 있으니, 거참, 어울리는군요."

"그렇군."

빛의 신이라… 그건 또 뭘 말하는 건지 모르겠지만 두 마리의 까마귀라고 하니 생각나는 녀석들이 있긴 하다. 유민과 유넬이라고 하는 검은 날개를 가진 녀석들과 그 애꾸. 이 녀석들은 그 검은 까마귀들의 주인인 애꾸를 빛의 신이라고 칭하고 있는 것 같다.

태양이 하늘 꼭대기에 걸릴 때까지 그 녀석들은 그대로 서서 여유를 부렸다. 로키가 종이 말이로 보이는 것을 품 안에서 꺼내 입에 물었다. 그리고 손끝에서 불을 뿜어 그것에 불을 붙였다. 그것은 흰 연기를 발산했는데 매캐하고도 매력적인 향기가 났다.

"그를 기다리시는 겁니까?"

"글쎄, 그런데 사검의 모습이 보이지 않는군."

그는 여유있게 내 모습을 둘러보더니 사검에게 눈길이 머물렀다.

"모르겠습니다. 어디론가 빠져나간 모양이죠."

랑유가 작은 안경을 밝히면서 고개를 끄덕였다.

"하지만 언젠가 돌아오겠지."

상관없다는 듯 로키가 마을 어귀에 있는 돌 위에 걸터앉아 후—하고 연기를 내뿜었다. 비가 개인 후라 날은 맑았고 로키의 시선은 백색의 신전을 향해 있었다.

"백색의 사원은 여전하군. 저건 죽은 마검을 위한 사원이었지. 하지만 새로운 생명을 위한 터전이기도 했어. 역시 기다린 보람이 있는 건가?"

그는 혼잣말로 중얼거리며 자조적인 미소를 띠었다. 그런 그의 모습을 보고 랑유는 소맷자락을 거두며 조심스럽게 그에게 한마디를 건넸다.

"그런데 앙그라보다에게 가보셔야 하지 않습니까?"

"그녀와의 일은 다음으로 미루도록 하지."

귀찮다는 듯 그는 입에 물고 있던 종이 말이를 땅에 떨어뜨리며 발로 지그시 밟아 비볐다. 저건 뭐라고 하는 물건일까.

"그녀와는 별로 사이가 좋지 않아 보이더군요."

"나와 그녀는 공생 관계야. 사이가 나쁘거나 할 리가 없지."

로키는 사사로운 웃음을 터뜨리면서 그의 의견을 부정했다. 그리고 멍청하고 한심하게 늘어진 내 모습이 그의 눈에 비쳐졌다. 내가 봐도 정말 한심한 꼴이로군.

"하지만 이것만은 그녀에게 빼앗길 수 없어."

이것이라는 것은 나를 지칭하는 말인가.

"하하하……."

그는 눈을 빛내며 자리에서 일어섰다. 검은 날개를 가진 것들이 바람을 타고 날아오는 것이 시야에 들어왔다. 저것들은……!

“이제 온 건가, 검은 날개의 까마귀들.”

그것은 애꾸의 옆에 있던 검은 날개를 가진 여자와 이상하게 생긴 눈을 가지고 있는 그 남자 녀석이었다.

로키가 꼿꼿이 선 채로 힘차게 날아 스쳐 지나가는 까마귀들이 일으킨 거센 바람을 맞았고, 그 반대 편에 애꾸눈을 가진 오스키의 모습이 빛에 반사되어 역광처럼 눈앞에 비쳐졌다. 로키는 그런 오스키를 바라보며 입꼬리를 올렸다.

“어때, 하나 피워볼 텐가? 우리 나라에서 기호품으로 만든 거야. 맛이 썩 괜찮지. 오래 살다 보면 꿈을 꾸고 싶은 망상에 접어들 테니 한번 피워보는 것도 좋을 거야. 알타크나산의 담배는 맛이 좋다고.”

하지만 그의 말에 오스키는 무서운 표정을 짓고, 그 매서운 눈을 부릅뜰 뿐이었다. 오싹한 느낌과 함께 검은 날개를 가진 그 까마귀들이 그를 보호하려는 듯 오스키의 옆에 섰다. 그러나 그런 모습을 본 로키는 주눅 들지 않고 오히려 허리를 곧게 펴고 있을 뿐이었다.

“왜, 멸망해 가는 너의 땅을 보는 것이 기분 나쁜가? 그렇겠지. 하지만 나 역시 마찬가지였어. 그것에 대해 복수하자는 것은 아냐. 단지 지금의 나는 내가 하고 싶은 대로 할 뿐이지.”

“시끄럽다! 나를 기다리고 있던 이유는 뭔가?”

오스키는 검은 안대로 가리지 않은 남은 다른 한쪽 눈을 부릅뜬 채로 그를 질책하듯이 물었다.

“재미있으니까. 너에게도 나와 같은 기분을 맛보게 해주고 싶었을 뿐이다.”

“어리석은 녀석! 넌 여전히 예전과 똑같군.”

"친구에게 그런 말을 하면 못쓰지, 오스키."

오스키의 차가운 한마디에 로키는 이죽거렸다. 하지만 저런 모습을 보는 것보다 어서 이곳에서 빠져나가고 싶다. 이런 흉한 꼴로 잡혀 있는 것만은 질색이다.

"유넬, 유민!"

오스키가 그 두 마리의 까마귀 이름을 불렀다. 로키도 자신에 찬 얼굴로 니드호그와 랑유를 옆에 세웠다. 저들에게 있어서 난 완전 뒷전이었다.

"이쪽도 아군은 있어. 넌 이미 늙어버린 모습이지만 난 아냐. 너와 같이 지는 해가 아니라고. 오늘 너의 그 남은 두 까마귀 마검들도 마저 처리해 주도록 하지."

"배짱 좋은 녀석!"

오스키가 눈동자를 이글이글 불태우며 혀를 찼다.

그런 두 녀석들을 보며 나는 몸을 움직이기 위해 안간힘을 다 썼지만 무리였다. 움직이는 것조차 쉽지 않았다. 젠장할! 좋다, 어디 해봐라는 식으로 나는 고개를 젖혔는데 엷은 머리카락이 나를 간질였다.

"카티스 씨!"

에, 에셀휜?!

꿈을 꾸고 있는 것이 아닌가 하는 생각이 들었다. 도망가 버렸다고 생각한 꼬마가 눈앞에 나타날 줄은 몰랐기 때문이다. 나는 꼬마의 모습이 환영이 아닐까 하는 의심이 들어서 두 눈을 깜박여 보았다. 환영이라면 사라지는 것이 당연한데 에셀휜의 모습은 그 자리에서 사라지지 않았다.

"카티스 씨이!"

내가 정신없어 하자 에셸휜은 자신의 존재를 나에게 상기시켰다. 그 꼬마는 로키와 오스키가 서로 정신을 판 틈을 타서 내 곁으로 다가온 것 같은데, 이질리스의 푸른 머리카락도 시야에 비쳤다.

"넌… 에셸휜?"

내가 에셸휜에게 중얼거리자—물론 난 말했다고 생각하고 있지만 꼬마에겐 들리지 않았을지도 모른다—꼬마는 조용히 하라는 투로 검지손가락을 콧잔등에다 가져다 댔다. 에셸휜은 이질리스에게 어떤 액체 같은 것을 건넸다. 이질리스는 그것을 받아 들어 내 입에 가져다 댔다.

어쩐지 기분이 나빠져서 고개를 돌리고 싶은 생각이 들었지만 무뚝뚝한 이질리스 녀석은 몇 방울의 약을 내 입술에 떨어뜨렸다.

으, 쓰다. 난 약은 질색이야.

"괜찮아요. 그걸 마시면 몸이 풀릴 거예요."

에셸휜이 작은 목소리로 말했다.

그러는 사이 오스키와 로키는 여전히 대적하고 있었다. 잔인한 니드호그와 유민인가 하는 검은 날개의 까마귀와의 싸움은 일방적으로 니드호그의 잔혹성만을 드러내고 있었다. 원래 서서히 괴롭히다가 죽이길 좋아하는 독룡 녀석은 유민의 날개를 잡아 뜯고 있었는데, 저렇게 잘 싸우지도 못하는 유민 녀석을 왜 싸움에 내보낸 것인지 모르겠다. 저 애꾸도 이해할 수 없는 성격의 소유자다.

"제가 먹인 것은 약초예요. 이 근처에 있는 약초로 만든 즙액이에요."

에셸휜이 내 입가에 흐른 씁쓰름한 약의 정체에 대해 조용히 설명해 주었다. 나는 아직도 약간 익숙치 않은 몸을 일으키려는데 그 약초 즙의 효과가 있었던 듯 약간 몸이 움직였다. 로키와 애꾸는 서로 노려보는 신경전을 계속하고 있어서, 덕분에 녀석들에게서 멀리 떨어지는 건 어렵지 않을 것 같은 느낌이 들었다.

"젠장, 꼴 좋군."

나는 좀 나아진 몸을 일으켰다. 그리고 수다 검과 공갈 검을 차례대로 집어 들었다.

『만난 지 얼마 안 되는 아이가 이런 망나니 같은 녀석을 돕다니… 카티, 넌 정말 감사해야 해』

닥쳐! 이 수다 검 자식아. 나는 녀석을 검집에 강하게 박아버림으로써 수다 검 녀석의 입을 막아버리고 툭툭 옷을 털었다. 니드호그의 웃음소리가 들려왔다. 하지만 유넬과 랑유는 정적인 싸움을 계속하고 있었다. 니드호그의 싸움은 동적이고 일방적인 싸움, 유넬과 랑유는 서로의 심리전과 같이 서로 노려보고 있는 오스키, 로키와 비슷한 상태였다.

"헝그리 하이브 씨가 카티스 씨의 사정을 가르쳐 줬어요."

에셀휜이 묻지도 않았는데 그렇게 말했다.

하지만 정작 헝그리 하이브는 도망가고 없는 모양이로군. 그 녀석이 항상 그렇지 뭐. 나는 그렇게 생각하면서 발걸음을 옮겼다.

어느새 로키와 오스키의 싸움은 시작되었다. 오스키가 사용하는 것은 두 개의 검, 검은 손잡이에 하얀 날의 검을 양손에 들었다. 두 개의 크기는 똑같고 밸런스가 잘 맞았다. 그는 한 손에 하나씩 그 검들을 균형있게 잡은 채 한쪽밖에 없는 눈으로는 로키를 응시하고 있었다. 반면 로키는 여유있게 건들거리는 모습으로 은빛의 검을 뽑았다. 예의 그 검이었다. 상처를 입으면 아물지 않는 특징을 가진 그것 말이다.

"로키!"

"널 죽이고 싶지는 않아."

로키가 이죽거리면서 깊고 푸른 호수와 같은 눈동자에 오스키의 얼굴을 담았다.

"넌 왜 이곳에 있는 거지?"

내가 그 녀석들의 팽배해져 있는 긴장감 속에서 몸을 움직여 달아나려고 해도 저들은 자신들의 싸움이 더 중요했는지 별로 신경 쓰지 않는 것 같았다. 특히 로키는 나를 곁눈질할 뿐 온 신경을 오스키에게 집중하고 있는 듯싶었다.

"시간이 없어요. 어서 가요."

"그건 사실인 것 같군."

유민에게 고통을 안겨주고 있는 니드호그를 보면서 내가 중얼거렸다.

"나도 저런 녀석에게 잡혀서 이용되어지기는 싫으니까."

『고맙다는 말은 할 줄 알아야 하는 거라고, 카티』

"흥!"

나는 수다 검의 말에 코웃음 치면서 그 자리에서 몸을 움직였다. 에셀훠이 불안한 얼굴로 나를 바라보고 있었다. 꼬마의 불안대로 내 몸은 아직 마음대로 움직여지지 않는다. 젠장할! 랑유 녀석의 주술이 아직 풀리지 않은 것 같다. 어떤 식으로 걸려 들어간 것인지는 잘 모르겠지만, 뭐 좋다. 아직 도망갈 시간은 충분한 것 같으니까.

"어딜 가시려고?"

염려한 대로 날갯짓 소리가 공기를 때리더니 내 앞에서 날갯짓하는 니드호그를 발견할 수 있었다. 그 녀석의 오른손에는 날개가 부러져 힘이 없는 유민이라는 까마귀 녀석이 들려 있었다.

"젠장할……!"

유민의 입 밖으로 새어 나오는 욕지기를 듣고 니드호그는 유민의 손목을 발로 밟으며 땅에 내려섰다.

"아직 로키님께서 네가 도망가는 것을 허락치 않았어."

녹색의 손톱이 번뜩이며 그의 금빛 눈과 묘한 조화를 이루었다. 잔인성이 돋보이는 미소를 짓고 있는 그 녀석의 표정과 맞물려 로키와 오스키의 대련이 눈앞에서 펼쳐졌다.

"강하군, 로키."

두 녀석은 검으로 계속 승부를 가르고 있었다. 오스키 쪽은 숨도 쉬지 않고 녀석에게 날카로운 공격을 하기 시작했다. 매우 파워풀한 공격이었음에도 불구하고 로키는 간단하게 막아내며 입가에 여유의 미소까지 띠고 있었다. 내가 보기에도 저 싸움은 뻔했다. 젠장, 누가 이기든 상관하지 않을 테니 귀찮은 것들이 달라붙지 않게 된다면 좋겠다.

"당연하지. 너의 힘은 대부분 사라졌고, 넌 지금 늙은 몸이야. 난 그에 반해 아주 생생하고 너의 힘의 일부를 흡수한 상태지. 몇 년간 잠들어 있던 너와는 비교할 수 없어."

그는 자신있는 목소리로 낭랑하게 소리쳤고 니드호그에게 눈길을 보냈다. 아무래도 내가 도망가지 못하도록 막아놓으라고 하는 것 같다. 니드호그는 다시 앞으로 가려고 기회를 엿보는 나에게 풋 하고 웃음을 터뜨리며 희번들한 손톱을 내밀었다.

"도망가는 것은 불가능해. 이곳은 로키님이 계신 곳이지. 함부로 나가거나 할 수 없어. 저 오스키도 오늘이 제삿날일 거야."

그건 네 녀석 말이 맞을 것 같군. 애꾸는 실력은 좋은 편이지만 저 로키에겐 미치지 못하는 것 같았으니까.

"더 이상 세상에 설치지 않게 해주지. 하지만 안심해. 너의 목숨 정도는 유지시켜 줄 테니까."

로키가 칼날을 세우며 입가에 미소를 띠었다. 오스키의 얼굴이 반질반질한 은빛의 날에 비쳐지고 있었다.

"정말 진퇴양난이로군."

내가 입술을 질끈 깨물면서 형편없이 늘어진 머리카락을 뒤로 넘겼다. 로키가 오스키를 제압하면 곧 이어 나에게 신경 쓰게 될 것이다. 이쪽이나 저쪽이나 도망가기 어렵기는 마찬가지다.

『동감이야. 하지만 혹시 모르지. 이질리스의 힘을 이용하면 빠져나갈 수 있을지도』

이질리스 녀석이 내 말을 잘 듣지 않았던 것 같은데. 이질리스 녀석은 람검의 힘까지 받았으니 강한 힘을 가지고 있긴 하다. 나를 위해 힘을 사용할지는 모르겠지만 에셀휜을 위해서는 할지도 모른다.

"돌파하자."

나는 니드호그 녀석을 곁눈질로 흘겨보면서 조용하게 중얼거렸다. 에셀휜이 꿀꺽 침을 삼켰다.

"저런 애꾸나 로키 따위는 우리와 관계없으니."

나는 수다 검을 치켜들었다. 이를 악물고 앞에 오는 모든 것을 베어버릴 기세로 달려나갔다. 니드호그가 날개를 상하로 움직이며 유민의 날개를 뜯어내다가 시선을 우리 쪽으로 향했다.

"어딜 가시려고?!"

그 녀석은 손 안에서 피투성이가 되어 있는 유민을 한쪽으로 내던져 버리고 씨익 미소 지었다. 니드호그의 날개는 작지만 바람을 잘 타서 금방 내 앞으로 나섰다. 지금의 내게는 이 녀석을 이길 만한 힘이 없었다. 이전에 가지고 있던 힘이라면 저런 녀석 정도는 금방 날려 버릴 수 있었을 텐데! 나는 검은 날의 마검으로 니드호그의 목을 노렸다. 칼집에서 빠져나온 검은 그 속도를 붙였고 검은 칼날은 반짝 빛을 머금었다.

니드호그 녀석이 손톱을 치켜들고 입가에 잔인한 표정을 지었다. 그 녀석은 녹색 눈을 빛내면서 손톱을 길게 그었다. 나는 수다 검으로 그것을 막고 왼손으로 등에 메고 있던 공갈 검을 들었다.

"이질리스!"

내 말을 잘 들을 것이라고는 생각지 않는다. 하지만 이 녀석은 에셀휜을 지키고 싶어하는 마음을 가지고 있으니까, 즉 녀석의 감정을 이용해 먹는 것이다.

내 생각은 들어맞았다. 이질리스의 검신에서 푸른빛이 났다. 그와 동시에 짙은 안개가 깔려서 앞을 가늠하기 힘들 정도였다. 녀석의 힘이 수중에 미치기 시작했을 때 나는 눈을 크게 뜨고 그것을 흩뿌렸다.

람검 슈하린의 힘! 이질리스 녀석은 아직 쇠사슬로 인한 제약이 있어서 그 녀석의 힘을 자유자재로 사용할 수 있는 것 같지는 않았지만, 적지 않은 마검의 힘의 여파가 니드호그에게 미쳐 녀석은 뒤로 물러서야만 했다.

좋아! 이제 강행 돌파다.

"뭐야, 이 힘은! 역시 마검의 힘?!"

당황한 건지 아니면 더 재미있는 것을 발견했다고 생각해서인지 니드호그는 눈을 더 가늘게 뜨고 입꼬리를 위로 치켜올렸다.

니드호그는 녹색의 손톱을 길게 빼 든 채 높이 치켜들고는 나에게 달려들었다. 나는 공갈 검 녀석의 힘을 사용해서 니드호그에게서 멀리 떨어질 수 있도록 노력했다. 에셀휜은 그 사실을 알아채고 있는 듯싶었다.

그때 안개 속에서 희미하지만 멍청하게 생긴 녀석이 손짓을 하고 있는 것을 볼 수 있었는데 그것은 도망간 줄로만 알았던 헝그리 하이브 녀석의 실루엣이었다.

점차 안개가 짙어져서 사물을 판단하기 어려워지고 있었다. 이질리스의 힘이 더 강화되면서 어느 누구도 가까이 다가올 수 없는 물의 파장을 만들어낸 것이다. 헝그리 하이브 녀석이 검은 말의 고삐를 잡고 우리들이 있는 곳으로 달려오고 있었는데, 이런 안개 속에선 방향을 알기 힘들기 때문에 일단은 헝그리가 달려오고 있는 쪽으로 달리는 것이 좋다고 생각했다.

이런 안개를 헤치고 애꾸와 로키 두 녀석은 싸우고 있었다. 유민은 니드호그에게 깨져서 나자빠져 있는 상태이고, 유넬과 랑유는 서로 노려보고 있는 상태였다. 랑유에겐 이런 안개 따위는 아무 것도 아닌지도 모른다. 로키나 오스키 또한 이질리스가 깔아놓은 안개에 그다지 관심없다는 듯한 표정을 짓고 있었다.

"흥, 아무래도 귀찮은 것들을 먼저 처리해야겠군."

로키가 뒤로 물러섰다. 녀석의 눈이 가늘게 내 쪽으로 향해지고 있다는 것을 나는 달리면서도 어렴풋이 느끼고 있었다.

"로키, 내빼는 거냐?"

애꾸 녀석이 양손에 검을 하나씩 든 채로 로키를 노려보자, 로키는 고개를 치켜들고 그 녀석을 내리깔아 보며 간사스럽게 미소 지었다.

"귀찮은 당신은 꺼져 있어."

붉은 섬광!

그것은 피의 색이었다.

그것은 시린 은빛을 머금은 마검의 힘과도 비슷한 것이었다. 그것은 오스키의 몸을 반으로 가르기라도 하려는 듯 녀석의 허리 쪽으로 번개처럼 날아갔는데 그 녀석이 반사적으로 피하지 않았다면 그대로 두 동강으로 분리되었을 것이다.

"크흑!"

그러나 로키의 손에서 날아간 그 힘이 애꾸에게 치명상을 입히는 데는 성공했는지 녀석은 허리를 굽힌 채 붉은 피를 뚝뚝 흘렸다.

"로드!"

유넬이 애꾸에게 날아들었을 때 랑유는 가만히 그것을 지켜보다가 바람의 정들을 몸 주위에 모아 안개를 거두어냈다.

"당신의 힘은 저와 로키님께 당할 수 없습니다."

랑유의 말대로 그는 상대방의 물의 마검력을 자신의 주술력으로써 무마시키고 있었다. 랑유의 눈이 거울처럼 반사되고 있었다. 자칫 잘못하다가는 그대로 안개가 거두어질 것이라는 생각에 나는 에셀휜의 허리를 안아 들고 헝그리 하이브가 있는 쪽으로 달리기 시작했다. 그런 나를 발견한 니드호그가 로키가 있는 곳으로 날아가 그에게 물었다.

"로키! 어떻게 하시겠습니까?"

"쳇, 계획이 틀어졌군. 아니, 계획대로 되어가는 건가?"

로키의 눈동자가 푸른색에서 회색으로 바뀌고 있었다. 안개가 사라지니 그 모습이 똑똑히 보였다. 로키의 주위엔 냉기가 흘렀고, 자칫 잘못했다간 불의 마법에 당해 버릴 것 같았다.

“흥! 재수없는 녀석!”

나는 이빨로 입술을 질겅 깨물면서 뒤돌아보지 않고 달려서 헝그리 하이브 녀석이 있는 곳에 도착했다.

“스승님, 무사하셔서 다행입니다.”

“시끄러워!”

난 그 말 위에 올라탔다.

“스승님, 샤이 치케는 제 말이에요.”

역시 보기 드문 명마로군. 헝그리 녀석이 용케 아직까지 이 말을 데리고 있다니까. 난 헝그리 하이브 녀석이 말 위로 올라타려 했다는 것 따위는 무시하고 무작정 말의 갈기를 잡고 달려갈 것을 재촉했다.

“앞으로 가!”

로키가 안개의 힘을 거두어내면서 지그시 나를 지켜보고 있는 시선이 느껴진다. 나는 달리는 말에 박차를 가했다.

“으아아아아!”

헝그리 하이브가 말의 꼬리에 매달린 채 죽는 시늉을 하면서 외쳤다. 하지만 나는 헝그리 녀석에게는 최대한 신경 쓰지 않으면서 이를 악물고 달렸다.

“빠르군.”

랑유가 혀를 끌끌 찼다. 니드호그도 그런 나를 보며 언제라도 나에게 날아올 것처럼 날갯짓을 하고 있었는데, 그 셋의 공통점은 여유가 있어 보인다는 것이었다. 그것이 어쩐지 기분 나쁘다.

나는 그 녀석으로부터 우선 멀리 떨어지려고 애썼다. 헝그리 하이브 녀석이 겨우겨우 말 허리 위로 올라와서 벌게진 얼굴로 가쁜 숨을 내쉬며 귀에 울리도록 큰 목소리로 소리쳤다.

"스승님, 아스가르드 씨가 이 근처 동굴에서 기다린다고 했어요!"

이 자식! 귀청 떨어지겠다!

"아스가르드 녀석, 아직도 근처에 있었던 건가?"

"스승님을 기다리고 있겠다고 했단 말이에요."

"조용히 해!"

헝그리 하이브 녀석이 중얼거리려는 것을 입막음해 버리고 나는 달렸다.

파스락 하고 검게 타고 남은 나뭇가지들이 모래처럼 재를 날리며 부서져 버렸다. 나는 계속해서 그렇게 달아날 생각이었다. 그런데 눈앞에 펼쳐진 곳 때문에 나는 깜짝 놀랐다.

"이곳은!"

그곳은 바위로 된 산이 있는 곳이었다. 바위로 이루어진 언덕이라서 말로 마구 달릴 수도 없는 노릇인데다가 안개도 희미해져만 간다. 그 앞에 누군가가 손을 흔들고 있는 것이 보였는데, 바쁜 와중에도 옷을 잘 챙겨 입은 아스가르드 녀석이었다.

"이쪽이에요!"

왜 이런 곳에서 기다리고 있는 걸까?

아스가르드 녀석은 손을 위아래로 휘저으면서 우리들을 멈춰 세웠다. 녀석이 손으로 가리킨 곳은 사람과 말이 들어갈 만한 정도의 동굴이었다.

"이곳에 숨으란 말이냐, 이 멍청한 녀석아?!"

"하지만 다른 길이 없는걸요."

아스가르드가 난처한 표정으로 내가 끼고 있던 에셀휜을 안아내렸다. 에셀휜은 두려워하고 있었다. 다양한 종류의 미친놈들을 만났으니 그 기분이야 이해하지만, 그 꼬마의 눈동자에 묘하게도 어른스러움이 비쳐져서 내 기분이 이상해졌다.

『일단 들어가 보는 것이 좋을지도』

수다 검 녀석의 의견에 난 그냥 그러려니 하는 마음으로 들어섰다. 바위로 이루어진 그곳은 축축한 이끼로 뒤덮여 있었고 천연의 곰팡내가 났다. 그런데 어이없게도 한쪽 벽면이 막힌 곳이었다. 젠장할! 울보 검 녀석, 이런 델 소개시켜 줄 시간 있으면 다른 쪽으로 달리는 것이 더 도망갈 만했을 텐데.

『이런 곳에서 오래 버티는 건 무리야』

나는 약간 힘들어져서 잠시 주저앉아 있었다. 이질리스의 모습이 검 밖으로 튀어나왔다. 녀석의 안색은 아까보다 파리했고 손목과 발목에서 철그렁 쇠사슬 소리가 났다. 그 녀석의 호흡이 거칠어져 있는 것을 보고 에셀휜이 부축해 주었다.

"리스 형!"

이질리스는 에셀휜의 어깨에 기대는 것이 부끄러웠는지 꼬마를 밀쳐 냈다.

어떻게 할 수가 없군. 이질리스의 특기인 죽은 자들 조종이 남아 있긴 하지만 이 근방에는 죽은 사람들이 없고, 힘에 제한이 있는 공갈 검에겐 역부족인 것이 사실이다. 그렇다고 수다 검 녀석은 도움이 되지 않을 것이 뻔하고.

"리스 형, 괜찮아요?"

"괜찮아."

이질리스 녀석이 퉁명스럽게 대답했다. 곧 독룡의 날갯짓 소리가 들려왔다. 아무래도 우리들을 찾고 있는 것 같았다. 입술을 깨물었다. 마치 사냥터에서 사냥감이 된 듯한 기분이 들었다.

『독룡의 날갯짓 소리야. 그들이 찾아낸 건가?』

수다 검 녀석이 의미없는 중얼거림을 계속했다.

에셀휜이 이질리스 녀석을 불쌍한 눈으로 바라보면서 찔끔 눈물짓고 있었다.

"젠장! 들키는 것은 시간문제로군."

"어쩔 수 없죠, 저들은 강하니까. 강한 자들 앞에서 약한 자들은 목숨을 거는 수밖에 없는 거니까요."

내가 주먹으로 벽을 치자 에셀휜이 조용하게 말했다. 아스가르드의 눈이 순간 빛을 발했는데 상황이 상황이니만큼 착각이었는지 아닌지는 알 수 없었다.

에셀휜의 검은 눈동자가 심연을 머금고 있었다. 아름다운 검은색 윤기가 도는 머릿결이 꼭 끌어안아 주고 싶은 색이다. 우유처럼 하얀 얼굴을 그 꼬마는 마치 죄지은 사람처럼 푹 숙였다.

"전 말이에요, 이곳에 와서…… 에즈 형이 한 말을 이해할 수 있었어요."

에즈라면 그 여행자 녀석을 이야기하고 있는 것이겠군.

"이곳은 내가 있어야 할 자리예요."

"에셀휜?"

이질리스가 고개를 갸웃거렸다. 이질리스의 얼굴에 비친 당혹감이란 말로 표현할 수 없는 것이었다.

"걱정하지 말아요. 전 어리지만 마검으로서 해야 할 일을 잘 알고 있으니까요."

에셀휜이 일어섰다. 난 말릴 생각이 없었다. 하지만 이질리스가 떠나가려는 에셀휜의 손목을 잡았다.

"에셀휜……!"

계속 어떤 말을 해야 할지 녀석은 가늠하지 못하고 있었다. 아무리 이런 상황에 많이 처해보았다고 해도 어떻게 해야 하고, 어떻게 해야 후회하지 않을지에 대해 정확히 판별해 낼 수 있는 사람은 드물 것이다.

나는 에셀휜을 말리지 않았다. 그건 수다 검도 마찬가지였다.

『이질리스, 너도 알고 있었잖아. 에셀휜은 마검의 정신이라는 것을……』

이질리스는 미드가르드의 물음에 대답하지 않았다. 녀석도 그런 것쯤은 알고 있었겠지. 녀석도 마검이니까.

헝그리 하이브는 그 순간 눈을 크게 뜨면서 무슨 소린지 모르고 어리버리한 상태였지만, 아스가르드는 특별히 놀란 것 같아 보이지 않았다. 아스가르드 녀석도 마검이라면 알고 있었겠지.

이질리스는 분하다는 듯 눈을 질끈 감았다. 쇠사슬이 철그렁 소리를 냈고 에셀휜의 잡은 손을 놓아주지 않은 채로 주먹을 꽉 쥐었다.

"알고 있었어. 하지만… 어째서 그것에 얽매여야 하는 거지?! 좀더 자신의 행복을 바랄 수 있잖아!"

그런 생각을 한 것은 녀석으로서도 처음 있는 일이었다. 그 녀석은 자신에게 어떤 일이 일어난다 하더라도 절대 푸념을 하는 일이 없었는데 에셀휜의 일에는 그렇지 못했다.

마검인 저 녀석에게도 남을 배려해 주는 마음이 있었던가.

과연 감정이라는 것이 인간을, 아니, 인간이 아닌 마검이라는 존재를 얼마나 바꾸어 버리는 걸까. 죽기를 갈망하던 녀석에게 삶의 희망을 주고 불평이 없던 녀석에게 불평을 주는 것인가.

『너도 잘 알고 있잖아. 내가 너를 보는 시선도 에셀휜을 바라보는 너의 시선과 마찬가지야.』

"이대로 가게 내버려 둘 순 없어."

이질리스가 의외로 세게 나왔다. 공갈 검 녀석도 한다면 하는군. 난 녀석의 변화에 히죽 웃었다. 에셀휜은 자신의 손목을 잡은 이질리스의 손을 잡힌 쪽과 반대쪽의 손으로 꼭 잡았다.

"걱정하지 말아요, 리스 형. 전 어리지만 해야 할 일을 알고 있어요."

에셀휜의 그 모습에 이질리스는 그렇게나 꽉 잡았던 손을 놓았다. 나라면 잡고 놓지 않았을까, 아니면 똑같은 결과를 낳았을까.

"약속했잖아요. 전 약해도 지킬 힘을 가지고 있다고."

에셀휜이 희미하게 웃으며 이질리스에게서 떠나갔다.

에셀휜은 누구를 위해 달려가는 걸까.

이질리스는 꼬마의 손목을 잡았던 손을 가슴에 묻었다. 그 녀석의 눈은 마치 이미 이 세상을 떠나간 사람을 보는 것처럼 슬픈 표정을 짓고 있었다.

퍼드덕!

날갯짓 소리다. 서서히 동굴 밖으로 나갔다. 이대로 숨바꼭질은 끝인가! 난 혀끝까지 쓰게 느껴지는 것을 보고 곧 피비린내가 날 것을 예감했다.

"이곳에 있으면 곤란하지."

"뭐, 도망가고 싶은 생각은 없었어."

마을에서 멀지 않은 곳, 백색의 신전이 눈부시게 보이는 그곳으로 에셀휜이 달려가는 것이 보였다. 니드호그는 그런 에셀휜의 모습을 바라보면서 피식 미소 짓고 있었다.

"이제 자신을 깨달은 건가?"

“시끄러워!”

나는 니드호그와 정면으로 싸울 준비가 되어 있었지만 니드호그가 손톱을 뻗은 것은 에셀휜 쪽이었다. 젠장할! 저 빌어먹을 녀석은 꼬마를 갈기갈기 찢을 기회를 노리고 있었던 것이다. 나는 검으로 그런 녀석의 주의를 돌리려 허리를 베었으나 내가 칼부림한 자리에 녀석은 없었고 내 뒤로 어느덧 여유있는 날갯짓을 계속하고 있었다. 에셀휜은 뒤도 돌아보지 않고 달렸다.

그 순간 이질리스의 힘이 전역에 퍼지기 시작했다. 희미한 안개 사이로 밝은 햇빛이 쏟아져 들어왔지만 곧 이어 농후한 안개는 그 빛마저 차단하면서 놀랄 만한 암흑을 선사했다. 희뿌연 안개 사이에서 이질리스는 무언가를 찾고 있었다. 그 꼬마를 찾고 있었던 것 같다. 어쩌면 이질리스는 유디엔과 다른 감정을 꼬마에게서 발견했는지도 모른다.

“아무리 이런 식으로 해도 도망가는 것은 무리죠.”

시야에서 안개가 사라지면서 랑유의 모습이 나타났다. 시야를 가리는 안개를 거두어내는 것은 랑유가 한 일이었다. 그 옆에 로키가 서 있는 것도 재수없는 결과를 한몫 더했다.

“어린 아기 마검도 좋지. 저것이 무(霧)의 힘을 가진 것이어서 더 탐이 나는군. 게다가 이질리스 녀석도 그럭저럭 쓸 만한 편인 걸. 비록 저 쇠사슬이 모든 것을 얽매고 있는 것은 사실이지만.”

로키는 나름대로 여유있다고 생각하는 미소를 입가에 띠었지만 시간이 지날수록 나는 녀석이 초조해함을 확신했다.

람검의 힘은 폭풍을 일으키고 자연을 자신의 힘으로 하는 것이었고, 이질리스의 힘은 죽은 자를 다스리고 생명을 빼앗는 맑은 물을 자유자재로 다스리는 힘이었지만 그 두 힘 다 로키 앞에서는 쓸모없는 것이었다.

"아기 마검은 자신의 몸으로 돌아가겠지. 그럼 그건 정이 가져다 줄 거야."

로키가 은빛의 검을 꺼냈다. 아름다운 영롱한 빛이 칠흑 같은 어둠을 머금은 안개 사이로 드러났다.

"자, 사검, 너는 나의 것이 되어라."

이질리스의 앞에 나선 로키는 은빛의 재앙을 뿌렸다. 그 녀석의 마검의 힘은 이질리스의 힘을 웃도는 것이었기 때문에 피하기 힘든 싸늘한 칼날이 이질리스를 덮쳐 왔다. 이질리스의 눈이 조금씩 커졌다. 내가 수다 검을 휘둘렀을 때도 녀석은 뒤로 물러서지 못하고 있었다. 나는 이질리스 녀석을 억지로 검 안으로 밀어 넣고 로키의 은빛 날을 정면으로 받아들였다. 저 녀석, 힘이 세다!

로키는 나 못지 않은 힘을 자랑했다. 그 녀석이 나보다 좀 더 체격이 좋아서 나는 녀석의 힘에 밀리는 듯한 느낌을 받았다. 그러나 혼신의 힘을 다해 나는 은빛의 검을 받아쳐 냈다.

"헉헉!"

숨결이 거세졌다. 보통 때 같으면 이런 검쯤 몇 번 휘두르는 것 따위는 수족을 다루는 것처럼 쉬운 일이었겠지만 지금은 쉽지 않았다. 니드호그도 끼어들 수 없을 정도의 놀랄 만한 빠르기로 로키의 검이 내 어깨와 얼굴을 동시에 스치고 지나갔다.

"죽이진 않아."

로키의 눈이 싸늘하게 빛났다. 안개가 거두어지고 주위는 인위적으로 만들어놓은 것과 같은 거센 불길에 휘말리게 되었다.

"어떻게 할까요?"

"힘을 조금 써보는 것도 좋겠지."

　로키는 빙긋 웃으며 은빛 날의 검을 가볍게 그어 내렸는데, 나는 그것에 상처 입고 말았다. 그대로 있다간 녀석의 눈에 압도당할 것만 같았다. 삶에 대한 미련을 버리고 있는 모든 것을 초월한 눈빛이 나를 쉽사리 움직이지 못하도록 압도한다. 이질리스의 마검의 힘도 간단히 제압당해 불타 버린 나무들이 차례대로 재가 되어 무너졌다.

　"스승님, 힘내세요!"

　헝그리 하이브 녀석이 엉성한 파이팅 포즈로 어디서 나왔을지 알 수 없는 부메랑 마검을 던졌다.

　젠장! 저 간덩이 부은 놈 같으니! 그것은 우연인지 고의였는지 모르지만 정확히 내 정수리를 향하고 있어서 난 자세를 흩뜨리며 그것을 피할 수밖에 없었다. 그 덕에 로키의 검이 어깨를 짓눌렀다. 피가 번져 나왔고 살이 타 들어가는 통증이 느껴진다.

　로키는 헝그리 하이브의 검을 간단히 피했고 곧 이어 랑유가 그것을 쉽게 제압해 버렸다. 헝그리 하이브는 자신이 엉성하게 던진 부메랑이 간단히 제압당하자 세상이 무너져 내리는 것 같은 절망적인 표정을 지었다.

　망할 녀석! 그런 표정을 지어야 할 것은 너 때문에 당한 나다, 이 병신 쪼다 같은 놈아!

　"부모에겐 말을 잘 듣는 거야."

　로키는 오른쪽 어깨를 다친 나의 몸에 검을 박아 넣을 준비가 되어 있었다. 젠장할! 항상 고전할 땐 일 분 일 초도 길게만 느껴진다.

　그가 나를 죽이려고 하지는 않는다는 것을 알고 있지만 등줄기를 타고 식은땀이 흐른다는 것도 변함없는 사실이다. 타다 만 검

은 잿더미가 불이 붙은 채 로키의 머리 위로 떨어졌지만 이상하게
도 그것은 마치 일부러 그를 비껴 나가려는 듯 엉뚱한 곳으로 떨
어졌다.

"리스 형!"

에셀휜?!

이질리스가 검 밖으로 튀어나왔다.

"젠장! 저 꼬마 마검이 마검의 힘을 사용하려는 건가?!"

랑유가 놀란 얼굴로 펄럭이는 낙낙한 옷을 흩날리며 뒤로 돌아
보았을 때 엷은 머리카락의 에셀휜이 이곳으로 달려오는 모습이
보였다.

"로키!"

그 순간 로키를 공격하려 검을 쳐든 나의 모습에 니드호그가 로
키의 이름을 불렀고 로키가 그것 때문에 동요했다. 나는 그사이에
녀석의 목에서 약간 빗나간 어깨에 나와 똑같은 상처를 내주었다.
로키는 고통으로 일그러진 얼굴로 이를 으득 갈았다. 곧장이라도
폭발할 것같이 성난 분위기로 돌변했고, 녀석의 묶은 머리카락이
풀려 나가면서 공중으로 깃털처럼 가볍게 떠오르기 시작했다.

"오지 마, 에셀휜!"

이질리스 녀석이 외쳤지만 에셀휜은 고개를 저었다.

백색의 신전으로부터 무한한 가능성을 가진 눈부신 빛이 쏟아
져 나왔다. 그것은 내가 그 여관에서 잠들어 있었을 때와는 또 다
른 것이었다.

환상적인 빛이라는 것이 존재했던가? 하늘을 가득 메우고 모든
것을 씻어 내리는 정화의 바람. 랑유의 머리카락이 바람에 심하게
흩날렸고, 그곳에서 불어오는 거센 바람 때문에 나도 눈을 뜰 수

없을 정도였다.

"에셀휀!"

이질리스의 다급한 목소리에 나도 눈을 크게 뜨고 에셀휀의 모습을 바라보았다. 꼬마의 모습은 마치 공기 중에 녹아버리는 공기의 정(精)처럼 투명해져 있었으며 긴 머리카락이 풀린 채 사방으로 휘날리고 있었다.

생명을 태우는 바람, 백색의 안개, 그것은 강한 힘이었다.

적의를 가지고 로키에게 그것이 달려들고 있었다. 계산하지 못한 상황에 로키 또한 피하지 못하는 상황이었다.

"꼬마 마검 주제에!"

은빛의 마검이 막아내기에도 버거울 정도로 강한 힘이었다. 어린 마검인데도 이렇게 강한 힘을 가지고 있단 말인가! 니드호그도 나가떨어지기 전에 땅을 밟고 섰지만 눈을 뜰 수 없는 상태였다.

"마검의 목숨을 건 힘입니다! 그대로 있다간!"

랑유의 다급한 얼굴에 로키는 잔뜩 일그러진 표정으로 웃었다.

"멍청한 것! 그런 식으로 생명을 깎아먹겠다는 건가?!"

에셀휀은 대답하지 않았다.

"어서 피하십시오. 그들의, 마검의 목숨을 건 힘은 아시르 인도 당해낼 수 없습니다."

거센 바람으로 인해 생명의 불꽃은 타버린다. 비록 어린 마검일지라도 생명은 다 똑같은 것이다. 그것은 에셀휀의 최후의 발악과도 같은 힘이었다.

로키는 쓴웃음을 지으며 랑유가 만들어낸 검은 공간 안으로 몸을 감추었고, 랑유와 니드호그도 안타까운 얼굴로 그것을 피했다. 아마 피하지 않았더라면 그 녀석들은 그대로 적의를 가지고 있는 에셀휜의 힘에 갈가리 찢겨 버렸을 것이다.

흰색의 폭풍이 멎은 것은 에셀휜이 그 자리에 쓰러졌을 때였다. 흰색의 폭풍은 모든 것을 휘갈겨 놓았지만 정작 나나 이질리스나 헝그리 하이브 같은 녀석들에게는 피해를 입히지 않았다. 에셀휜이 쓰러질 때 가장 먼저 달려나간 것은 이질리스였다.

이질리스는 금방이라도 눈물을 떨어뜨릴 것 같은 얼굴로 에셀휜의 얼굴을 바라보았다. 그애의 얼굴은 엉망이거나 상처투성이의 얼굴은 아니었다. 이전과 같은 붙임성있는 얼굴이었다. 에셀휜은 눈을 간신히 뜨면서 방긋 미소 지었다. 마검은 자신이 죽을 장소를 택한다. 죽을 장소를 택하고 주인을 위해 목숨을 바치는 것이 대부분의 결말이기 마련이고 대개 주인을 지키거나, 아니면 주인과 함께 최후를 맞이한다. 늙어 죽는 검은 없지만 그런 식으로 수세기에 걸쳐 마검들은 자신의 목숨을 불태웠고, 그 때문에 마검은 최강의 무기가 되어왔던 것이다. 아시르 인도 두려워하는 마검, 에셀휜과 같은 어린 마검의 힘이 이 정도라면 그 말은 이해가 간다.

에셀휜의 입술이 가늘게 떨렸고, 그런 에셀휜을 바라보는 이질리스의 얼굴은 고통으로 일그러져 있었다.

에셀휜의 오른팔이 힘없이 위로 움직였다.

"웃어요. 리스 형은 웃는 모습이 가장 아름다워요."

에셀휜은 이질리스에게 왜 그런 말을 하는 걸까. 왜 웃는 걸까. 어째서 남을 위해 생명을 주면서 억울해하지 않는 걸까. 이해할 수 없다. 아니, 절대로 이해하고 싶지 않았다. 이질리스 녀석은 북받치는 감정을 참지 못해 맑은 눈물이 뺨을 타고 저절로 흘러내렸다.

"에즈 형이 언제나 슬픈 것은 생각하지 말고 미래를 보면 행복하다고 말했어요. 미래를 보았어요. 전 이런 미래를 볼 수 있어서 행복했지만 조금 아쉽다는 생각이 들었거든요."

에셀휜은 특별히 고통스러워 보이지는 않았다. 에셀휜의 모습은 더할 나위 없이 평온해 보였고 어느 때보다 더 아름다워 보였다. 나에게 죽음을 미화하는 능력은 없지만 꼬마는 행복해 보였다. 하지만 그렇게 죽어버리는 것은 이기적이다. 자신이 행복해지기 위해 죽는 것이다. 그것을 그 꼬마도 알고 있는 듯 그 미소는 슬픈 것이었다.

"저… 좀 더 살고 싶었어요……. 리스 형이 웃는 모습을 지키고 싶었거든요. 내가 죽지 않으면 리스 형은 더 웃었을 텐데……."

이질리스의 쇠사슬이 철그렁 소리를 냈고 이질리스가 가만히 고개를 숙였다.

"마검은 자신이 죽을 장소를 정하죠. 미안해요, 리스 형. 난 정말 예쁜 여자애가 되고 싶었는데… 남겨두고 가서 미안해요."

"에셀휜!"

북받쳐 오르는 감정을 참지 못하고 이질리스가 그 이름을 외쳤다. 바람에 사물이 흩날리고 거두어졌던 태양이 모습을 드러냈다. 불길이 사라져 회색의 연기만이 자욱했다.

"하지만 웃어줄 거죠?"

에셀휜의 말대로 이질리스는 웃었다. 하나 입가에는 미소를 띠지만 흐르는 눈물은 멎지 않았다. 헝그리 하이브도 영문도 모른 채 펑펑 울기 시작했다.

"사슬에 매인 채론 힘을 발휘할 수 없어요. 그 팔목에 있는 상처를 씻어주고 싶었는데……."

에셀휜은 꺼져 가는 촛불처럼 손을 가볍게 들려고 애썼지만 그
손엔 힘이 없었다. 그리고 투명하게, 재도 남기지 않고 그것은 사
라져 버렸다. 마치 얼음 인형이 태양 빛에 녹아버리듯이 그애의
모습은 사라져 버렸고 이질리스의 팔 안엔 아무것도 남지 않게 되
었다.

"에셀휜!"

이질리스가 절규에 가까운 비명으로 꼬마의 이름을 불렀다. 꼬
마가 마지막까지 지었던 미소가 사라지지 않았다.

이질리스, 억수로 운이 나쁘구나. 자신에 관계된 모든 사람을 잃
어버렸다. 마침내 마음을 열었던 꼬마도 우리를 위해 희생이라는
이름으로 목숨을 불태워 버렸다.

『에셀휜… 그앤 원래……』

수다 검 녀석이 나에게 해명하듯이 중얼거렸다.

"알고 있었어."

처음 만났을 때부터 나도 그 꼬마가 마검이라는 것을 눈치 채고
있었다. 아마 미드가르드나 이질리스는 처음부터 에셀휜의 정체를
거의 파악하고 있었을지도 모른다. 마검 에셀휜의 힘은 소중한 것
을 지키는 것이었던 것 같다.

"에셀휜……"

『이질리스……』

이질리스의 눈가엔 눈물이 끊이지 않았다. 하지만 입가엔 어렴
풋이 미소를 띠고 있는, 울 수도 없고 웃지도 못하는 이질리스 녀
석이 안쓰럽게 보였는지 미드가르드가 조용히 그를 위로했다.

『남겨진 자는 가슴이 아프지. 어떻게 보면 죽은 자가 더 편할지
도 몰라. 난 그렇지 못했지만, 남겨진 몫까지 열심히 살아가는 것

이 산 자의 몫이 아닐까?』

　남겨두고 가는 자는 어리석은 것이다. 난 감정이 싫다. 그것은 사람의 힘을 약하게 만들고 바보로 만들기 때문이다.

　"이런 땐 아무 말도 하지 않는 것이 더 낫지. 이래서 감정이 어리석은 자의 산물이라는 거야."

　나는 차갑게 말했다. 하지만 끓어오르는 피는 참을 수 없을 정도로 끓어올랐다.

　무언가를 지키기 위해 자신의 목숨을 불태워 버린 에셀휜. 그애의 선택이 바른 것이었을까? 나라면 절대로 그런 행동은 하지 않았을 것이다. 이질리스가 남겨진 에셀휜의 머리띠를 손 안에 쥐고 있었다.

　『에셀휜이나 에이아… 남을 지킨 자는 강한 거야. 남겨질 자의 슬픔까지 감당하고 사라진 거니까』

　마음에 들지 않는다. 정말 마음에 들지 않아.

　남겨진 자의 슬픔 따윈 모른다. 그런 식으로 죽는 자들도 어리석다.

　"에셀휜……."

　이질리스는 좀처럼 그 자리에서 일어나지 않았다.

　"이곳에서 몸을 피하는 것이 좋을 겁니다. 사신 로키가 언제 돌아올지 모르니까요. 그는 다쳤지만 불사신 같은 녀석입니다. 절대 그 정도의 상처로 인해 물러설 녀석이 아니에요. 아마 더욱더 화가 나서 달려들 겁니다."

　아스가르드가 언제 왔는지 나에게 말했다. 나는 끓어오르는 분노를 감당할 수 없었다.

　"시끄러워! 너의 말을 들을 생각은 전혀 없으니까!"

아스가르드의 말을 무시하면서 나는 주먹을 쥐었다. 날카로운 손톱에 베여 내 손에서 피가 났다. 그때 날아온 것은 그 애꾸 녀석이었다. 그 녀석은 어느새 치료된 몸으로 날 내려다보고 있었고 양 옆으로 까마귀 녀석이 있었다.

"듣는 것이 좋을 거야. 로키에게 네 녀석을 빼앗길 생각은 전혀 없으니까."

빌어먹을 애꾸가 말했다.

"난 먼저 떠나겠다. 네가 현명한 선택을 하리라고 믿는다."

뭐가 현명한 선택이냐! 잘 알지도 못하는 녀석 주제에 깝죽대다니!

그 녀석은 녹듯이 사라져 버렸고 나는 주먹으로 갈라지도록 바닥을 쳤다. 쿵! 소리와 함께 대지가 울렸다. 이질리스는 그 자리에 앉아 일어서지 않는다. 에셀휜이 원한 미소와 함께 녀석의 눈에선 눈물이 하염없이 떨어져 내리고 있었다.

『남겨진 자는 고독한 거야.』

난 남에게 정을 주는 것을 어리석다고 생각한다. 역시 나도 어리석은 자의 부류였다. 이질리스도 그 어리석음의 굴레에서 빠져나오지 못하고 있는 것이다. 젠장할!

『그래도 인간은 서로 사귀게 되어 있지. 마냥 도망갈 수 없지만 우리들은 그것을 두려워하고 있었던 것인지도 모르지.』

젠장, 이래서 조금이라도 아는 사람이 죽는 것은 싫다. 그래서 또 다른 녀석들을 죽이는 것이다. 바로 이런 때가 오면 나는 끓어오르는 피를 참지 못하고 무작정 다른 생명체를 죽이고 싶다는 생각이 들곤 했다.

좋다. 내 주위에 있는 생명체라면 누구든 피를 흘리게 해주겠다.

모든 것을 뒤바꿔 놓을 수 있다고 생각되진 않지만 그들을 죽이면서 감정에 억눌린 바보 같은 나의 흔적에서 벗어나고 싶다.

나는 모든 것을 잊어버리고 미친 듯이 베었다. 어리석은 인간들. 그것들이 싫었다. 베면 벨수록, 달리면 달릴수록 피가 모자랐다. 입가에 그것을 베어 물어도 공허한 자리를 채울 수 없었다. 그러나 노인의 피도, 여자의 피도, 어린 소년의 피도 맛이 없었다. 입 안은 쓰고 짜증만 날 뿐이었다. 근처에 있던 건물이나 어리석은 사람들 같은 것은 손쉽게 베어버렸다. 그들은 저항도 못하고 픽픽 쓰러졌다.

젠장할…….

뼈를 베는 감촉이 느껴지고 그들이 흘린 피로 아수라장이 되었다. 아비규환을 연상시키는 인간들의 비명 소리가 흥을 돋우어주었다.

어리석은 정! 인간의 정에 빠져 버린 어리석은 라그나! 이자들이 흘린 피로 모든 것을 잊어버리고 싶었다. 내게 일어난 모든 일에 대해서 잊어버리고 피를 빨아 목구멍 뒤로 넘기고 싶었다.

하지만 이렇게 나약하고 어리석은 인간들의 굴레에서 나는 아직도 벗어나지 못했단 말인가.

사카디은이여, 나는 어째서 당신의 이름을 버리지 못하고 있는 것인가.

이제 남아 있는 마검은 사검 이질리스뿐이다. 마지막이란 것은 고독의 증표가 아니겠는가.

공갈 검과 수다쟁이 검 XI : 남겨진 자

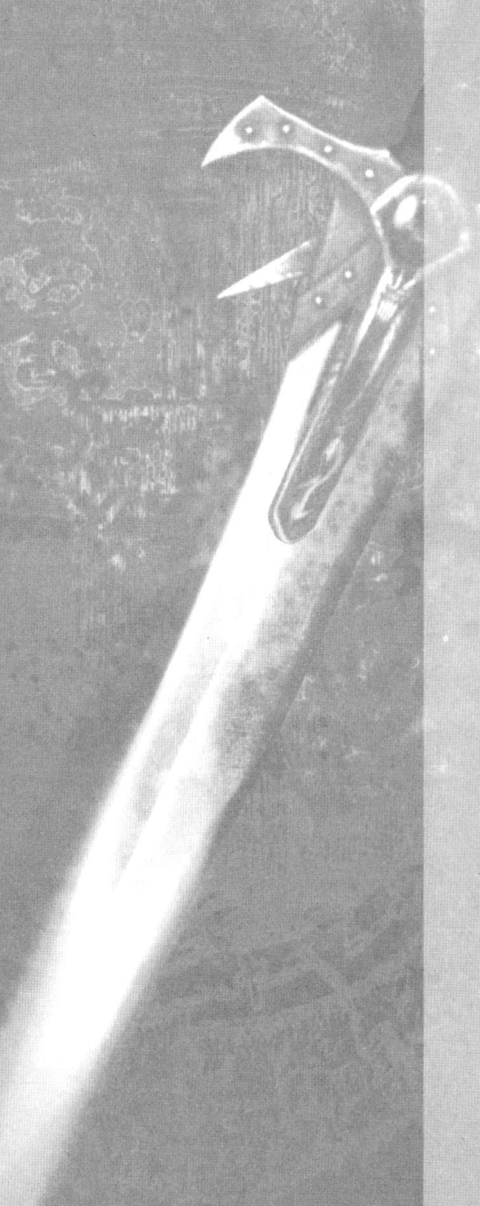

남겨진자,
그것은 끝나지 않음의 표본.
고독과 외로움,
끊이지 않는 생각의 산물.
그는 적막한 곳에 홀로 서서 또 다른 어떤 것을 기다린다.

남겨진 자의 외로움이라는 것은 생각보다 더 쓰라리다는 것을 나는 다시 한 번 느낄 수 있었다. 에셀휜, 그와 함께 오랜 시간을 있었던 것은 아니다. 하지만 그가 나의 삶 중에서 결코 잊을 수 없는 추억을 각인시켜 주고 떠나갔다는 것은 사실이었다.

나에게 있어서 많은 자리를 차지했었던 유디엔의 이름. 에셀휜의 빈자리는 유디엔의 빈자리와 마찬가지로 공허했다. 내가 언제부터인가 그에게 끌리고 있었던 것일까.

마검에 얽매인 자, 나의 아버지 슈하린은 마검도 자유로운 영혼이 되기를 바라고 있었다. 그렇기 때문에 나에게도, 마검들에게도 마검들의 배신자라는 소리마저 듣게 되었다. 어리석음이다, 숙명을 따라간다는 것은.

나는 지금까지 어떤 허상을 보아온 것일까.

"카티는 잠들었어. 그런데 넌 괜찮아, 이질리스?"

미드가르드, 그가 나에게 물었다. 칠흑같이 어두운 밤하늘이다. 하늘은 검은 암흑을 머금고 있었으며, 그 에셀휜이 흘린 피만큼이나 짙었다.

나에게 대답할 기운 따윈 없었다. 어차피 나의 삶은 후회의 연속인지도 모른다.

남겨질 자를 두고 떠나는 그들은 너무나도 이기적이다. 자신들만 생각하고 결국 자신을 위해 죽음을 택한다. 어리석어. 남겨질 자를 생각하고 있다면 그들은 죽지 않아야 했다.

"마검이 언제까지나 주인에 얽매일 수는 없어."

슈하린, 그가 했던 말이 떠올랐다. 에셀휜의 리본이 내 손 안에 남아 있었고 아직도 그 체온이 남아 있는 것 같다.

"그건 널 위해서였어. 어쩌면 남겨진 자들을 위해 목숨을 버린다는 것은 이기적인 일이지."

그래, 바람이 불어온다.

"그래도 살아 있는 편이 나았어."

미드가르드는 밤하늘을 바라보면서 날개를 만지작거렸다. 그의 머리카락이 밤하늘에 투명하게 반짝이는 것 같았다. 그의 날개가 달빛을 받아 더욱더 푸르게 빛났다.

"너무 슬퍼하지 마."

어째서 마검은 마검이라는 자신들의 존재 자체에 얽매여야 했을까! 내가 부질없이 속박되어 있지 않았더라면 에셀휜은 살 수 있었을지도 모른다.

모르겠다. 난 남을 위해 그렇게 죽을 자신이 없는데 에셀휜은 어떻게 그런 자신감을 가지고 나를 위해서 몸을 불사를 수 있었던 걸까.

"네가 그앨 선택했듯이 그애가 널 선택했으니까."

미드가르드는 마치 내 마음을 읽은 것처럼 중얼거렸다. 그의 슬픈 눈동자, 그 역시 나와 같은 심정으로 잠들어 있는 카티스를 바라보았다. 지금은 여자의 몸이 되어 있는 소녀의 모습을 한 그를 바라보면서 쓸쓸한 미소를 지었다.

마검의 인생, 어쩌면 나는 당연하게 여겨왔던 것인지도 모르는데. 슈하린, 나의 아버지도 나처럼 마검들의 인생이 얽매여 있다는 것을 깨닫고 나만은 그렇게 되지 않기를 바랐었는데.

나는 지금 어리석은 나 자신이 지독하게 싫었다. 나에겐 혼자 남겨질 그런 용기는 없었는데 에셀휜은 웃는 얼굴로 나를 남겨놓았다.

유디엔은 울고 있는 자신의 곁에서 나를 떠나 보내야 했을 때 심정이 어땠을까. 에셀휜은 그렇기 때문에 웃는 얼굴로 나에게서 떠나려 했었던 것인지도 모른다. 너무 가슴이 아팠다. 리아드라는 존재에게서 떨어져 나온 이후에 나에겐 더 이상 감정도, 눈물도 남아 있지 않다고 생각했는데 그건 나만의 착각이었다.

"좀 쉬어두도록 해."

미드가르드가 조용히 자신의 윗옷을 벗어 카티스의 몸에 덮어주고 있었다. 밤바람은 쌀쌀해서 몸이 떨려왔다. 나 같은 마검도 그런 것을 느끼는 것 같다. 정에 얽매이면 약해진다고 항상 말하던 카티스, 그는 에셀휜의 죽음 후에 많은 사람들을 죽였다. 그는 자신이 정에 얽매인다고 생각하면 모든 것을 제거해서 자신의 죄를 씻어내려는 듯 웃는다. 그 웃음이 더 슬퍼 보이는 것도 사실이었다.

하지만 난 에셀휜을 위해서 아무것도 할 수 없었다. 아직 내 손에는 그애의 체온이 아직도 남아 있어서 그런지 그애를 생각하면 어떤 것도 행할 수 없었다.

내가 만일 에셀휀를 만나지 않았다면 나는 리아드에게서 받은 상처를 영영 지워 버리지 못했을 것이다. 그애처럼 밝게 웃는 법을 배우지 못했을 것이다. 그리고 그애가 죽지 않았다면 절대 슈하린의 마음을 이해하지 못했을 것이다. 에셀휀을 생각하니 찢어질 것 같은 가슴의 통증을 느꼈다.

"마검이 주인에 얽매이지 않는다면, 마검이라는 것에 얽매이지 않는다면……"

슈하린이 항상 그렇게 말했던 것이 기억났다.

내 손목을 제어하는 쇠사슬이 철그렁 소리를 냈고 푸른 머리카락이 바람에 휘날렸다. 이제 더위는 가시고 남은 것은 차가운 바람뿐이었다. 인간의 피 냄새를 맡고 그들에게 달려들었던 짐승들은 미드가르드가 알아서 처리했지만 피 냄새는 여전했다. 인간은 피를 흘리며 죽어가고, 그 살과 뼈가 흙으로 돌아간다. 그렇다면 마검은?

그들이 죽으면 검신이 남아 있는 경우도 있지만 대부분 그것조차도 산산조각 나버리는 것이다. 그 때문에 에셀휀의 흔적은 어떤 곳에서도 찾을 수 없었다.

"남겨두고 가는 자들은 미안함을 느끼면서도 자신의 목표를 위해서 떠날 수밖에 없을 거야."

미드가르드가 밤하늘을 바라보면서 말했다. 용케 아직까지 살아 남아 있는 헝그리 하이브와 아스가르드도 옆에서 눈을 붙이고 있었다. 모닥불이 나무 타 들어가는 소리를 냈다. 이런 쓰라린 마음으로 검신 안으로 들어가고 싶지 않았다. 그만큼 상처를 잊을 것 같아서였기 때문이다.

그런데 어째서 미드가르드는 죄책감을 가슴에 안은 듯 하늘을 바라보고 흩날리는 머리카락을 그냥 방치해 두는 것일까. 그는 자신의 날개를 빼냈다. 커다란 그의 날개가 바람에 흩날렸다. 그의 날개는 달빛을 받아 반짝여서, 그 모습이 달의 정령이 몸을 일으키는 것 같은 착각에 빠졌다.

그의 부드러운 날갯짓이 유혹하듯이 흩날렸고, 달빛을 받아 푸른빛이 감도는 은색으로 반짝였다. 마치 슬픔도, 고독도, 외로움도 그의 날갯짓에 묻혀 버리는 것 같았다. 그의 날개를 바라보고 있자니 졸렸다. 극심한 피로가 몰려왔다. 나는 마치 인위적인 힘에 의한 것처럼 검신의 안으로 몸이 빨려 들어가는 것을 느꼈다.

“남겨두고 가는 덴 다 이유가 있어. 그것이 어쩔 수 없다 하더라도 결코 후회하지 않기 때문일 거야.”

그의 목소리가 부드럽게 머리 속을 맴돌았다. 하지만 그의 눈은 놀랄 정도로 차가워져 있었다. 항상 따스하다고 생각했던 그의 녹색 눈은 마치 얼음을 조각해서 박아 넣은 것처럼 냉랭했다.

“이제야 마음을 잡은 건가?”

나는 아스가르드가 눈을 뜬 것을 눈치 챘다. 그는 단정하게 옷을 가다듬으면서 미드가르드를 응시했는데 그때 미드가르드의 시선이 나에게서 멀어졌고, 그와 동시에 나는 검 안으로 빨려 들어가 슬픔과 회한의 잠에 빠져들었다.

더 이상 어떤 목소리도 들리지 않게 되었고, 에셀휜의 부드러운 목소리와 함께 정신없이 검신이라는 시공 속으로 빨려 들어갔다.

Chapter 29

불변의 진리

그것을 알고 있었다.
그때문에 항상 고민했다.
하지만 답은 하나였다.
이제 더 이상 함께 길 수 없었다.

바람이 불어왔다. 그것은 절대 멈추지 않을 바람이었다. 그 때문에 머리카락을 흩날리던 나는 이질리스를 잠재운 후 아스가르드를 향해서 고개를 돌렸다.

"항상 마음을 잡지 못한 것은 아니었어. 원래 후회는 하지 않았으니까."

이그드라실의 마검은 영원히 이그드라실에 속박된다. 그것이 바로 나의 이름의 증거이다. 만들어진 마검은 수도 없이 많았지만 대부분이 실패작이었고, 처음으로 성공한 것은 나뿐이었다. 마검 생성 실험으로 인해 쓸데없이 많은 생명이 희생되었고 내가 지금 그 생명을 이어가고 있다. 그래서 이그드라실은 특별한 의미를 가진다. 이그드라실의 마검인 내가 생명의 근원인 이그드라실에서 빠져나갈 수 없는 것은 불변의 진리였다.

"그것이 변할 수 없는 진리겠지."

나는 바람을 맞았다. 이제 돌아가야 할 시간이겠지. 더 이상 이곳에 있을 수 없다는 것을 나는 잘 알고 있었다. 내가 카티스의 곁에 있었던 덕분에 그가 어디에 위치하고 있는지 알 수 있었던 바르하시온이지만, 이젠 그런 것조차 필요없었다.

"어차피 돌아가야 하겠지. 그건 만들어진 마검의 숙명이니까. 그동안의 발악도 이젠 끝이야."

"정말 어리석은 생각이었어. 네가 그의 곁에 있는다고 도움되는 것은 하나도 없었으니까."

아스가르드가 푸른 눈을 가늘게 뜨면서 검은 하늘에 떠 있는 둥근 달을 바라보았다. 검은 구름은 사라지고 이제 남은 것은 초롱초롱한 오색의 별빛과 둥근 달의 빛이었다.

"역시 그런 건가……."

나는 고개를 가로저었다. 나는 잠들어 있는 카티나에게서 에이아의 모습을 발견했다. 그녀는 지금 실제로 존재하는 사람이 아니었고, 그렇기 때문에 나의 집착이 더 컸던 것인지도 모른다.

미안, 에이아. 내 발악도 이대로 끝날 것 같아. 지켜주고 싶었는데……. 하지만 그건 내 헛된 생각이었는지도 몰라. 너를 위해서 나는 이런 일은 그만두려고 했지만 그건 쉽지가 않았어.

위선과 거짓으로 점철된 생활 속에서 이렇게 남아 있을 수 있었던 것은 너를 향한 마음이 있기 때문이었지. 불순한 생각이었을지도 몰라. 그와 함께 있으면 네가 옆에 있을지도 모른다고 생각했으니까.

카티나는 묘하게 그녀와 느낌이 비슷했다. 비록 본래의 얼굴은 닮지 않았다 하더라도 지금은 그녀의 동생인 아르스리르와 닮은 아름다운 아이였다. 달빛에 반사되어 하얗게 숨을 쉬는 살결, 그것은 그의 것과도, 그녀의 것과도 같은 것이었다.

"미련은 버려. 어차피 넌 해야 할 일을 한 것뿐이니까. 네가 누구보다도 잔인하고 감정이 없는 녀석이라는 거 이 몸은 잘 알고 있어."

아스가르드가 고개를 가로저으면서 자리에서 일어섰다. 아스가르드의 치렁치렁한 옷이 달빛에 반짝였고, 그것이 흔들리면서 그가 저벅저벅 내가 있는 곳으로 걸어오고 있다는 것을 알렸다.

"부드러운 것은 너에게 있어 모두 거짓이잖아. 네가 부드럽게 대한 것은 단 한 사람이 아니었던가?"

그의 목소리에 나는 기억을 되찾았다. 아니, 원래 마음속에 감싸고 있던 기억이 되살아난 것뿐이었다. 나는 어렸을 적 가족을 모두 잃었었다. 그 일 이후 웃어본 일이 없었는데 에이아, 그녀가 마음을 닫아버린 날 구해줬었다. 그녀를 위해서라면 모든 것을 해줄 수 있다고 생각했을 때, 그녀는 나에게 자신의 모든 것을 주고 떠나갔다.

바보 같으니! 그녀는 결코 나에겐 기회조차 주지 않았다.

아스가르드는 천천히 반대쪽으로 걸어나갔다. 내가 그곳으로 돌아올 것을 기다린다는 듯이 그는 숲의 다른 쪽으로 걸어갔고, 내가 언젠가는 걸어야 할 길을 걷고 있었다. 카티나가 뒤척이는 소리가 들려왔다. 분명 깊이 잠들어 있다고 생각했는데 그는 금방이라도 일어날 것 같다. 나는 그런 그의 등을 싸늘하게 바라보았다.

"왜 그래?"

그는 내가 자신을 바라보고 있는 것을 느꼈는지 짜증난다는 표정으로 뒤척였다. 그 붉은 눈이 나를 향하고 있었다.

"아니, 일어날 필요 없어. 지금은 아무도 없으니까."

“넌 망이나 잘 봐. 난 피곤하니까. 음냐~”

그가 그렇게 말하며 옷을 끌어당겨 자신의 몸을 덮었다. 아직 아무것도 모르고 있구나. 나는 부드럽게 날개를 움직였다. 그는 내가 자신을 어떠한 눈으로 바라보고 있는지도 모른 채 잠으로 빠져 들었다. 감정에 치우쳐서 그는 결국 모든 것을 버리고 자신의 주위에 있던 생명체를 없앴다. 하지만 나에게 있어선 살아 있는 것을 죽여 버릴 정도로 정에 치우친 그의 감정이 더 사랑스럽게 보였던 것인지도 모른다.

그러는 사이에도 시간은 흐르고 있었다. 달이 머리 꼭대기 위에 떴다.

나는 푸드덕 날갯짓을 하며 그에게 덮어주었던 옷 말고 다른 옷을 꺼내 들었다. 날씨는 더 차가워질 것이다. 그렇지만 난 그에게서 떠나 있겠지. 추위는 더 깊어질지도 모른다.

“미안하다고 말할 자격이 나에겐 없다고 생각하지만.”

나는 그에게 중얼거리듯 속삭였다. 아마, 이대로 잠든 채 내일 아침까진 일어나지도 못할 것이다.

“이젠 아마 다시 만날 일이 없을 거야. 아니, 언젠가 서로 맞부딪칠 날이 오겠지. 그래도 난 이제 네 편이 되어주는 일은 없을 거야.”

나는 그에게 조그맣게 속삭였다. 나는 그의 얼굴을 바라보았다. 세상모르고 편안히 잠들어 있었다.

미안해.

가볍게 그의 고개를 받치고 나는 그녀의 입술에 입을 가져다 댔다. 숨소리가 쌔근쌔근 들려왔다. 그의 입술로 따스한 체온이 전해져 왔다. 난 그에게서 그녀의 환상을 보고 있었다. 나는 그에게서 에이아의 그림자를 보고 있었으며, 또 그를 나의 아들이라고 생각하고 있었다. 에이아, 그녀의 모습이 그에게서 비칠 때마다 나는 참을 수 없는 그리움에 몸을 떨고 만다. 지금도 에이아의 모습에 참을 수 없어서 그의 입술에 입을 가져다 댔다.

미안하다. 하지만 내가 부린 억지도 이젠 끝나 버리겠지. 죄책감을 가지고 있었던 것은 아니지만 널 그런 몸으로 만들어서 미안해. 널 속박하던 저주는 가까운 데서 온 것이었지.

하지만 그것은 저주가 아니라 나의 소망이었을지도 모르지. 난 그 정도로 그녀의 모습을 보길 바라고 있었으니까. 어쩌면 이 날개보다도 넌 더 나를 속박하는 존재였을지도 몰라.

그가 여자의 몸이 되어야만 했던 것은 모두 내 책임이었다. 나는 100여 년 간 그의 피를 마시며 갈망했다. 에이아, 그녀의 얼굴을 볼 수 있길 바랬다. 하지만 그 때문에 내가 그를 속박하고 있었던 것 같다.

기억을 잃고 살아가면 좋을지도 모른다고 생각했다. 그리고 영원히 남자의 몸으로 돌아가지 않으면 기억을 잃어버린 채 살 수 있을 것이라고 여겼다.

하지만 그것은 다 어리석고 부질없는 생각이었다. 난 그 정도로 내 자신이 그것에 얽매여 있을 줄은 몰랐다. 내가 원한 것은 그런 것이 아니었다. 난 얽매여 있는 마검. 이그드라실의 형제들은 마검 이그드라실에 얽매여 있는 존재들이다. 그에게서 벗어나거나 하는 것은 절대 불가능했다. 사실 마법사가 카티스에게 저주를 내리지 않았던 것처럼 나도 원래는 그들에게 얽매여 있지 않았었다. 자유롭다고 생각했지만 그런 생각이 더 이그드라실에 얽매이게 만들었던 것이다.

그것은 숙명이다. 불변의 진리인 것이다.

나는 그의 부드러운 입술에서 떨어졌다. 미안한 생각이 앞섰지만 아마도 앞으론 이런 기분 따윈 가지지 않을 것이다. 이그드라실의 마검이니까. 절대 감정은 보이지 않을 것이다. 그러나 또한 나는 결코 그녀를 잊지 않는다.

"아직도 미련이 남아 있는 건가요?"

검은 날개가 점차 밖으로 빠져나왔다. 내 몸에서 나온 것은 아름다운 얼굴의 여성, 흰 살결에 아무것도 걸치지 않은 나신의 미인이었다. 하지만 인간의 그것과는 달리 그녀의 상반신은 하얀 뱀처럼 길게 꼬리를 늘어뜨리고 있었다.

"요르문간드."

그녀는 미드가르드의 뱀이라고 불리는 존재, 그녀는 로키의 딸이었다. 로키가 자신의 유전자로 만든 존재로서 나를 속박하도록 만든 이그드라실의 산물이었다.

"빈자리는 내가 대신해 줄 수 있어요. 내가 당신의 여자를 대신해 줄 수 있으니까……"

'슬픈 표정 짓지 말아요'라고 그녀는 눈으로 말하고 있다. 달빛에 빛나는 새하얀 피부와 하늘하늘한 엷고 푸른 머리카락. 금색의 눈이 애처롭게 나를 응시하고 있었다. 하반신은 흰 뱀과 같이 길게 꼬리를 늘어뜨리고 있다. 그것은 인어와도 비슷했지만 그보다는 뱀의 그것과 흡사했다.

내가 사랑한 사람과 똑같은 얼굴을 가지고 있는 그녀를 보고 있자니 가슴이 시릴 정도로 저려왔다. 그녀의 등에 돋은 한 쌍의 날개는 바로 나의 날개였다. 내가 날개처럼 가지고 있었던 그것, 나를 이제껏 속박하는 존재였던 미드가르드의 뱀.

"내가 모든 것을 감당할 수 있어요. 당신은 그냥 아버지의 말을 듣기만 하면 되는 거예요. 어째서 당신은… 제게 마음을 열어주지 않는 거죠? 당신의 옆에 있을 수만 있다면 그녀 대신이라도 좋아요."

아름다운 얼굴에 부드러운 어깨 선과 목 선이 아름다운 곡선을 이루고 있었다. 나는 그런 그녀의 실오라기 하나도 걸치지 않은 나신의 어깨에 부드럽게 손을 올렸다. 그녀의 눈이 나를 뚫어져라 응시하고 있었다.

만일 그녀가 없으면 날 수도 없었을 것이다. 다시는 하늘을 나는 기쁨을 맛보지 못했을 것이다. 무기력한 상태만이 계속되었을 테니까. 나는 예전에 아나리드의 유적지에서 손에 넣었던 혈석 펜던트를 만지작거리다가 그것을 주머니에 넣었다.

"밤바람이 차니까 이거라도 입고 있어요."

나는 그녀에게 부드럽게 웃어 보였다. 그녀는 혼자 걸을 수 없는 몸이었다. 영원히 기생해서 살아갈 수밖에 없는 존재였다. 상반신은 사랑스러운 그녀와 똑같은 몸인데 하반신은 뱀과 같다. 그렇기 때문에 나는 그녀를 보면서도 이성을 찾을 수 있었다. 그녀가 나의 어깨에 팔을 올리고 나의 입술에 입을 맞추었다. 그녀의 가슴이 뛰는 소리가 들렸고 어깨에 걸쳐 주었던 옷이 흘러내려 눈부시도록 흰 살결이 드러났다. 부드러운 살 내음이 그녀의 팔을 통해 전해졌다. 나는 그녀가 하는 대로 내버려 두었지만 목석처럼 꼿꼿이 목을 편 상태였다.

나는 거짓을 행하고 있는지도 모른다. 그들은 나를 영원히 얽어 맬 족쇄인 그녀를 나에게 남겨주었다. 나는 그녀를 안아 들었다. 그녀의 몸은 나의 날개만큼이나 가벼웠다. 에이이를 잃고 부러졌던 날개는 다시는 돋아나지 않았다. 그렇기 때문에 난 영원한 그 속박을 풀어버리고 싶었다. 카티스의 옆에 가지런히 서 있는 나의 검신을 나는 들어 올렸다. 이젠 그에게서 사라져 버릴 것이다.

이 검은 날의 마검도 더 이상 그를 지키지 않을 것이고, 다음에 만날 땐 우리들은 서로 모르는 타인이 되어 있을 것이다.

한 검은 머리카락의 꼬마가 박수를 치면서 이곳으로 걸어나왔다. 그의 이름은 우트가르드. 라그나였으나 마검이 된 녀석이었다.

"좋아, 로키님도 기뻐하실 거야."

로키, 그는 바르하시온과 함께 마검을 만드는 데 참여한 남자였다. 그가 알타크나의 수장이 되기 전에도 나는 그의 존재를 알고 있었다. 우트가르드는 어떻게 보면 라타토스크와도 비슷한 나이였지만 그쪽이 더 호전적으로 생겼고 검은 까마귀처럼 보였다.

그리고 숲의 맞은편에 검은 살결의 소녀가 손을 들며 인사했다. 그녀는 후냐였다. 그녀의 옆에는 키가 2미터는 넘을 것 같은 장신의 니블하임이 서 있었고, 아스가르드는 뒤로 돈 채 후냐의 뒤편에 있었다. 모두들 이그드라실의 형제인 미드가르드의 귀환을 환영하고 있었다.

"기다리고 있었어."

"후냐……!"

후냐는 내가 요르문간드를 안고 있음에도 나를 끌어안았다. 요르문간드가 나의 목을 감싸 안았지만 후냐도 질세라 내 가슴에 파고들었다.

"부드러운 남자, 이젠 놓치지 않을 거야."

내가 돌아올 것을 그녀도 이미 알고 있었던 것이다. 후냐의 따스한 체온이 전해져 왔다.

마검에 속박된 내가 그곳으로 돌아가는 것은 어쩔 수 없이 정해져 있는 일이다. 난 약간이나마 열어두었던 마음을 굳게 닫아버리기로 다짐했다.

내가 떠나면 그는 뭐라고 말할까. 내가 그의 곁에 없으면 그는 나에게 욕지기를 해대겠지. 천여 년이 흐르는 동안 아무에게도 주지 않았던 감정이 약간이나마 녹았던 아르스리르의 아이. 나는 그가 어떤 표정을 지을 것인가에 대해 생각하며 쓴웃음을 지었다.

나도 널 배신했다고 생각할까?

영원히 떠나갔다고 생각할까?

하지만 이것도 정해져 있던 여로.

난 나의 길을 위해 떠난다. 영원한 속박인 이그드라실의 마검의 검신, 나는 존재의 가치를 얻기 위해 발걸음을 멈추지 않았다. 위선적인 미소도 더 이상 입가에 떠오르지 않았다. 다시 달은 떠올라도 이제 에이아의 환상과 같은 카티나의 모습은 사라져 버릴 것이다. 이대로 마지막이라고 생각하면서 나는 감정을 자그마한 새장 안에 가두었다.

그리고 다음에 만날 땐 서로가 서로를 모르는 타인이 되어 있을 테지.

Chapter 30

사인(死因)의 바람

영원히 불지 않을 것 같았던 바람이 불어온다.

떠돌아다니는 영혼의 그림자를 느낄 때 그는 영원의 꿈을 꾼다.

영원한 인식의 꿈을.

　몇 번이나 해가 지고 떴는지, 언제 나뭇잎이 떨어졌다가 어느 순간 다시 자라났는지 나는 기억하지 못한다. 여러 가지 면에서 일은 순조롭게 진행되었다고 할 수 있었다. 난 쉽게 알타크나의 중부로 올 수 있었지만 왠지 석연치 않다고 생각하고 있었다. 햇볕이 닿지 않는 어두침침한 구석에 앉아 알타크나산의 담배를 입에 물었다. 부싯돌을 사용해서 피어 오른 불길로 담배 잎의 끝을 태우고 그 연기를 빨아들였다. 그것을 피우기 시작한 것은 얼마 되지 않는다. 처음에는 그저 그런 아무것도 느낄 수 없는 맛이었지만, 지금은 그 마력과도 같은 흡인력으로 인해 손에서 그것을 떼지 못하는 상태다. 술과 담배, 그리고 여자. 남자에게 있어서 가장 필요한 것이라고 생각하며 고개를 끄덕였다. 쾌락을 안겨주는 그 신비한 물건을 입에 물고 허리를 펴고 일어섰다.

　얼마 동안 잠들어 있었던 걸까. 나는 세월을 일일이 세지 않는

다. 나는 인간들처럼 짧은 시간을 사는 존재가 아니기 때문에 그
럴 필요가 없었다.

　끼익.

　문이 열리는 소리와 함께 거의 발자국 소리가 나지 않는 녀석이
방 안으로 들어섰다. 문틈으로 바람이 불어왔다. 연기가 내 쪽으로
흘렀다. 거의 높낮이가 없는 일정한 톤의 목소리가 들렸다.

　"담배가 늘었군. 하긴 알타크나에서 개발한 기호 식품 가운데
하나니 자네가 그 매력에 빠지는 것도 당연하지."

　"흥."

　내가 이 녀석을 만난 것은 우연이 아니었다. 그러나 그 만남은
마치 우연처럼 다가왔다. 녀석은 항상 언제 만나도 이상하지 않았
다. 붉은 갈색 머리카락이 태양 빛을 받아 마치 불꽃이 피어 오르
는 것처럼 불타오르고 있었다. 손에는 알타크나산의 종이를 쥐고
어울리지 않게 끼고 있던 유리로 만들어진 안경을 왼손으로 벗었
다. 그의 머리 색과 똑같은 빛깔의 눈이 약간 텁수룩한 머리카락
뒤로 불타오르고 있었다.

　낡은 오두막집. 가을이 겨울로 변하는 시점이 되어 선선했던 바
람은 거칠어졌다.

　"자네답지 않군. 친구가 떠나서 침울한 모양이지. 그렇게 잠들어
있었던 것도 라그나 가넬의 특성인가?"

　친구? 난 그 녀석을 친구라고 생각해 본 일이 없다. 내가 지금
침울해 보인다고? 웃기는 말이다. 난 전혀 그렇게 생각하고 있지
않다. 낡은 오두막의 침대에 걸터앉으며 난 엉성한 담배를 테이블
위에 있는 유리로 만든 잔에 비벼 껐다. 오두막은 환기가 되지 않
아 담배로 인한 연기로 자욱해졌다.

에즈, 그 녀석은 옷맵시를 가다듬고 주위를 정리했다. 곧 떠나갈 여행자의 차림을 하고 있는 것으로 보아 그는 또다시 바람처럼 흘러갈 것이다.

"뭔가 허전한 기분을 감출 수 없겠지. 자네의 그런 모습을 보는 것은 이로써 두 번째인가? 사카디은, 그 인가이 죽었을 때도 자넨 아무런 말도 하지 않았고, 어떤 반응도 보이지 않았지."

사카디은이 죽어버렸을 때 저 여행자 녀석을 본 일이 있었던가? 나는 잘 기억이 나지 않는다. 내가 꽤 어렸을 때의 일이라고 생각하고 있었는데 에즈가 그것을 보았었던가? 그럴 수도 있겠다. 그는 불꽃의 눈동자를 가진 남자가 아니던가.

"여하간 이제 그만 기운 차리도록 해. 이제 날씨도 꽤 쌀쌀해졌으니 또 떠나야겠지. 자네도 자네의 길로 떠나야 하는 것 아닌가?"

저 녀석과 얼마 동안 함께 있었지? 알타크나의 수도에서 멀리 떨어지지 않은 곳까지 내가 왜 걸어오게 되었는지, 그리고 어떤 곳에 도착해 마력을 잃어버린 마법사처럼 잠들어 버렸었는지 조금씩 기억나고 있었다. 그때 헝그리 하이브가 몰고 있던 샤이 치켄지 하는 검은 말을 타고 미친 듯이 이곳까지 달려왔던 것으로 기억된다.

끼익.

또 한 번의 소리와 함께 문이 열리고 붙임성이라고는 눈을 씻고 보아도 찾아볼 수 없는 남자가 빼꼼이 얼굴을 들이밀었다. 에즈와 비슷한 느낌의 타오르는 붉은색의 머리카락을 가진 남자로 나이까지 에즈 녀석과 비슷해 보였다. 물론 에즈 녀석의 본래 나이는 알 수 없었으니 겉보기만이었지만.

"준비됐어, 마스터."

"무스페, 그럼 이제 슬슬 떠나볼까. 그러고 보니 사인(死因)의 바람이 불고 있더군. 시대를 잘못 탔던 바람이 다시 불어오고 있어."

무뚝뚝한 불꽃의 머리카락을 가진 사내를 돌아보며 이름없는 여행자 녀석은 고개를 끄덕였다. 그는 이제 또 다른 길을 떠날 것이다. 에즈는 항상 여행을 해왔고, 그 여행의 끝을 나로선 알 수 없다. 아니, 끝이란 없을 수도 있다. 그는 나에게 시선을 두었다. 내가 아직 갈 곳을 정하지 못한 것을 염두에 두고 있는 듯했다.

"그를 찾아갈 건가?"

별로 그럴 생각은 없었다. 자기 발로 나간 녀석을 찾아가고 싶은 생각은 없다. 단지 만나면 그 잘난 면상을 한 대 갈겨주고 싶다고 생각할 뿐이다.

"선택은 너의 것이야."

"알고 있다."

나는 그 녀석의 말을 듣는 둥 마는 둥 하면서 녀석보다 먼저 그 작은 오두막을 나섰다. 살벌한 무스펠하임의 눈은 나를 쫓고 있었지만, 어차피 이제 거의 만날 일도 없는 녀석들이다. 내가 입에 담배를 물고 밖으로 나서자 부메랑 마수 검 던지기 연습을 하던 헝그리가 밝은 얼굴로 쾌활하게 말했다.

"스승님! 이제 떠나는 겁니까?"

이제 즐거운 모험이라도 시작한다고 생각했는지 어깨를 들썩거리고 있었다. 내가 처음 눈을 떴을 때 이 녀석의 성장에 많이 놀랐던 것이 기억났다. 이제 헝그리는 소년의 모습이 거의 사라지고 힘밖에 믿을 것이 없는 단단한 근육질 청년의 모습을 갖추고 있었다. 그런데도 녀석은 여전히 짧은 바지를 고수하고 있었다. 아직은 나보다 작지만 얼마 지나지 않아 키가 훌쩍 커버릴 것 같았다.

"너, 아직도 안 갔었냐?"

나는 놈을 흘겨보았다. 그 녀석은 배시시 웃으며 귀여운 척했다. 소년에서 청년이 되어가는 헝그리의 모습이 귀엽게 보일 리가 없었다. 인간들은 왜 저렇게 빨리 자란다냐. 눈 깜빡할 사이에 어린 애가 소년이 되고, 소년이 어른이 되고, 또 늙어버린단 말이다.

나는 녀석에게 관심을 가지지 않고 공갈 검을 짊어진 채 앞으로 나갔다. 저 녀석은 내가 잠들어 있던 몇 년 간을 이 근처에서 생활한 모양이다. 헝그리의 얼굴을 봐야 한다는 것은 그다지 마음에 들지 않았지만 그 녀석은 끈질기게도 날 따라오고 있었다. 헝그리 녀석은 인사성 밝게 여행자 녀석에게 인사했다. 에즈가 집 밖으로 나오는 것을 눈치 챘던 것이다.

"그동안 신세졌습니다, 에즈 씨."

"별거 아냐. 얼굴 익혀둔 대가라고 생각하면 돼."

에즈는 무표정한 얼굴로 중얼거렸다. 무스페라 불린 녀석은 헝그리 하이브를 못마땅한 얼굴로 쳐다보았다.

인간들이 사는 마을에서 약간 떨어진 숲에 위치한, 원래 주인이 없었던 빈 통나무 집은 점점 나와 멀어져 갔다. 헝그리 하이브는 내 뒤를 졸졸 쫓아왔다. 그 녀석에게 특별한 목적은 없는 듯했다.

이제 더 이상 밤에 계집애로 변하는 일은 없어졌다. 난 그것을 생각하면서 입술을 깨물었다.

수다 검 녀석이 사라지고 나서 그 저주는 마치 본래부터 존재하지 않았던 것처럼 사라져 버렸고, 그 덕분에 나는 저주의 진상에 대해 확신할 수 있었다.

미드가르드, 그 녀석은 나를 가지고 놀았던 것인가! 나는 입술

을 깨물었다. 며칠 내내 생각하지 않으려고 했던 그 녀석의 얼굴
이 떠올랐다. 마법사의 짓이라고 믿고 있었는데… 놈은 나의 가까
운 곳에 서서 나를 놀려먹고 있었던 것이다. 헝그리 녀석은 인상
을 쓰고 있는 나를 보면서 약간 두려웠는지 머뭇거리다가 혼자 중
얼거리기 시작했다.

"미드 형이, 그리고 아스가르드, 그 사람까지 함께 사라져 버릴
줄은 몰랐어요."

그렇겠지. 그 녀석도 미드가르드 녀석과 아는 알타크나의 무리
들 가운데 한 놈이었으니까. 만났을 때부터 알고 있었으면서 방치
해 둔 내가 어리석은 놈이다. 선선한 바람이 맑은 공기를 싣고 내
게 다가오고 있었다.

"스승님께서 잠들어 계신 동안은 정말이지 조용했어요. 전 스승
님께 많은 것을 배울 수 있었지만 어쩐지 지나간 세월이 허무했다
는 생각이 들었습니다. 로얄 히어로로서 한시라도 급히 공을 세워
야 했거늘 수련이나 하고 있었다니… 제가 너무 어리석었다고 생
각했어요."

"누가 그런 거 물어봤냐!"

마침 숲을 가로지르는 냇가, 아니, 냇가라고 치기엔 좀 깊고 넓
은 곳에 다다랐다. 헝그리 녀석은 내가 이상하다고 생각했는지 머
리를 갸웃거리고 있었다.

"웬일인지 요즘은 스승님답지 않아요. 몇 년 전에 스승님이 주
무시기 전이었다면 이미 이런 나를 강물에 처넣었을 텐데……"

"원한다면 그렇게 해주지!"

난 발길로 녀석을 뻥 차서 그 냇가에 던져 넣었다. 꽤 멀리 날아
가 버리는군. 아직은 몸이 가벼운 편이지만 곧 묵직한 쇠 덩어리

같이 느껴질 것이다. 나 때문에 헝그리 녀석은 냇가에 처박히고 말았다. 다행히도 그곳의 물살이 매우 거친지 어푸어푸 숨을 내쉬면서 고난과 역경에 맞서서 싸우는 헝그리 녀석이 보였다.

"스승님, 이런 시련을 저에게 주시다니 정말 너무합니다. 그러나 이 용사 헝그리, 용사로서의 시련을 얼마든지 받아들일 것을 굳게 다짐하겠습니다!"

"놀고 있네."

입만 동동 뜨겠군, 저 자식.

나는 헝그리 녀석이 따라오든지 말든지 관심을 꺼버리고 계속 터덜터덜 걸었다. 시원한 바람이 불어왔다. 이제 날씨는 차가워질 것이다. 알타크나가 대륙에 위치하기에 겨울은 좀 더 빨리 찾아오기 마련이다.

퇴폐와 향락의 도시, 그리고 허무의 바람이 불어오는 곳. 한 나라의 쇠망과 퇴폐는 인간들과 다른 시간을 사는 나에겐 흔한 일이었다. 여자들은 문을 걸어 잠그고 나오지 않으며 창녀들은 오히려 목숨을 걸고 몸을 판다. 거리의 골목엔 술에 찌든 버러지 같은 녀석들, 그리고 돌아오길 기다리는 사람들이 넘쳐 난다.

전쟁? 그렇다. 내가 잠깐 눈을 붙인 사이에 전쟁이 쓸고 지나간 것이다. 알타크나는 피해자가 아니었다. 그들은 가해자였다. 그럼에도 이렇게 황폐화되어 있었다. 전쟁이란 모든 것을 망치는 인간들의 자멸책이다. 그 전쟁이라는 놈이 벌레처럼 알타크나를 갉아 먹고 있다. 수도와 가까운 이 곳조차 쓰레기 더미처럼 변해 버렸는데 다른 곳은 오죽하랴!

인간들의 정사에 관심은 없지만 이러한 전쟁은 정말 무책임한 일이 아닐 수 없다고 나는 생각했다. 약간 묵직해진 발걸음으로 골목을 돌았다.

확!

담배 연기가 자욱하고 여기저기 널브러져 있는 사람들의 모습이 눈에 띈다. 그리고 한쪽 손에 담배를 들고 있는 성숙한 여성이 내 팔을 붙잡았다. 이미 찌들 대로 찌들어 있는 얼굴이다. 필사적으로 몸을 팔아서 살더라도 그들은 최상의 방법을 사용하고 있는 무리들이었다. 정조를 지키며 혀를 깨무는 귀족 계집애들은 생각조차 할 수 없는 일이지만 이쪽이 더 현실감 있고 인간적인 법이다. 남자나 여자나 다른 능력이 없더라도 죽기 살기로 살려고 노력하지 않던가!

"아이, 이곳에서 하룻밤 자고 가세요. 예쁜 여자들이 많답니다. 이곳에서 외로움을 달래세요."

어떤 여자도 채워주지 못할 만큼 내 속은 공허했다. 나는 그녀를 천천히 뜯어보았다. 검은 머리카락, 흔히 볼 수 있는 속세에 찌든 여자다. 웨이브 져서 구불구불하고 너무 화장에 신경 쓴 나머지 머리카락이 오히려 상해 있었다. 알타크나의 여성답지 않게 가슴의 굴곡이 드러나는 파인 드레스를 입고 있는 것으로 보아 사창가의 여자가 틀림없다. 이렇게 여성들이 폐쇄적인 국가일수록 사창가는 더 번성하기 마련이다.

"뭐, 좋지."

달콤한 꿈과 환상, 사내놈들이라면 은근히 바라고 있는 것들이다. 모든 여성들을 손안에 넣는다던가 하는 허황된 꿈을 꾸는 놈들도 많은 것 같지만, 웃기는 것은 여자들에게 조종당하고 있다는 생각도 든다는 것이다. 나는 그녀의 허리를 잡았다.

“좋아. 마음에 드는군.”

약에 찌든 것 같은 눈, 피부도 탄력을 잃었다. 하지만 오랜 경험으로 인한 요염한 움직임은 나를 자극시키기에 충분한 것이었다.

“내 이름은 페냐. 당신은?”

그녀의 입술이 나의 입술을 덮쳐 왔다. 익숙한 몸놀림이다. 그녀의 움직임은 잠시 동안의 쾌락으로 나를 안내했다.

하하하, 허탈한 웃음이 폐부로부터 빠져나온다. 이미 져가는 여성의 입술은 이다지도 밋밋하단 말인가! 싸늘한 기운이 느껴졌지만 나는 그녀의 끌어안은 허리를 더 힘차게 잡아당겼다. 살아 있는 인간의 체온이 입술을 타고 전해져 온다.

“이 순간만은 뭐든지 잊어버리는 거예요. 어때요?”

아련하게 들려오는 피곤에 찌든 그녀의 목소리에서 나는 애틋한 향수를 느꼈다. 그간 절제된 생활을 하려고 노력했던 것은 아니지만 나도 모르는 사이에 약간의 꿈에 빠졌었다는 점 때문에 등 뒤에서 느껴지는 싸늘한 기운을 무마시켰다.

그녀의 목이 뜨끔 움직였다. 그와 함께 굽이치는 웨이브 진 머리카락이 바람에 흩날렸고 공기가 들어간 풍선이 터져 버리듯 고막을 세게 쳤다. 쿠쿵! 소리와 함께 지진이라도 일어난 양 땅이 크게 흔들렸다! 지진? 아니다! 곧 폐허와 같은 건물이 쓰러져 버리고 허무와 쾌락의 도시에는 걸맞지 않는 갑옷을 갖추어 입은 녀석들이 그 위에 서 있었다.

그들은 긴장하고 있었다! 동공은 커져 있었고 입은 벌어진 채 뒷걸음질만 치고 있었다. 개중에는 팔이 날아간 녀석들도 있어서 피가 흩뿌려져 난장판이 되어 있었다.

“이라?”

그들은 두려워하고 있었다. 무엇에 홀린 눈으로 그들은 뒷걸음질을 쳤고 그 녀석들이 돌아서면서 강렬한 공기의 파동이 느껴졌다. 바람의 흐름에 따라 긴 은빛의 머리카락이 출렁거렸다.

"은발 머리카락… 혹시 저 녀석 베리우스 아냐?"

베리우스, 저 녀석은 폭포 아래로 굴러 떨어져서 생사를 확인하지 못했었는데……. 자세히 보니 베리우스는 아닌 것 같았다. 머리카락 색은 똑같았지만 체형도 달랐고, 베리우스 녀석도 키가 컸지만 저 은발 녀석은 더 큰 것 같다.

움직임! 날쌘 바람과도 같은 움직임. 한 올 한 올 춤을 추는 은발의 가락들. 그가 검을 검집에 넣었을 때 장정 여럿은 목에 피를 쏟으며 동시에 쓰러졌다. 저 얼간이 녀석들. 그 은발 녀석은 마치 못 볼 것을 본 사람처럼 쓰러져 버린 녀석들을 외면하면서 마른 입술을 열었다. 과묵해 보이지만 화사한 태양 빛 아래 그는 심상치 않은 모습으로 입을 열었다.

"허무해. 또……."

쓴 풀이라도 입에 닿은 것처럼 녀석은 입술을 질끈 깨물었다.

참, 저런 베리우스 이상의 미친놈이 아직도 존재하고 있을 줄이야. 미친 듯이 마구 웃어 젖히는 베리우스와는 다르다. 슬픈 얼굴로 피도 묻지 않은 검을 칼집에 넣고 그는 하늘을 바라보고 있었던 것이다.

놈이 휘두른 검으로 인해 공기가 강하게 치고 갔던지 폐가를 연상시키는 건물의 모퉁이가 떨어져 내렸다.

"꺄아—!"

페냐가 가는 비명을 지르며 나에게 안겼고 나는 살짝 그것을 피했다. 은발 머리 녀석의 시선이 나를 향했다. 그 녀석은 열기도 귀찮다는 듯 느릿하게 입을 열었다.

"넌 강해 보이는군."

녀석의 푸른 눈동자가 나의 붉은 눈동자를 비추었다. 녀석의 푸른 눈동자 안에 묘한 자색으로 빛나는 내 눈동자와 나의 모습이 비쳤다. 공허한 눈. 앞머리 없이 길게 늘어뜨린 머리카락은 황량한 곳을 걸었던 듯 먼지가 쌓여 있었다.

그 녀석은 느닷없이 내게 검을 들이밀었다.

혹시 저 녀석은 나를 쫓아온 자객인가.

수다 검 녀석이 사라지고 난 후론 나의 위치를 알타크나의 녀석들은 잘 가늠할 수 없는 것 같았다. 수다 검 녀석은 알타크나의 바르하시온이 만든 마검. 그래서 그 녀석들은 수다 검을 통해 지금껏 위치를 알 수 있었던 모양이다. 그렇다면 지금은? 그 녀석은 내 수중에 없으므로 알타크나의 녀석들은 쉽사리 나를 찾아내지 못하는 것이다. 게다가 꽤 오랜 기간 동안 인적이 드문 곳을 여행했고, 이름없는 여행자의 숙소에 묵었으니 날 아는 사람은 거의 없을 것이다.

에셀휜의 무덤이 된 그곳은 이미 인간도, 아무것도 남아 있지 않은 피의 대지가 되어버려 난 내 얼굴을 본 자들이 없으리라 확신하고 있었다. 내 손은 붉게 물들었고, 도리어 몸에 흐르는 피는 진해졌다. 난 허리에 매어두었던 공갈 검을 들었다. 어쩐지 한 손에 허전함이 느껴져서 씁쓸해졌다. 씁쓸한 입술을 훑어 내리고 싱긋 웃었다.

"날 죽이려는 거냐?"

"내가 원하는 것은 죽임당하는 거다."

마치 감정이 없는 인형이 말하듯이 녀석의 목소리는 느릿하고도 또박또박했다. 페냐를 뒤로 물러서게 한 후 나는 오랜만에 몸 좀 풀어보겠다는 기대에 차서 입가에 자신감을 표출해 냈다.

"싱거운 녀석, 소원대로 해주지!"

빠르다! 빠르기만 한 게 아니었다. 녀석은 머리 속을 텅 비운 채 싸우는지 아무런 공포도, 감정도 느껴지지 않는 눈동자로 나의 움직임을 응시하고 있을 뿐이었다.

한 치의 오차도 없는 살인 기계! 정확히 목과 명치를 노리고 있었다. 죽여달라는 녀석의 얼굴이 아니었고, 움직임은 나뭇가지처럼 딱딱한 것 같았지만 반면에 불필요한 움직임을 최대한 배제한 공격이었다.

허점이 없다! 인간이 그럴 수 있을까?! 아니, 아무리 노련한 검사라도, 라그나라도 허점이 드러나기 마련이다. 그러나 이 자식은 마치 인간이 아닌 것처럼 정확하고 빠른 계산 하에 움직였다. 그렇다고 힘들어하는 기색도 없었다! 녀석의 검은 무뎠다. 이미 많은 사람들의 피가 묻어 닳을 대로 닳아 있었던 것이다. 그런데 나무는 날카롭게 잘려 나가고, 기둥은 마치 칼날에 베인 무처럼 뿌리부분만 남긴 채 쿵! 소리와 함께 쓰러졌다.

정말 한 치의 오차도 없군. 더 재미있어지는걸!

나는 눈을 빛내면서 녀석의 허무한 눈동자를 응시했다. 그러나 움직임을 전혀 읽을 수 없었다. 놈은 라그나?! 아니, 아니었다. 생긴 것으로만 보아선 아시르나 라쉬엘, 옐 족에 가까운 인간이 아닐까 추정되었지만 모습만 가지고는 확실한 종족을 가늠할 수 없었다. 나보다 주먹 하나는 더 있을 것 같은 장신에 망토로 가려진 몸은 마른 근육질이었다.

"뭐냐, 자객이냐?"

"…밸더, 그게 바로 내 이름이다."

녀석은 입술을 거의 움직이지 않고 자신의 이름을 이야기했다.

"난 네 녀석의 이름 따위는 묻지 않았다, 알타크나의 시시한 졸개 녀석."

"……."

대답 대신 반겨준 것은 묵직한 칼날이었다. 나와 비교해서 저 녀석은 체격이 좋은 편이었기 때문에 힘도 그만큼 셀 것이다. 실력으로 보니 역시 시시한 졸개는 아니었다.

니드호그와 로키와는 또 다른 느낌이다. 살의가 느껴지지 않고, 또 이종족으로서의 힘이나 편법은 사용하지 않는 감정이 결여된 움직임이었다.

빠르다! 빠르면서도 그 동작 하나하나의 움직임이 결여되어 있다는 느낌을 주지 않았다. 어떠한 허점도 용납치 않는 저 푸른 눈! 훌륭하다는 말이 절로 입에서 튀어나올 것 같다.

"네가 원하는 것이 뭐지?!"

이 내가 평소엔 하지 않는 말이다. 그러나 이런 방법을 사용해서 상대방의 호흡을 흩뜨릴 수만 있다면 목을 쳐서 쓰러뜨릴 기회는 얼마든지 올 것이다!

나는 그런 식으로 계산했다.

"…죽음이다."

밸더는 여전히 거의 움직이지 않고 말하고 있었다. 괴물 같은 녀석이다. 감정이라고는 찾아볼 수 없는 눈동자! 그러나 조종당하는 인형과는 다른 생동감을 가지고 있는 동작! 밸더라고 자신을 밝힌 놈의 움직임에 대한 일목요연한 생각들이 머리를 스치고 지나갔다. 이 녀석, 정말 인간인가.

"저기 있다, 잡아라!"

또 다른 인간들이 달려들고 있었다. 저것들은 확실히 인간인데, 노리고 있는 것은 나인가?! 재수없는 일이로군. 나는 입술을 쓸어 내렸다. 피가 모자란 때는 아니었다. 이미 충분히 피는 축적됐고, 이제 슬슬 내 힘도 모여가던 찰나였다. 인간들 따위는 문제도 아니다.

똑같은 복장을 한 인간들은 나와 밸더를 똑같이 적으로 간주하고 있었다. 그들은 앞서 죽어버린 녀석들이 얼마나 공포에 떨다 갔는지 모르는 채로 다시 공격하고 있었다. 그러나 곧 결과는 뻔한 일이었다. 앞의 녀석들의 길을 그대로 답습하게 되는 것이다.

밸더는 그들을 아예 인간 취급하지 않고 있었다. 그것은 나도 마찬가지였지만 녀석은 힘도 쓰지 않는 듯 검을 가볍게 쥔 손목에서 고무줄이 퉁겨 나가는 것처럼 보이지 않을 정도의 빠르기로 움직였고, 곧 이어 앞에서 달려오는 녀석들의 머리는 하늘로 치솟아 올라갔다.

"으아악!"

비명이라도 지르고 사라진 놈은 그래도 유언은 한 셈이다. 앞에 있던 녀석은 목이 그냥 날아가 버리는 바람에 떨어진 목이 생전의 모습을 그대로 유지하고 있었고, 그런 목을 보고 남은 두 녀석들이 히익— 놀라며 뒤로 물러섰다. 그 가운데 한 놈은 죽음의 공포로 인해 오줌까지 지린 모양이었다. 그러나 곧 날랜 밸더의 검이 그놈에게 죽음을 선사해 주었다. 마치 살인을 위한 밀랍 인형처럼 녀석의 얼굴에는 슬픔과 죄책감이라는 감정이 없었고, 단지 허무와 실망만이 있을 뿐이었다.

"이런… 또……. 나에게 죽음을 선사하지 못할 것이라면 내게

품는 살의는 쓸데없는 만용이다.”

붉은 핏방울이 공기 속에 흩어졌다. 은발 녀석이 검을 빙글 돌려 검에 묻어 있던 피를 떨구어냈던 것이다. 밸더는 고개를 절레절레 저었다. 나는 멍청하게 그것을 보고 있다가 무의식 중에 이빨을 꽉 깨물었다.

“저런 미친놈 같은 녀석.”

그게 아니라 완전 미친놈이겠지.

“자……”

푸른 눈동자에 대조되는 붉은 눈을 가진 나의 모습이 비쳤다. 놈의 머리카락은 백발인지 은발인지 알 수 없는 색, 나와는 정확히 대조되는 모습이다. 저 녀석은 무언가를 기다리고 있는 것 같은 느낌이 든다. 저 녀석이 기다리고 있는 것, 그것은 나와 또 대조되는 어떤 것이리라고 나는 확신했다. 놈과 나는 정확하게 반대되는 모습을 하고 있었으니까.

밸더의 허무한 눈동자는 나를 쫓고 있었다.

그것은 죽음의 그림자와 같은 것이었다. 그 녀석을 본 자는 죽는 것과 마찬가지. 그 녀석은 확실히 모든 것의 생명을 빼앗았다.

점점 재미있어진다. 악착같이 살고 싶어하는 나와는 달리 녀석은 모든 것을 버리고 죽음을 바라는 것이다. 확실하진 않지만 내 추측이 맞다면 그러할 것이다. 내가 혜안을 가진 현자는 아니지만 나와 비슷한 부류인 녀석의 의도를 읽는 것은 그리 어렵지 않았던 것이다.

“제길, 굉장히 빠르네. 이질리스!”

마검의 힘을 빌리는 것은 마음에 들지 않는 일이지만 어쩔 수 없다. 죽이지 않으면 죽는다. 그 법칙은 어디서나 적용되기 마련이다.

『흥!』

여전히 버릇없는 이질리스 녀석은 물의 힘, 마검으로서의 능력을 최대한 발휘하기 시작했다. 비록 녀석은 손발이 묶인 상태이지만 슈하린, 다른 마검의 힘을 통째로 이어받은 사검이 아니던가. 밸더의 칼에 죽었던 녀석들이 서서히 일어섰다. 사검이 움직이는 사체들은 좀비처럼 느린 움직임이 아니었다. 그들은 목이 없어도, 팔이 하나 날아간 채라도 사지를 찢길 각오를 하고 밸더, 은발의 검사에게 달려들었다. 결과는 뻔했지만 시간은 벌었다!

난 날을 세워 밸더의 목을 향해 치켜세웠다.

와당탕!

무너져 버렸다. 난 한순간 들었던 칼을 뒤로 뺐다. 검에는 피가 묻지 않았다. 상처 입은 것은 아무것도 없었다.

"아아……!"

익숙한 목소리, 벌꿀이 흐르는 것 같은 금갈색의 머리카락이 눈앞에 선명하게 나타났다.

"엥?"

급작스럽게 나타난 그녀의 얼굴에 나는 경악해 버리고 말았다. 그녀의 머리에는 닭 털이 붙어 있었고, 엉망이 되어버린 간편한 드레스와 얼굴이 햇볕에 노출되었을 때 그녀의 그런 모습이 환상이 아님을 알 수 있었다.

"시리스?"

머리카락이 바람에 흩날리는 긴 머리의 여성을 나는 알아볼 수 있었다. 그녀의 모습은 예전보다 성숙함이 드러났지만, 그럼에도 불구하고 세월의 흐름을 거의 느낄 수 없었던 것은 그녀가 인간들

가운데서도 오랜 삶을 보장받는 엘 족이었기 때문에 그런 것 같다.

"오랜만이네요."

그녀는 이런 곳에서 나를 만난 것에 대해 놀라지도 않으면서 자신의 단정하지 못한 머리를 가다듬었다. 머리카락에 흙이 묻어 있는 것을 보면 이 여자도 무언가를 하고 있었던 것 같다.

"네가 왜 이런 곳에 있지?!"

나는 그녀의 갑작스러운 출연으로 인해서 입을 제대로 가누지 못하면서 경직된 얼굴을 움츠렸다.

"내가 이런 곳에 있으면 안 되는 건가요? 후훗."

그녀가 일어서자 하얀 깃털을 가진 것이 푸드덕거리면서 날아가려고 하는 것을 시리스가 오른손으로 콰악 잡았다.

"뭐야, 그건……?"

푸드덕!

그것은 흰색에 붉은 벼슬을 가지고 있는 새, 아니, 새라고 할 수 없을 것이다. 그것은 날지 못하는 존재니까.

"닭?!"

"아, 닭을 잡고 있었거든요."

그녀는 자신이 잡은 살이 통통하게 찐 닭을 내 눈앞에 가져다 댔다. 그것은 눈이라도 쫄 듯한 기세로 날 노려보고 있었다.

"어때요, 정말 맛있게 생겼죠?"

어허! 또랑또랑한 눈으로 나를 바라보는 닭을 보며 뭐가 맛있게 생겼냐라는 생각과 함께 입가의 근육이 경직됨을 느꼈다. 그녀는 어색한 분위기를 눈치 채고 눈앞에서 닭을 치워 버리곤, 방긋 웃는 얼굴로 내 앞에서 고개를 살랑살랑 저었다. 닭이 심하게 몸을 움직이며 요동 쳤지만 그녀는 아예 상관하지 않고 닭의 목을 꽉 잡고 있었다. 정말 언제 봐도 시리스가 닭 잡는 솜씨는 경이로울 정도다.

"그런데 카티스야말로 이곳에서 뭘 하고 있었던 거죠?"

"내가 묻고 싶은 말이야."

그녀는 흐응~ 소리를 내면서 주위에 널려져 있는 사체와 꺽다리처럼 키가 큰 은발 녀석을 발견하고는 깜짝 놀랐다. 그녀는 놀랐던지 눈이 커졌다가 다시 눈웃음을 치면서 밸더 녀석의 앞으로 다가갔다.

"요새 함께 다니는 동료인가 보죠? 제 이름은 시리스, 시리스라고 합니다. 만나서 반가워요."

설마, 저것이 나의 동료일 리가 없잖아! 시리스는 밸더에게 방긋 웃으며 악수를 청했다. 그러나 밸더는 특별히 시리스를 의식하지 않았다. 그 녀석은 시리스를 눈 안에 담지 않고 그저 고개를 돌릴 뿐이었다. 시리스도 억지 부리지 않고 손을 거두었다. 바람이 크게 불어와 피비린내가 물씬 풍겨왔다.

"피……?"

시리스는 주위를 둘러보고는 다시 낭자한 피와 사체로 어질러져 있는 것을 발견하고는 안색이 창백해졌다. 그리고 그녀는 마치 기절하듯이 그대로 쓰러져 버렸다.

아, 맞다. 저 여잔 피를 보면 꽤나 오랜 시간을 버티다가 기절해 버리는 빈혈이었지, 아마. 난 그것을 기억해 냈다. 용케 밸더 녀석이 그 여잘 받았다. 그의 손 안에 있는 칼이 시리스를 베어버릴 것이라고 생각했지만 그는 시리스를 받아주었다. 아마 착각이었을 것이다. 허무를 안고 있는 그의 눈동자가 약간의 빛을 찾았다고 생각한 것은.

그녀는 밸더가 자신을 받쳐 준 것에 대해 기쁘게 생각했다. 한 손으론 닭의 양 날갯죽지를 꼭 쥐고 가까스로 그에게 어깨를 빌려 일어섰다. 밸더도 어이없는 표정이었다.

"고마워요. 잠깐 머리가 어지러워서……."

그런데도 닭을 손에서 놓지 않다니……! 언뜻 보기엔 연약해 보이는 여자지만 엉뚱함과 강인한 면이 돋보이는 인간이다. 특히 그녀의 경우엔 신비함에다가 의외성까지 갖추고 있다고 나는 생각했다.

"고마워요."

밸더는 여전히 허무의 눈동자에 그녀의 얼굴을 비추었다. 벌꿀과도 같은 색깔의 그녀의 머리카락이 한 올 한 올 날려서 우아하게 내려앉았다. 눈웃음치는 그녀의 얼굴이 아름답게 보였다. 그녀는 몸을 가다듬어 꼿꼿이 폈다.

"이제 좀 괜찮아요."

저런 시리스의 모습도 정말 오랜만에 보는군. 저 이상한 빈혈증도 여전한 것 같고.

"뭔가 묘한 분위기인데, 혹시 나 때문인가요?"

"그런 건 아니야."

원래 밸더, 저 녀석은 희대에 나올까 말까 한 미친 녀석이라고 생각하고 있으니까. 베리우스도 저 녀석에겐 못 미칠걸? 밸더는 시리스의 눈길을 외면했다. 그 녀석은 자신이 원하던 것을 이루지 못한 허무함에 눈을 내리깔아서 속눈썹이 드리워졌다.

"……."

밸더 녀석은 말이 없었다. 그 녀석의 눈에 비치는 것은 허무와 고독, 그러나 그 녀석은 전의를 잃은 듯 검을 자신의 허리춤에 달려 있던 칼집에 넣어버렸다.

"그런데 그분은 보이지 않는군요."

"누구 말이야?"

"그 아마색 머리카락에 키가 큰 잘생긴 남자 말이에요."

미드가르드 녀석을 말하고 있는 건가? 나는 분통이 터져서 핏줄이 폭발할 뻔했다.

"아차, 그분은 밤에만 나타났었죠?"

이 여자가 그 사실을 알고 속을 긁고 있는지, 아니면 모르고 긁고 있는지는 몰라도 열통 터지는 것은 사실이다.

"시끄러워! 그 자식은 이제 없어!"

난 계집애의 모습으로 변했을 때의 일을 생각하면서 이를 벅벅 긁었다.

"그래요? 그가 성으로 돌아갔나 보죠?"

이 여잔 뭔가 알고 있다. 그리고 그 녀석이 돌아갈 것이라는 것도 알고 있었던 모양이다. 젠장! 그 녀석의 일은 쉽게 잊을 수 있다고 생각했는데, 그것도 쉽지 않구나. 예리한 칼날이 속을 후비듯이 휘갈겨 온다. 그녀는 의미심장한 미소를 띤 채로 닭을 붙잡고 앞으로 걸어가기 시작했다.

"그럼 어서 가죠."

"가긴 어딜 가?"

그녀는 방긋이 웃음을 보일 뿐이었다. 시리스와 이미르, 둘 모두 비슷한 데가 있었지만 시리스 쪽이 훨씬 능글맞다.

"누구 마음대로 정하고 있는 거야?!"

그녀의 강압적인 행동에 내가 혀를 찼지만 그녀는 내 말에 대꾸도 하지 않았다. 아니, 자신만만했다고 하는 쪽이 옳았다.

"내 마음대로죠. 그런데 당신의 이름은?"

그녀는 은발 머리를 길게 늘어뜨리고 있는 밸더의 머리카락을 잡으면서 묻자 그는 무뚝뚝한 목소리로 내뱉었다.

"밸더."

"밸더, 정말 좋은 이름이네요."

시리스는 의외로 밸더에게 각별히 잘 대해주는 것 같다. 하긴, 저 여자는 남자에겐 웬만하면 잘 대해주는 편이니까. 그 여자는 뭔가 말을 해야 한다고 생각했는지 주위를 둘러보았다. 나와 저 자식이 싸우고 있었다는 것은 알고 있기 때문에 화제의 실마리를 그것에서 찾으려고 하는 것 같았다.

"정말 깨끗이 쓸어버렸군요. 굉장히 매스꺼워요."

낭자한 피와 시체 조각들을 보면서 그녀는 안색이 파리해진 채 말했다. 저 계집애, 이대로 나와 저 녀석을 인도해 갈 생각인가?!

"젠장할, 넌 제대로 알고나 있는 거야?!"

내가 그 계집애의 앞에 서자 시리스는 방긋이 웃으면서 응답할 뿐이었다.

"아, 맞아요. 전 알타크나의 성으로 가고 있었어요. 절 도와주시 겠어요?"

정말 난데없는 소리를 하는군. 이 여자는 내 말을 듣고 있는 게 아닌 것 같다. 아니, 의도적으로 나를 무시하고 있는 건지도 모른 다.

"당신, 어차피 알타크나로 가고 있었던 거잖아요?"

푸른 눈동자의 시선이 나에게 집중되었다. 알타크나. 그럴 리가 없잖아. 이젠 알타크나 따위에 흥미를 잃었다. 그 저주의 일도 마법사 그 계집애가 한 일이 아니라는 것을 알았으니까. 물론 100여 년 간 날 잠재웠다는 것만으로도 괘씸하지만 나답지 않게 요샌 복잡한 기분이 든다.

"난 그런 일에 관심없어졌어. 또, 내가 어딜 가든 네가 알 바 아니니까."

"글쎄요, 후훗. 그럼 마법사는 포기한 건가요?"

"……."

시리스가 나에 대해서 잘 알고 있다는 듯 손가락을 흔들었다. 폐허가 된 곳을 공허한 바람이 스치고 지나갔고, 그 바람에 실려가는 하얀 구름이 허무의 도시에 그림자를 드리우며 흘러갔다.

"시끄러워!"

갑자기 그 애꾸의 말이 기억나고 말았다. 그 녀석은 미드가르드가 떠난 직후 나에게 다가와 제안을 했었다. 수다 검 녀석이 떠난 후 난 좀 황당한 상태였는데, 놈이 떠나간 후 지긋지긋한 계집애의 몸으로 변하지 않게 된 것 때문이었다. 수다 검 녀석이 떠나간 후 자신과 함께 알타크나의 수도로 가자던 오스키, 그 애꾸 녀석의 일이 생각나서 나는 입술을 질끈 깨물었다.

"당신도 기다리고 있는 것이 있지 않나요? 사카디온, 그가 한 말처럼."

기다리고 있는 것이라고? 난 시리스를 노려보았다.

"시리스, 네가 그걸 어떻게 알지?!"

"전 사카디온과 떨어질 수 없는 관계거든요."

사카디온의 이름을 시리스에게서 듣게 되리라곤 생각도 하지 못했다. 그러고 보면 사카디온도 엘 족의 남자였던 것이 기억났다. 라쉬엘 족과 함께 최고의 아름다움을 자랑하는 엘 족, 그리고 시리스도 옐 족이었다.

"그리고 로키와도."

그녀는 입술에 검지 손가락을 댄 채 중얼거렸다.

"로키?"

그 빌어먹을 녀석, 은흑색 머리카락의 장난기 어린 눈동자를 지 닌 그 알타크나의 주모자 녀석과 시리스는 아는 사이였던가. 난 저 여자의 정체에는 전혀 관심이 없었는데, 알고 보니 시리스는 의외로 많은 것을 알고 있었다.

"응?"

시리스는 자신의 옆에 서 있던 밸더의 어깨가 들썩이는 것을 느 꼈다. 밸더의 몸이 떨리면서 갑자기 녀석의 동공이 커졌다.

"로키……!"

밸더 녀석은 로키의 이름을 그 경직된 입에서 들썩였다. 이상한 반응이었다.

"들어본 일이 있는 이름이다."

"밸더, 괜찮아요?!"

밸더는 시리스에게 몸을 기댔다. 얼굴이 창백해졌지만 금방 평 정을 되찾았다. 녀석의 무표정하던 눈동자가 일순 활기를 띠었다.

"한순간… 눈앞이 깜깜해졌다."

저 녀석도 시리스처럼 빈혈기 있는 거 아냐? 그렇다면 아주 천 생연분이로군. 물론 시리스 쪽이 아깝지. 저런 미인은 이 세상에서 찾아보기 힘드니까.

"괜찮아요? 안색이 좋지 않아요. 좀 쉬는 것이 어때요?"

그러나 밸더는 안색만 좋지 않았을 뿐이었고 푸른 눈동자는 허 무의 빛과 시리스의 얼굴을 담고 있었다. 그러고 보니 그 사창가 여자를 잊어버렸군. 하지만 그런 여자들은 원래 생존력이 뛰어나니까 걱정할 필요 없겠지.

시리스는 밸더를 부축했고 나는 별로 관심이 없어져서 팔짱을 낀 채 앞으로 나아갔다. 인기척, 그것이 느껴졌다.

탁탁.

리드미컬한 발자국 소리와 함께 건물들의 틈 사이로 모습을 보인 것은 다름 아닌 익숙한 얼굴의 그 녀석이었다.

"스승님—!!"

윽, 그 젠장할 녀석의 목소리가 들려왔다.

헝그리 녀석이 용케 날 발견하고는 손을 위아래로 흔들고 있었다. 그 녀석은 무척이나 억울한지 울상을 지으면서 나에게 달려오고 있었다. 내가 마을로 들어설 때 떼어버렸다고 생각했는데 과연 나를 찾는 능력만은 탁월한 이상한 녀석이다.

"스승님, 한참 찾았잖아요! 왜 저더러 이상한 것을 사 오라고 시키고서 스승님 혼자 어디론가 사라지시난 말입니다."

그 녀석은 손에 말고삐를 쥔 채 울상이 된 얼굴로 달려왔다. 검은 말 샤이 치케가 푸르르 입김을 내쉬면서 터벅터벅 걸어오기 시작했다. 그 녀석은 땀으로 범벅된 얼굴이었지만 그 반바지를 입고 있는 모습을 보니 그다지 덥진 않을 것 같았다.

"스승님, 저 사람들은……?"

그 녀석의 눈엔 죽어 넘어져 있는 자들보다 산 사람이 눈에 뜨이는 모양이다. 그 녀석은 시리스에게 시선을 고정하더니 눈이 번쩍 뜨이는지 사탕발림의 말을 하기 시작했다. 그러고 보니 저 녀석의 불치병은 용사병과 여자 밝힘증이었다는 것이 기억났다.

"시리스 누님, 정말 오랜만이로군요. 누님이 보고 싶었어요!"

헝그리 녀석이 색한이나 할 말을 하면서 얼굴을 발그스레하게
붉혔다. 다 큰 자식이 무슨 얼굴 밝히기냐? 나는 그 녀석의 어린애
같은 행동에 치를 떨었다.

"오랜만이에요, 헝그리 군. 많이 자랐군요. 늠름해졌어요."

시리스의 얼굴은 평안했다. 시리스가 그 녀석을 보고도 별다른
반응이 없는 것을 보면 참 신기하다니까. 헝그리 녀석은 시리스는
좋았지만 밸더는 약간 꺼려졌는지 그에게 다가갈 생각은 하지도
않았다. 시리스에게서 밸더를 소개받았는데도—언제부터 알았다고
소개해 주는지 모르겠다—헝그리 녀석은 야성의 본능인지는 알 수
없어도, 일단 밸더에게 다가갈 엄두를 내지 못하는 것 같았다.

헝그리 녀석은 자신이 가는 길에 미인이 있다는 이상한 노래를
부르며 자칭 스승인 날 무시하고 시리스 옆에 붙어 있었다. 난 그
런 녀석의 꼴이 아니꼬워서 이를 바득바득 갈면서 헝그리 녀석의
안면을 구둣발로 짓이겨 주었다. 괴이한 소리를 내면서 헝그리 녀
석이 바닥에 철퍼덕 엎어져 버렸다. 그래도 헝그리 녀석은 그 특
이한 정신력으로 일어나서 다시 똑같은 일을 반복했다.

벌써 몇 번을 거듭했는지 셀 수도 없을 정도다. 젠장할! 녀석의
생명력은 시궁창의 쥐새끼보다도 더 끈질겼다. 내 사전에 포기란
없지만 나는 이미 놈을 떼어버리는 것은 포기해 버렸다. 내버려
두면 언제든 또 주인공의 시련을 운운하면서 어디론가 가버리겠
지. 내가 녀석을 무시해 버리자 헝그리 녀석은 기고만장해진 채
시리스의 옆에 달라붙었고 시리스의 충실한 개가 되어버리고 말
았다.

"그런데 이곳은 정말 이상하게 변해 버렸군요. 스승님이 잠들어
있을 때까지만 해도 이 정도로 심하진 않았는데요."

그러냐?

헝그리 녀석은 알타크나의 이다 평원(Ida Plain)에 위치하고 있는 그 도시를 둘러보면서 어울리지 않는 침울한 표정을 지었다. 시리스는 한 손에 들고 있던 닭을 껴안으면서 입가에 쓴웃음을 짓고 있었다.

"최근 알타크나는 황폐화되고 있어요. 잘못된 선택 때문이죠."

"잘못된 선택이라니요?"

헝그리 녀석이 달 덩이 같은 얼굴을 시리스에게 들이대면서 물었다. 그러나 시리스의 시선은 정확하게 나를 향해 있었고 헝그리 녀석은 안중에 없었다. 그녀는 바람이 불어오는 황량한 평원을 바라보면서 입을 움직였다.

"선택은 끝까지 곧게 나갈 것 같아요. 그래서 제가 당신을 찾아온 거예요, 카티스."

그러나 나는 그녀의 시선을 외면했다. 시리스, 저 여자는 나름대로 나에게 할 말이 있기 때문에 이곳에 나타난 것일 테지만 난 인간을 도와줄 정도로 한가한 사람이 아니었다.

"당신은 어떤 선택을 할 거죠, 카티스?"

시리스가 벌꿀과 같이 녹아내리는 머리카락을 가다듬으며 푸른 눈으로 날 애태웠다.

"선택? 그런 건 없어. 단지 내가 나가고 싶은 대로 나갈 뿐이야. 날 회유하려는 생각이라면 포기하는 게 좋아."

"그런 생각으로 온 것은 아니에요. 단지 저로서도 생각이 있을 뿐이죠. 이 땅이 본래 어떤 땅이었는지 카티스, 당신은 알고 있나요? 당신은 몇 살이죠?"

밸더도, 헝그리도, 샤이 치케도 마치 약속이나 한 듯이 순간 숨을 죽였다. 시리스의 눈은 사람을 압도하는 면이 있었다. 그때 닭이 푸덕거리지만 않았으면 나는 그 어색한 자리에서 발을 뺐을 것이다.

“잘 몰라. 삼백 년 정도 살아왔어.”

“그렇다면 이 땅이 어떤 땅이었는지 모르시겠군요. 알타크나는 작은 나라였죠. 아니, 원래 알타크나라는 나라는 존재하지 않았는지도 몰라요.”

그녀는 바람이 부는 벌판을 바라보며 연설을 계속했다. 아니, 연설이 아니었다고 해도 내겐 연설과 같이 느껴졌다.

“인간들은 아시르 인과 라그나의 땅에서 자신의 영지를 개척해 나갔죠. 맨 처음 인간들이 다스린 곳이 바로 이 알타크나였어요. 인간들만의 나라, 옐 족이 다스리던 곳이었죠.”

푸른 녹음이 우거졌을 곳이지만, 지금은 계절의 변화에 따라서 낙엽이 떨어지고 쓸쓸히 갈색으로 변해 버린 풀이 바람에 흩날리고 있을 뿐이다. 이다 평원, 알타크나의 중부에 해당하는 곳으로 원래 자그마했던 알타크나가 세워진 곳이라고 누군가에게 들은 일이 있다. 그 누군가라는 자는 내가 절대 잊어버리지 못하고 있는 남자이다.

“맨 처음으로 세워졌던 인간들의 나라가 바로 이곳, 이 이다 평원에 세워진 작은 알타크나예요. 알타크나가 아시르 인들에게서 독립한 것은 불과 몇백여 년 전의 일이니까요. 초대의 국왕인 그가 그렇게 만들었죠.”

“흥! 그게 뭐 어떻다는 거야? 난 라그나야. 그 고귀한 라그나 라그나드의 일원이라고.”

내가 빈정거리듯이 말했지만 시리스는 그다지 다른 반응을 보이지 않았다. 그녀는 우아하고도 지적이었지만 무엇보다도 인내심이 있는 그런 여자였던 것이다.

"당신도 관계있어요. 사카디온은 맨 처음으로 알타크나의 힘을 키워낸 사람이었으니까."

"사카디온?!"

사카디온, 나의 이름은 카티스 사카디온, 사카디온이라는 성은 인간에게서 물려받은 것이다. 라그나 라그나드인 내게 성이 있을 턱이 없다. 그런데 그 성을 잊어버리지 못한 이유, 그것이 바로 사카디온이라고 불린 그 남자 때문이 아니던가.

"그 이름이 나올 줄은 몰랐죠? 그는 당신의 의부잖아요. 저는 그를 본 일은 없지만 그에 대한 이야기는 많이 들었거든요."

"시리스, 네가 어떻게 사카디온에 대해 알고 있지?!"

난 타오르듯 붉어진 눈으로 그녀를 쏘아보았다. 그러나 시리스의 몸짓에선 흔들림도, 어색함도 찾아볼 수 없었다.

"말했잖아요. 그는 나와 떨어질 수 없는 관계를 가진 사람이라고."

사카디온, 이 여자의 입에서 그자의 이름이 나올 줄이야! 나는 머리를 각목으로 한 대 얻어맞은 것처럼 아릿하게 저려오는 것을 느꼈다. 표정을 숨기는 데 익숙하지 않아서 꽤나 애를 먹었지만 그 여자의 이름에서 그 인간의 이름을 들었을 때부터 나는 흥분된 마음을 가라앉히기 위해 보이지 않게 노력했다.

"사카디온의 일은 별로 기억하지 못해."

난 입술을 깨물어 입술이 떨리는 것을 막으며 말했다. 시리스의 깊은 호수와 같은 눈동자는 외면하는 나의 모습을 그대로 담아내었고, 시리스는 악의없는 미소를 지었다.

“거짓말이에요. 그가 당신을 키우지 않았던가요?”

“난 버림받았어. 그 녀석을 만난 것도 그리 오래지 않아.”

“당신의 아버지는 아시르 인이잖아요. 당신은 인간에 가장 가까운 존재라고요. 그걸 당신도 잘 알고 있다고 생각하는데요?”

제길! 나는 입술을 깨물었다. 나의 아비라는 놈이 아시르 인이었던 것 따위는 기억하지 못한다. 날 낳은 여자가 라그나 라그나드 가넬의 일원이었으나 그 빌어먹을 여자는 나에겐 별로 관심을 가지지 않았다는 것뿐.

“잊어버리지 말아요. 그리고 과거에서 빠져나오려고 하지 말고 앞을 봐요.”

시리스의 손이 내 어깨에 닿았을 때 나는 형용할 수 없는 불쾌함 때문에 그 손을 뿌리치고 그 여자의 목을 잡았다. 손톱이 곤두섰고 피가 거꾸로 솟아오르는 것 같은 충동이 느껴졌다.

“넌 뭐지?”

시리스의 눈동자는 흥분해 있는 나를 비추었다. 그녀는 도도한 자세를 유지하면서 침착하게 엷은 분홍빛 입술을 열었다.

“여기서 절 죽인다고 해서 아무것도 달라지는 것은 없죠.”

손톱까지 피가 역류하고 머리 위까지 솟구침을 나는 느꼈다. 손톱은 빳빳하게 곤두섰고, 눈은 더욱더 붉어졌다.

두근두근!

심장의 고동은 맥박과 함께 점점 빨라졌고 갈색의 이다 평원이 멀어져 가는 것처럼 느껴졌다. 타오르는 평원의 풀들과 더불어 밸더의 은빛 머리카락이 갈색으로 빛났다. 죽음을 부르는 바람, 그것이 녀석의 몸 주변에서 불어오기 시작했다. 밸더의 푸른 눈동자는 나의 허무한 표정을 비치고 있었다.

밸더의 기합 소리와 무색의 바람, 죽음을 부르는 그것이 나를 덮쳐 왔다.

"꺄아!"

시리스의 목소리가 들려왔고 그녀의 목이 나의 손톱과 멀어졌다.

*　　　*　　　*

바람, 바람과 함께 회한이 밀려온다. 과거의 기억과 함께 나의 의식은 아련해졌다. 그 녀석은 떠났다. 미드가르드가 나를 떠나가 버린 것이다. 하지만 난 녀석이 떠날 것이라는 것을 어렴풋이 알고 있었다. 아니, 확신하고 있었다. 그 녀석이 떠나리라는 것은 녀석과 함께 있었던 누구라도 잘 알 수 있는 일일 것이다. 젠장할! 이미 알고 있었는데, 알고 있었는데도 불구하고 녀석이 떠난 것에 얽매이고 있다니!

"두려워하고 있는 건가?"

붉은 태양의 아래에서 스마트하게 깎은 머리칼 아래로 검은 안대를 특징으로 한 오스키의 날카로운 눈매가 날 노려보고 있었다. 난 녀석을 올려다보는 것이 싫어서 얼굴 표정을 성급히 달리하며 빈정거리듯이 입술을 들썩거렸다.

"무슨 말을 하고 있는지 모르겠는걸, 애꾸."

"너의 그 친구가 사라져 버려서 놀란 건가? 어리석군."

"뭐야, 놀라든 말든 너 따위가 그런 말할 상태가 아닐 텐데!"

난 녀석의 목덜미를 붙잡았다. 아니, 놈의 멱살을 잡았다고 말하는 쪽이 더 옳을 것이다. 난 놈을 노려봤다. 오스키의 굵은 손이 내 손목을 잡았다. 놈은 날 살기 어린 눈으로 쏘아보았다.

"그렇겠지. 그에게 배신당할 것이라고는 생각지도 못했을 테니까."

"그 녀석은 친구도 뭣도 아니었어. 너야말로 착각하지 마라."

"어리석군. 어서 기운 차리고 일어서는 게 좋아. 다행히 이제 계집애의 모습에선 벗어난 것 같으니 이야기는 더 빠르겠군."

놈의 말에 난 이빨을 갈았다. 한 대 갈기려고 했지만 유넬과 유민이 수족처럼 놈의 옆에 서서 나를 날카로운 손톱의 표적으로 삼았다. 빌어먹을 개 같은 녀석들.

"무슨 쓰레기 같은 이야기를 하는 거냐, 애꾸?!"

"어리석은 녀석. 네 위치를 깨달아라. 로키의 표적이 되어 있는 주제에 고집 부리지 말고 날 따라와라."

놈이 빈정거렸다. 녀석의 표정에서 그런 기운을 느낄 순 없었지만 말에 뼈가 박혀 있었다. 난 녀석의 목덜미에서 손을 놓았고, 동시에 녀석이 내 팔목을 잡았던 것을 놓았다. 팔목이 붉게 부어버렸다. 대단한 힘을 가진 녀석, 과연 아시르 인의 피를 가지고 있는 녀석이다.

"난 널 따라갈 이유가 없어!"

난 혀를 내두르면서 홱 고개를 돌렸다. 이질리스가 불안한 표정으로 날 바라보고 있었다. 사검의 표정은 공허에 가까웠고, 그 짙고 푸른 눈동자에는 안절부절한 분위기의 멍청한 나를 담아두었다. 난 큰 바위에 걸터앉아 손목을 쓰다듬으면서 오스키 녀석과 떨거지들을 외면하고 있었다.

"거기서 너의 친구라고 하는 녀석을 기다릴 셈이냐? 그 녀석은 로키의 패거리더군."

"넌 그 녀석이 가는 것을 본 모양이로군."

그의 말을 듣자 피가 거꾸로 솟아오르는 느낌이 들었다. 이들은 깨어 있었고 미드가르드, 그 건방진 수다 검 녀석이 가버리고 있다는 것도 알고 있었던 것이다. 그것만으로도 손톱의 날이 서고 쭈뼛쭈뼛 소름이 끼쳐 온다. 분노, 이런 상태를 바로 분노라고 말하는 것이겠지.

"나에게 붙잡지 않았다고 원망하지 말아라. 그 녀석도 나를 알고 있었고, 나도 네 친구를 의식하고 있었어. 그 상태에서 놈에게 덤빈다는 것은 상식 이하의 짓이다."

"어째서지?"

젠장! 공기 중으로 피가 솟구침과 동시에 눈앞에 두 가지 영상이 비쳐졌다. 흩어진 파편들 가운데 서 있는 붉은 입술의 여자, 눈부실 정도로 흰 살결에 눈가에 비웃음을 띤 그녀의 손 안은 피로 얼룩져 있었다.

절대로 끊기지 않을 줄 알았던 나날들이 깨어진 구슬 조각처럼 바닥에 흩어졌으며, 산재되어 있던 정신이 나 자신을 가두었다. 사카디은의 시체가 널려 있고, 당당히 그것을 밟고 서 있는 여자를 바라보며 무너져 내리는 가슴을 감싸 안았다. 또한 그것은 미드가르드, 그 수다쟁이 검 녀석을 처음 만났을 때의 영상과 교묘히 겹쳐져 바싹 말라가는 입가의 근육을 움직여 절망의 미소를 안겨주었다.

그러나 미드가르드는 처음 만났을 때 미소 짓고 있었다. 그것은 기묘한 웃음이었다. 녹색 빛의 눈에는 슬픔을 머금고, 그 입술에는 미소를 머금고 있었다. 사카디은과 비슷한, 어린 시절의 드문 기억 중에서 아직까지도 감각에 남아 있는 부드러운 손길과 비슷함을 느꼈다.

그래, 그렇겠지. 네놈은 그때부터 준비하고 있었던 것이다. 난 허탈한 웃음이 터져 나오려는 것을 막기 위해 입을 틀어막았다. 어깨가 들썩여졌다.

웃기는 자식, 그걸 준비했다면 오질 말았어야 할 것을. 아니, 가장 웃기는 놈은 바로 나다. 그 녀석이 자신의 로드를 찾아 떠나갈 것이라는 것을 알고 있으면서도 멍청한 짓을 하고 만 것이다. 이 질리스 자식과 마찬가지로 녀석은 가슴 한구석에 틈을 비집어 버린 것이다.

"크크크."

나는 어깨를 들썩였다. 입술 사이로 허탈한 웃음이 빠져나왔다.

오스키는 웃기 시작한 날 보고 한숨을 쉬었다.

"너도 그곳에서 기다릴 생각 따윈 하지 않는 것이 좋아. 마음만 상할 뿐이다. 그 녀석은 마검이야. 널 버릴 수도 있다는 것을 알았어야 했다."

"너 따위에게 그런 말 듣고 싶지 않다."

난 아직도 터져 버린 웃음을 주체하지 못한 채 놈을 노려보았다. 나는 놈의 목에 공갈 검을 들이댔다. 날카로운 푸른 날로 놈의 목을 관통할 준비 정도는 되어 있다고 생각했는데 애꾸 녀석은 이 질리스의 칼날을 오른손으로 잡아 자신의 오른쪽으로 밀어 꺾었다.

"멍청한 녀석!"

이 녀석, 힘이 세다! 날개가 꺾인 새인 줄로만 알았던 이 녀석은 아직 결심이 흔들리지 않은 얼굴로 그 왼손으로 빠르게 칼집에서 검을 빼 들면서 그 칼등으로 내 가슴을 내리찍었다.

"크흑!"

가슴의 압박이 심했던지, 아니면 부딪힘과 동시에 입 안이 찢어 졌는지 입술을 타고 피가 배어 나왔다.

"아직 넌 멀었어. 고작 해봐야 네 녀석은 몇백 년밖에 살지 않은 애송이가 아니더냐?!"

"애꾸 주제에 말이 많구나!"

젠장! 알고 있다. 이렇게 상념에 빠져 있는 나는 애꾸도 이길 수 없을 정도로 나약해져 있다는 것을! 지킬 것이 있으면 약해진다. 얽매이는 것이 있으면 결국 그것은 발목을 붙잡고 스스로의 족쇄 가 되어버린다. 오스키의 칼등이 두 번째로 내 목을 강타했다.

"크아악!"

나는 에누리없이 비명을 지르고 말았고 입 밖으로 핏덩이가 울 컥 솟아져 나왔다. 나는 오른 손목을 꺾어 로키의 손 안에 있던 검 을 빼내서 놈을 허리를 노렸다.

"제법 하는군. 하지만 멀었어. 넌 가넬의 힘도, 아시르의 힘도 제 대로 가지지 못한 애송이야. 절대 인간 이상의 것이 될 수 없다."

"이 자식!"

"그러니까 이용밖에 당하지 못하는 거다, 이 얼간이 녀석아."

오스키는 희미하게 냉소를 띠었다.

"이 빌어먹을 자식! 누가 이용당한다고?!"

"배짱은 좋지만 네 녀석은 아직 멀었어. 게다가 힘도 제대로 써 먹지 못하는 바보 같은 녀석은 거치적댈 뿐이야. 이 기회에 버릇 을 고쳐 놔야겠군!"

일방적으로 그 따위 소리를 듣고 가만있을 내가 아니다. 나는 이를 악물고 스피드를 높여 공격을 가했다.

"그런 힘을 그 자식에게 썼으면 얼마나 좋아?"

수다 검 녀석, 그 녀석에 대한 생각이 나면 주체할 수 없이 흥분하게 된다. 쳇! 어리석은… 어리석은 감정! 그 감정이 나의 상념 속으로까지 침투해 버릴 줄이야.

"그 검푸르고 큰 날개의 소유자를 말하는 건가? 안됐지만 넌 그 녀석에게도 미치지 못할 것 같아 보이는군."

"지금 감히 나를 놀리고 있는 거냐?!"

"널 놀린다기보다 진실을 말하고 있을 뿐이다."

오스키는 건방졌다. 말로만 건방진 것이 아니었다. 숱하게 겪어 온 경험에서 비롯된 노련한 움직임과 상대방의 감정을 자신의 마음대로 조종하는 법을 알고 있었던 것이다.

"젠장할!"

난 손을 뻗었다. 공갈 검 녀석이 나의 부름에 따라 길게 뻗어 나갔고 오스키는 움직임을 최소화하며 그것을 피했다.

"유넬!"

피가 멎어가는 오른손을 들자 검은 날개를 퍼덕이며 금발 머리카락의 여성이 그의 앞에 섰다.

"네, 오스키!"

"쳇!"

금발 머리카락의 여성, 유넬이 나를 노려보았다. 그 여자는 오스키의 명령대로라면 뭐든지 할 수 있을 분위기였다.

"좀 더 생각해 보는 것이 좋다, 꼬마. 네가 그곳에서 기다려도 네 친구는 돌아오지 않는다. 자기 몸을 소중히 생각하는 게 좋아. 아무리 가넬과 아시르 인의 피를 이은 너라도 생명은 하나뿐이니까."

“참견하지 마.”

“동료도 인덕이야. 네겐 운도, 실력도, 인덕도 없었던 거야.”

저 자식이 속 터지는 소리를 하고 있군. 내가 열이 오를 대로 오른 상태에서 녀석에게 달려들었는데 젠장! 유넬의 날갯짓 소리와 함께 내 눈에도 보이지 않을 정도로 빠른 주먹이 배를 퍼억 소리와 함께 강타해서 그만 직선으로 날아가 나무에 꽂히고 말았다. 나무라도 없었으면 더 멀리 뻗어 나가고 말았을 것이다.

빌어먹을! 정신이 몽롱해졌지만 가까스로 상체를 일으켰는데 어느샌가 내 앞에 애꾸 녀석이 서 있었다.

“마음을 잡으려면 좀 쉬어두는 것도 좋겠지. 마음이 잡히면 날 따라오도록 해.”

“누가 너 따위를 따라간다는 말이냐?!”

젠장, 아무래도 늑골이 나간 것 같다.

“자기 가야 할 길도 모르는 주제에 건방떨지 마.”

오스키는 부러진 갈비뼈를 발로 밟으면서 무뚝뚝하게 말했다.

“커헉……!”

나는 나도 모르는 사이에 괴로운 숨을 토해냈다. 두고 보자. 나중에 배로 갚아주마.

“힘을 좀 회복해 두는 것도 좋겠군. 우둔하게 돌아다니면서 그것뿐인 힘마저 증발시키지 말고.”

“젠장할……!”

통증과 함께 정신이 희미해져 온다. 그렇지만 이대로 주저앉아 있을 생각은 없었다. 난 놈의 발을 왼손으로 밀어내 버렸다. 오른쪽 어깨는 나무에 부딪칠 때 뼈가 날아가 버린 모양이다. 욱신욱신 쑤심과 동시에 참을 수 없는 고통과 열을 내게 선사했다.

"기다리지 말아라. 기다리면 실망은 더욱 커진다. 믿어봐야 소용 없어. 배신당하기 마련이다. 난 동족이라도 믿지 않아."

오스키는 고개를 돌렸다. 유넬도, 날개가 꺾인 유민도 그를 따라 갔다. 나는 이를 악물었다. 그 오스키의 모습이 보이지 않게 되자 나는 허탈한 웃음을 또다시 입가에 머금고 미친 듯이 웃었다. 으스러진 어깨가 들썩였고 나는 고통을 잃어버렸다.

그래, 내가 마법사의 저주 때문이라고 믿고 있었던 것도 다 수 다 검, 그 녀석의 수작이었던 것이다. 그 파렴치하고 껄끄러운 마 검 놈은 그러면서도 모른 척하고 있었던 것이다. 미드가르드가 떠 난 후 나는 더 이상 계집애의 모습이 되지 않았고, 난 몇 날 며칠 을 그렇게 허탈하게 웃으며 보내 버렸다.

이질리스는 그런 날 보면서 어떤 말도 건네지 않았지만 내가 나 자신을 속이면서 미드가르드가 돌아오길 기다리고 있을 때에도 그는 침묵을 지킨 채 말없이 옆에 있어주었다.

그러나 기다려도 돌아오지 않는다. 돌아오지 않는다는 것, 나도 그 정도는 잘 알고 있다. 어차피 돌아올 것이라면 떠나가지도 않 았을 것이다. 그런 걸 알고도… 젠장할!

난 자신이 혐오스러울 정도로 멍청한 놈이라 기다렸지만 녀석 은 며칠이 지나도 돌아오지 않았다.

*   *   *

무색의 바람과 함께 환상, 아니, 현실이었던 그것이 흘러가 버렸 다. 빌어먹을 감정이 개이면서 난 밸더의 초점없는 눈을 응시할 수 있었다. 녀석의 움직임이 포착됐고, 나는 시리스에게서 떨어지며 뒤로 두어 발자국 높이 뛰었다.

"오호라~ 꽤 하는군!"

재미있군. 잠깐 사념의 바람에 이전의 일을 기억하고 말아서 피가 솟구쳐 올라온 것을 느낄 수 있었던 것이다. 그때의 일을 기억함과 동시에 나는 전의의 피가 끓었다.

"무슨 짓을 하는 거예요, 밸더! 위험하잖아요!"

시리스가 소리침과 동시에 닭이 푸드덕거렸다. 그녀의 머리카락이 심하게 바람에 흩날렸고, 밸더의 머리카락이 그제야 가라앉았다.

"그는 나에게 죽음을 줄 수 있는 녀석이라고 생각한다."

저 미친 녀석은 기회만 되면 주위에 있는 녀석에게 자신이 원하는 죽음을 선사해 주려는 것 같다. 좋아, 어리석은 녀석. 소원대로 해주지.

"죽고 싶으면 죽여주겠어!"

나도 밸더의 움직임에 응전(應戰)했다. 검은 실과 같은 것들이 내 머리카락과 함께 흰 바람과 부딪쳤고 살의를 느낀 시리스가 밸더 녀석이 있는 곳으로 달려갔다. 그녀의 푸른 눈동자는 녀석을 질책하고 있었다.

"왜 갑자기 덤비는 거예요, 네?!"

"녀석의 얼굴에서 그림자를 느꼈다."

거의 입을 움직이지 않은 채 밸더는 속삭이듯 말했다.

"그림자?!"

그녀의 반문에 밸더의 목소리가 계속되었다.

"내가 느껴보지 못한 것, 내가 원하고 있는 것일지도 모르는 것에 대한 그림자였다. 내가 지금 원하는 것은 단 하나다."

밸더가 내게서 죽음을 느꼈던 건가! 난 피와 같이 주위가 붉어지는 것을 느꼈다. 손톱이 곤두섰고 머리카락이 사방으로 흩어졌다. 온몸의 근육이 유동적으로 움직이기 시작했다.

"죽는 것이 정녕코 소원이라면 기꺼이 해주겠다, 백발 머리!"

"바라던 바다."

밸더의 진지한 얼굴과 더불어 나는 튀어 나갔다. 그 앞에서 헝그리 녀석이 두려움도 없이 알짱거리는 것이 보였다.

"스승님, 싸우지 마세요! 이 도시가 더 황폐해질 거라고요!"

이미 굵어진 목소리로 쇳소리를 내면서 헝그리가 소리쳤고, 난 놈을 발로 차버렸다. 앞에서 거치적거리는 것은 바로 치워 버리는 주의였기 때문이다.

"시끄러! 언제 네놈이 그런 거 따졌냐? 입 닥치고 구석에 찌그러져 있어!"

헝그리 녀석은 볼을 채인 채 뒤로 멀리 나가떨어졌고, 금방 일어나 고분고분해졌다.

"스승님! 스승님의 말씀이라면 저는 따르겠습니다. 지옥 끝까지라도 쫓아갈 겁니다."

어째서 이야기가 거기까지 가게 되는 거냐. 솔직히 말해 봐. 무서우니까 내빼는 거겠지? 저 말하는 폼을 보니 헝그리 놈의 주인공병은 이미 난치가 아닌 불치에 달한다는 것을 새삼 깨닫게 되었다.

그러나 뜻밖의 인물이 우리들 앞을 가로막았다. 흰 바람과 함께 벌꿀 색 머리카락의 시리스가 나와 밸더의 앞에 양팔을 벌리고 정확히 서버린 것이다.

"그만 해요, 카티스, 밸더!"

"네가 상관할 필요 없어."

난 밸더 녀석을 노려보았다. 밸더도 똑같이 언제라도 검을 날릴 자세가 잡혀 있었다. 좋아, 이 기회에 특별히 네가 원하는 죽음을 선사해 주마.

"전혀 의미없는 싸움을 하고 있을 때가 아니잖아요?!"

시리스는 평소완 다른 걱정스러운 얼굴로 우리들을 막아 섰다. 저 여자답지 않게 서두르는 것을 보니 왠지 그녀는 지금 불안을 느끼는 모양이다.

"흥, 의미없을 것도 없지. 놈이 나에게 먼저 덤볐어. 말리고 싶으면 저 미친놈한테나 말해 보시지?"

"어리석은 일이에요, 밸더! 평소 같았으면 절대 말리지 않았겠지만……."

시리스의 다급한 목소리와 함께 공기를 울리는 소리가 들려왔다.

팡!

무언가가 공기 중에서 타올라 불꽃을 그렸다. 나와 밸더는 무의식 중에 그쪽으로 고개를 돌렸다. 팡팡 소리가 연이어 들려왔다.

"폭죽?! 아니, 불꽃놀이용 화약인가?!"

내가 대수롭지 않게 말했음에도 시리스의 얼굴은 창백해진 상태였다. 저 여자가 오늘따라 왜 저러지?!

"신호가……! 이런!"

시리스는 입술을 꽉 깨물었다. 그리고 정확히 몇 초 후에 검은 제복을 입은 녀석들이 일렬로 나타났다. 아니, 나타났기보다는 공간 이동이라도 한 것 같았다. 그들은 모두 똑같은 표정이라 마치 사검이 죽은 자의 몸을 조종할 때와 비슷한 느낌이었다. 그들은 골목골목에서 꾸역꾸역 밀려왔고, 그 숫자는 점점 많아졌다.

"저 녀석들은 뭐야?!"

"알타크나의 호위대, 치안부예요."

시리스는 꼬박꼬박 대답해 주었다. 밸더의 눈도 그 치안분지 뭔지 하는 녀석들을 향해 있었다.

"치안부? 언제부터 저런 것이 있었지?"

"원래부터 있었어요. 이전엔 저런 양상을 띠진 않았지만. 저들은 인간이었지만 지금은 인간이 아니에요. 바르하시온 공작에 의해서 개조된 자들이죠."

"바르하시온! 또 그 지겨운 이름인가?!"

시리스의 얼굴은 창백해졌다. 녀석들이 우리들 쪽으로 오는 것을 확신했기 때문이었다.

"이러고 있다간 잡히고 말 거예요, 저 군대를 이끄는 것은……."

시리스는 우리들의 손목을 잡아끌었다. 저런 게 두렵다거나 그런 건 아니었지만, 시리스의 당황한 표정이 마음에 걸리지 않았다고 한다면 그것도 거짓일 것이다.

"너무 위험해요, 저들은."

"저것들은 왜 이곳에 온 거지?! 저 미친 녀석이 동료들을 죽여버려서 그런 건가?!"

시리스는 가만히 고개를 끄덕였다.

"젠장, 이쪽으로 오는군."

별로 도움도 안 되는 녀석들이 이런 때만 나타나더군. 나는 쩝, 입맛을 다셨다.

"빨리 피하는 편이 좋아요!"

그러나 귀가 두 개라서 한쪽으로 흘려들었는지 밸더는 허무한 눈동자로 개조 인간들에게 다가갔다.

"쳇, 저 녀석이!"

시리스의 의견에는 관심없는 표정으로 밸더가 검을 들었다. 저 자식은 또 검을 난사할 생각인 듯했다.

"안 돼요. 어서 가야만 해요!"

시리스가 다그쳤으나 밸더는 아무 말 없이 검을 들고 나갔다. 녀석들이 나타난 후 이 쾌락과 허무, 공허의 도시 분위기는 한층 달라졌다고 느낄 수 있었다. 치안분지, 개조 인간인지 그들이 나타나면서 주변에 있던 집들의 문이 굳게 닫혔다.

아까 바닥에 붙어 있던 거렁뱅이들도 어디론가 사라져 버렸으며 손님을 찾아 헤매던 창녀들도 문을 닫고 몸을 감추었다. 이 자식들이 마을에 나타남과 동시에 저러는 것을 보니 저 치안부라는 녀석들이 그리 좋지 않은 녀석들이라는 것은 쉽게 알 수 있었다.

밸더는 검을 뽑아 개조된 인간들을 베어 나갔다. 초점없이 정신을 지배당하는 그 녀석들은 빠르고 힘도 셌지만 밸더의 앞에서 하나둘씩 쓰러져 갔다. 그것은 별로 힘들어 보이지 않았다.

멍청한 녀석! 도망가는 것은 나도 적성에 맞지 않지만 저런 녀석들이 이곳에 있다는 것은 근처에 놈들을 조종하는 더 거물급의 인간이 있다는 것이 뻔하기 때문에 시리스의 말대로 피하는 쪽이 더 현명할 것이다.

"꺄아!"

한 여자가 개조 인간들 앞에서 덜덜 떨고 있었는데 그녀의 얼굴은 두려움으로 인해서 새하얗게 질려 있었다. 난 반사적으로 그녀에게 곧장 달려가서 그 계집애를 오른손으로 낚아채고 왼손으로 공갈 검을 잡아 다가오는 녀석들의 팔을 막았다.

그녀는 아까 날 붙잡고 장사하려던 페냐라는 여자였는데, 내가 이 여자를 구해준 건 순전히 우연적인 일이었다. 역시 내 몸은 계집애에게 잘 반응한다니까.

나는 조금 더 힘을 쓸 생각으로 손을 뻗었는데 목에서 싸늘한 기운이 느껴졌다. 주의를 기울이고 있었기에 그 여자의 움직임은 예상하고 있던 터였다. 난 어깨에 짊어졌던 그 계집애의 몸을 내던지듯 떼어냈다.

"페냐?"

페냐의 눈이 빛났고 손 안에는 번쩍이는 침이 있었다. 그 여잔 그것을 휘둘렀지만 나는 그것을 피했다.

"미안하지만 난 독 같은 것에 당하고 싶지 않거든?"

난 입을 삐죽였다. 페냐의 손목을 낚아채고 그것을 뒤로 꺾었다.

"쳇!"

"별로 물어보고 싶지는 않지만 네게 이런 일을 시킨 자를 알고 싶은데? 안 그런가, 라그나?"

"언제부터 알고 있었던 거지?"

그 계집앤 내가 혐오스럽다는 눈으로 날 노려보았다.

"널 안았을 때부터지. 난 여자의 피부엔 민감한 편이거든."

치마만 두르면 다 좋아하기는 하지만, 대강 이렇게 말해 두도록 하자. 하지만 확실히 피부가 좋은 쪽이 안고 있기에 편한 것은 사실이다.

"나 혼자만의 일이야."

"거짓말하지 마. 누가 믿을 줄 알아?"

난 혀로 입술을 쓸어 내리면서 그 계집을 협박했다. 목을 물어 뜯어도 좋았고, 고문하는 것도 나쁘지 않았다. 내 기분이 별로 좋지 않으니까 오히려 반가운 일일 수도 있었다.

"홍!"

하지만 페냐는 고집스러웠다. 이런 여자들은 고집스러워서 고문을 해도 잘 불지 않는다. 하지만…….

"자, 팔을 분질러 줄까? 아니면……."

"그분의 이름을 함부로 입에 담을 순 없어!"

그분, 그분이라……. 나는 눈을 찡그렸다. 개조 인간 녀석들이 빠르게 나를 노리고 있어서 쉽게 고백하게 만들 수 없는 상태였다.

좋아, 다 없애 버리지. 안 그래도 오랜만에 몸이 피를 부르고 있다. 수다 검 녀석이 가버린 이후로 억눌러 왔던 감정이 폭발해 버릴 것 같았다. 힘이 사검 이질리스의 푸른 검날을 타고 흘렀다. 회색의 빛! 그동안 회복해 두었던 나의 술(術)을 그대로 방출해 낼 수 있는 것은 라그나 라그나드 가넬로서의 능력이다. 보통의 라그나들이 마술(魔術)을 사용하는 것처럼 라그나 라그나드는 술(術)을 그대로 방출해 내는 것이 대부분이었다.

나의 머리카락이 술의 방출로 인해 꿈틀거렸으며 공갈 검을 통해 발산되는 회색의 술을 휘둘렀다. 그것은 끈적끈적한 액체처럼 뻗어 나가 내게 달려드는 녀석들의 목을 댕강댕강 날려 버렸다.

이제 그 다음은 페냐인가?! 액체는 꿈틀꿈틀 뱀처럼 움직여 협박하기 충분할 정도로 물결쳤다. 이것에 닿으면 그대로 녹아내리는 것이다. 뭐, 그대로 녹여 잡아먹어 버리는 것도 별미 가운데 하나겠지.

난 그것을 뿜었고 페냐는 눈을 감았다. 나는 그녀에게서 고백을 받아내려고 했다. 그러나 그때, 새까만 것이 내 주위에 깔려 나갔다. 나의 술을 막는 어떤 것이 사방에 깔렸다. 새까만 색의 형질이 같은 술의 형상이 안개처럼 주위에 깔렸다. 포박과 같이 나의 발을 붙잡아내는 바람에 나는 등골이 오싹해졌다.

검은 기운 사이에서 검은 머리카락에 검은색 선글라스를 낀 늘씬한 몸매의 미녀가 서 있었다. 뭐, 별로 미녀라고 말하고 싶진 않지만 저 여잔 타인의 눈으로 보면 미인인 것이 틀림없다.

"앙그라보다!"

페냐가 앙그라보다를 발견하고 눈을 동그랗게 떴다. 난 페냐의 팔을 잡고 있던 손을 무의식 중에 놓았고, 그 기회를 포착해서 페냐는 내 손 안에서 빠져나갔다.

앙그라보다, 그 여잔 검은 머리카락을 틀어 올리고 있었으며 검은 가죽 스커트에 가슴이 반쯤 드러나는 팔 없는 슈트를 입고 있었다. 그 여자가 가죽 스커트의 트임 사이로 우아하게 긴 다리를 내밀며 나에게 다가왔다.

"안녕, 오랜만이구나, 내 사랑하는 아들."

"다, 당신은?!"

난 몸이 뻣뻣뻣뻣해지는 것을 느꼈다. 저 여자는 별로 만난 일이 없지만 만날 때마다 두려움을 느끼게 했다. 공포로 인해서 몸이 쉽사리 움직여지지 않았다. 인정하고 싶지 않지만 솔직히 내가 가장 두려워하고 있는 것 가운데 하나가 저 여자일 것이다.

"네가 보고 싶어 죽을 것 같았단다."

석류 알처럼 붉은 입술은 사탕발림을 하고 있었다. 검은 안경 뒤로 빛나는 나와 같은 핏빛 눈동자를 보며 나는 입술을 질끈 깨물었다. 비릿한 냄새가 입 안에 진동했다.

"내가 죽는 게 보고 싶었던 것이 아니라?"

나는 뒤로 물러섰다. 그 여자라는 자체가 혐오스러웠다. 그런 존재가 눈앞에 있다는 것은 내게 있을 수 없는 모욕이고, 치욕이라 생각하며 입술을 떨었다.

"그럴 리가 없지, 내 사랑하는 아들아."

그녀의 하얗고 긴 손가락이 내 목에 닿았다. 소름이 끼쳐 옴을 느꼈다.

"아직도 나를 두려워하고 있는 건가?"

"젠장할."

그 손은 날 쫓고 나는 그것을 피하려고 애쓰고 있었다.

"좋아, 아직도 두려움이 남아 있다는 것은 날 존경하고 있다는 뜻이겠지?"

"닥쳐! 웃기지도 않는 소리 하지도 마!"

"엄마에게 그런 식으로 말하면 안 되는 거란다. 너의 아버진 절대로 그렇지 않았거든."

"……."

그 여잔 빙그레 웃으며 페냐를 돌아보았다.

"꽤 괜찮은 수확이구나, 페냐."

그렇군. 페냐를 통해서 나의 위치를 알아낸 것이었다, 카나는.

"면목없습니다, 앙그라보다."

젠장, 역시 여자를 안을 때도 신중히 해야 하는 건가. 페냐는 어색한 표정을 지으며 자신의 잘못을 반성하는 투였지만, 앙그라보다는 그다지 그런 페냐에게 관심이 없어 보였다.

"괜찮아. 물러가 있으렴."

"괜찮겠습니까?"

페냐는 두려운 얼굴이었다. 앙그라보다, 카나가 나에게 다가올 때마다 개조 인간들은 뒤로 물러섰다. 밸더와 대적하고 있는 그

녀석들은 모두 앙그라보다, 저 여자의 말을 듣고 있다는 것을 알
수 있었다.

"아들과의 대면을 두려워하는 어머니가 어디 있더냐?"

"알겠습니다, 앙그라보다."

페냐는 자신만만한 카나, 그 재수없는 여자에게 고개를 끄덕인
후 그 자리에서 바람처럼 사라져 버렸다. 앙그라보다는 계속해서
나에게로 다가왔다.

"왜, 두려워?"

"시끄러워, 재수없는 여자."

"어머니에게 그런 식으로 말하는 것은 용서 못한다, 내 귀여운
아들."

아직도 그때의 기억이 남아 있는 것인가? 그때 동굴에서 보았던
환영이 불현듯 머리를 스치고 지나간다. 피, 낭자한 피와 깨끗하게
발린 인간의 하얀 뼈, 그리고 그 위에 붉은 입술로 인간의 손을 잘
근 씹고 있던 검은 머리카락의 여자가 떠올랐다.

인간을 먹는 것이 잘못된 건가? 그런 것은 아니다. 그렇지만 사
카디은의 팔이 그 여자의 목구멍으로 넘어갈 때 나는 처음으로 구
역질을 느꼈다. 피가 없으면 살아갈 수 없었던 나도 피를 마시고
살점을 씹는다는 것이 어떤 것인지 알고 있었다. 그러나 난 그때,
그러한 종족에 대해서 처음으로 치욕과 두려움을 느꼈다.

내가 확신하고 있던 존재를 다른 존재에게 빼앗긴다는 것은…
젠장할 노릇이었다.

"왜 그래? 오랜만에 어머닐 만나니까 감격해서 말이 나오지 않
는 건가? 감정에 솔직하지 않은 라그나도 아닌 존재."

"이 손 치워."

그 여자의 징그러운 흰 손이 내 얼굴을 만지작거렸다. 솔직히 손이 떨리는 것을 보면 어리석은 나는 저 여자를 두려워하는 모양이다. 두려워하지 않아도 되지 않을까? 저 여잔 그냥 나와 똑같은 종족일 뿐인데. 나는 입술을 질끈 깨물어 피를 냈다.

"치우게 해보시지, 마음 여린 나의 아들."

"닥쳐!"

난 그 여자의 손을 탁 쳤지만 앙그라보다는 불쾌한 내색을 하지 않았다.

"자, 그렇다면 이 어머닐 따라가겠니?"

"내가… 미쳤냐?"

당연한 대답이다. 하지만 그 여잔 대답을 들었는지 듣지 못했는지 모르겠지만 내 말에 상관하진 않았다. 그 여자가 선글라스를 벗자 핏빛의 붉은 눈이 나타났다. 고양이처럼 치켜 올라간 날카로운 눈이 나의 모든 것을 샅샅이 살폈다.

"오호라~ 조금 그와 닮았나 볼까? 어디 보자, 키 큰 것은 닮았지만 얼굴은 그보단 나를 닮은 편이로군."

그 여잔 내 목에 손을 가져다 댔다. 멀찍이 보고 있던 시리스도 걱정스러운 얼굴로 나를 쳐다보고 있었다.

"어디……"

그 여잔 강제적으로 내 입술에 입을 맞추었다. 그 여자가 깊이 혀를 밀어 넣었는데, 기분이 지독하게 나빴다.

"윽!"

나는 내가 일방적으로 강행하는 것은 좋지만 내 쪽에서 강제적으로 당하는 것은 기분 더러운 일이다. 찜찜하고 침이라도 뱉어 입을 게워내고 싶었다. 그러나 내 의사와는 달리 꽤 오랫동안 그 상태를 유지하던 그 여잔 입을 떼더니 빙그레 웃을 뿐이었다.

"별로 감촉은 닮지 않았군!"

난 입을 슥 닦았다. 그 여자의 몸과 접촉했다는 것만으로도 상당히 기분 나빴다.

"더, 더러운……."

내가 뒤로 물러섰음에도 그 여잔 나를 놓아주지 않았다. 난 그 여자가 내 앞에 있다는 것만으로도 숨이 막혀오는 것을 느꼈다.

"후후, 착하지?"

부드럽게 말했는데도 오금이 저려온다. 아직도 예전의 일이 뇌리에 박혀 있는 건가. 그녀는 정말 두려운 존재였다.

"밥맛없는 여자……."

내가 무슨 말을 해도 저 여자는 눈 하나 깜짝 하지 않을 것이다. 그 여자는 여유가 있었고 동세에도 빈틈이 없었다. 언뜻 보기에는 허점투성이로 보이는 행동이었지만, 그 여자는 주변에 귀를 기울이고 날카로운 눈으로 나 이외의 다른 녀석들에게도 시선을 떼지 않고 있었다.

"거기도 괜찮은 남자가 있군."

그 여자의 눈길이 밸더에게 머물었다. 밸더 역시 카나 쪽을 돌아보고 있던 찰나였다. 그의 푸른 눈에 비친 카나의 얼굴은 요염하고 완숙미가 있는 여성이었고, 그와 동시에 풀지 않는 긴장으로 인해 밸더의 몸이 딱딱하게 굳어 있었다. 카나, 그녀는 밸더를 원래 알고 있었던 듯이 반가운 표정을 지었다. 그녀는 가죽 스커트를 툭툭 털면서 나를 돌아보았다.

"자, 엄마를 따라가자, 카티스."

"미쳤냐?"

물론 사절이라고 생각하며 뒷걸음질을 쳤을 때 주위가 마블링처럼 겹쳐졌고 제대로 서 있기도 힘들어졌다. 난 오기로 그대로 서서 버텼지만 몸이 마음대로 움직이지 않았다.

"좀 어지러울 거야. 네 입 안에 소량의 독을 넣었거든. 눈앞이 캄캄해지고 다리가 후들거려 서 있기도 힘들 거야. 어느 정도라면 너같이 질긴 생명력을 가진 녀석은 빨리 회복할지도 모르겠지만 가넬에게는 치명적인 독이지."

"제길!"

저 악마 같은 여자의 말대로다. 아니, 저 여자는 자신을 악마라고 하면 오히려 더 좋아할지도.

"어디, 이제 가볼까? 물론 밸더, 너도 마찬가지야."

그 여자는 여유있는 손길로 밸더를 인도했다. 밸더는 카나를 뚫어져라 쳐다보고 있었다. 허술해 보이긴 하지만 저 여잔 싸움에 있어서 천재적이라는 것을 나는 기억해 냈다. 어렸을 적, 그녀가 사카디은을 해치울 때 보았던 것들을 나는 잊을 수가 없다. 게다가 밸더도 역시 카나의 그런 면모를 눈치 챘는지 눈에 생기가 돌았다.

"넌, 나를 알고 있는 건가?"

밸더는 자신을 알고 있다는 듯이 이야기하는 그녀에게 입술을 거의 떼지 않고 물었다. 밸더의 물음에 카나는 대답 대신 피식 실소를 터뜨렸다.

"죽여달라고 애원한다면 들어줄 수도 있지만 조금 아깝군. 그 상태론 절대 죽을 수 없어. 이 우트가르드가 아니라면. 아니, 혹시 몰라. 밸더, 당신은 우트가르드의 날로도 벨 수 없을지도 모르지."

그 여잔 우트가르드라고 부르는 검을 꺼내었다. 칼집으로 봉해져 있어서 그 실체를 볼 수 없었지만 틀림없이 미드가르드 녀석과 같은 마검일 것이라는 생각이 들었다.

"……?"

그 말의 뜻을 잘 알 수 없었던 듯 밸더는 말하지 않았다. 시리스도 깜짝 놀랐는지 입을 손으로 틀어막을 뿐이었다. 카나는 어리둥절해하는 밸더에게서 눈길을 떼었다. 어차피 저 여자가 하는 말에 관심을 가지고 싶지는 않다. 게다가 저 여잔 이번엔 무슨 수를 써서라도 날 데리고 갈 것이다.

같은 곳으로 가는 것이라도 저 여자를 따라가는 것보다는 로키를 따라가는 것이 더 나을 것이라고 나는 생각하고 있었다. 로키, 그 자식도 내가 싫어하는 스타일의 녀석이었지만 저 여자만큼은 아니다. 나의 그런 마음을 읽었는지 그 여잔 내 턱을 자기 손가락으로 받치면서 붉은 입술을 움직였다.

"발버둥쳐도 결국 넌 내 손안에 있는 거야. 그동안 내가 널 내버려 둔 것을 고맙게 생각하렴."

"쳇, 제길!"

기분이 나빠졌다. 어떻게 하면 저 여자의 곤란하고 당혹스러운 표정을 볼 수 있을까. 난 저 여자에 대한 공포에서 벗어나고 싶은 생각이 들었다.

그 여자가 내게 얼굴을 가까이 댔을 때였다.

퉤!

나는 그 여자의 얼굴에 침을 뱉었다. 카나는 잠깐 눈을 크게 떴다가 흔들리지 않는 눈으로 다시 평정을 찾았다. 곧 이어 그 여잔 내 옷에 얼굴을 닦아냈고, 내 얼굴을 그 흰 손가락으로 만지작거리다가 내 목을 콱 깨물었다.

　젠장할! 엄청 아프잖아!? 그 여자는 물고 피를 빠는 것으로만 끝내지 않았다. 어깨부터 물어뜯어 길게 나의 살점을 찢어냈다. 그리고 피로 범벅된 그것을 그 여잔 피와 함께 씹어 목구멍 너머로 삼켜 버렸다. 그 여자, 카나가 물어뜯은 곳에서 샘솟듯이 피가 펑펑 쏟아져 내려 몸을 타고 흘러 끈적끈적해졌다. 고통이 머리를 짓눌러 왔다.

　"맛있군. 일만 없었더라면 너 같은 것은 그냥 먹어버리는 건데!"

　입술을 핥으며 그 여잔 혀를 낼름거렸다. 정신이 혼미해졌다.

　주위에 시리스와 밸더는 있었지만 헝그리 녀석은 어느 틈에 빠른 발로 도망가 버렸는지 보이지 않았다. 자칭 스승인 날 내버려 두고 가는 녀석이 원망스러운 것은 아니지만 가소롭다는 생각이 들었다. 그런 주제에 날 따르는 척을 한단 말이냐? 나는 입술을 깨물었다.

　"카티스!"

　시리스가 애처로운 얼굴로 나에게 달려왔다. 피가 뚝뚝 떨어지는 내 모습을 보고 금방이라도 쓰러져 버릴 것처럼 안색이 창백해져 있어서 피를 흘린 것이 나인지, 아니면 시리스인지 알기 힘들었다.

　시리스는 나에게 다가와 나를 부축했고 카나를 노려보았다. 이 여자는 절대 흥분하지 않을 것이라고 생각했었는데 나에게 달려와 준 것이 오히려 이상했다.

　"당신……"

　카나와 시리스의 눈이 정확히 높이가 맞았다. 시리스도 키가 컸고 카나도 키가 컸기 때문이었다.

"넌 뭔가 잘못 알고 있구나, 알타크나의 시리스."

둘은 아는 사이였던 모양이다. 카나의 말에 시리스는 입을 다문 채 다른 말은 하지 않았다. 단지 입술만 한 번 잘끈 씹었을 뿐이었다.

"……."

"너도 이제 그만 돌아가지 그래? 그 나이에 반항은 보기에 좋지 않아."

카나는 시리스에게 그래도 부드러운 말투로 말했다. 비록 깍듯한 존대어도 아닌 반말이었지만. 그 여자, 카나와 시리스가 어떤 관계인지 알 수 없었지만 한두 해 아는 사이는 아닌 것 같다. 혹시 시리스도 알타크나의 로키 패거리와 관계가 있는 건가.

"앙그라보다……."

시리스는 무언가를 초조하게 기다리고 있었다. 그녀는 시선을 카나에게서 떼지 않은 채 천천히 뒤로 물러섰다. 아직도 얼굴은 창백 그 자체였다. 시리스가 날 부축한 채로 조금 떨어졌을 때 무언가가 공기 중에서 강하게 폭발했다.

펑!

마치 뭔가 터져 버린 것 같은 소리였지만 그 물체는 내가 여태껏 보지 못한 것이었다. 앙그라보다도 소리와 함께 뒤로 5미터 정도 물러섰다.

진동과 함께 앙그라보다가 서 있던 곳에 포환이 떨어져 폭발한 것 같았다. 그리고 무수히 작은 돌맹이 같은 것이 공기 중에 부딪쳐 터졌고 화약 냄새가 진동했는데, 그것은 불꽃놀이용 폭탄처럼 폭발했지만 사방으로 퍼지는 것이 아니라 한 점을 중점으로 해서 폭약처럼 국부적으로 터졌다.

"뭐지?!"

앙그라보다는 고개를 돌렸다. 대포와 같은 것, 포환, 막대와 같은 긴 물체를 들고 있었는데 그것의 끝에서 연기가 뿜어져 나왔다. 나무 재질이 아니라 철제로 된 긴 막대기였는데 그곳에서 왜 김이 나고 있는지는 알 수 없다.

"시리스!"

시리스와 비슷한 머리카락을 어깨까지 출렁이는 한 남자가 손을 흔들었다. 시리스는 나를 부축한 채로 밸더에게 눈짓을 했다. 밸더는 이상하게도 시리스의 말을 듣고 뒤로 물러섰다. 어째서 그 놈이 시리스의 말을 따르는 것인지 의문이었다.

"빨리 이쪽으로!"

손을 흔들었던 녀석의 손에도 긴 쇠 막대기가 들려 있었는데, 그것은 다른 녀석들이 들고 있는 것과는 달리 연기를 내뿜지 않고 있었다.

"총… 인가, 가소로운 녀석들!"

카나는 그들을 보면서 실소를 터뜨렸다. 그러나 유쾌한 웃음이 아니라 벌레들에게 보내는 가증스러운 웃음이었다고 해야 옳았다. 그 여자가 시리스에게 다가가려고 했을 때 시리스와 똑같은 머리색의 단발인 남자가 총이라고 불리우는 그것을 겨누어 카나를 노렸다. 팡! 소리와 함께 굉장히 빠른 화약이 카나의 주위에서 터졌다. 연기와 함께 주위를 가늠하기 힘들어졌다. 마치 그것은 연막탄 같았다.

"시리스, 어서!"

카나의 얼굴이 모처럼 일그러졌다. 시리스는 그 틈에 나를 데리고 멀찍이 떨어졌는데, 앞을 가늠할 수 없게 되자 나는 공기와 맞부딪치는 소리를 들을 수 있었다. 거대한 새의 날갯짓 소리였다.

"앙그라보다!"

"레스베르그?!"

레스베르그가 붉은 날개를 움직여 앙그라보다의 옆에 내려섰다. 안개가 희미해졌지만 연막탄에 비해 그리 효과가 없었는지 연기는 걷혀졌고, 눈도 입도 맵거나 하지는 않았다. 그러나 시리스는 작은 순간도 놓치지 않고 가녀린 몸으로 나를 부축한 채 움직였다. 물론 나도 그녀에게 기대서 가야 한다는 것이 탐탁지 않았지만 카나의 독 때문에 몸을 잘 가눌 수 없었던 것이다.

"앙그라보다, 로키, 그가 부르고 있습니다. 시험 운행이 있다고 합니다."

"흥, 난 저런 벌레 같은 녀석들을 살려두고 싶지 않아."

카나의 눈은 살의에 빛나고 있었다. 그런 카나를 보는 레스베르그는 난처한 표정을 짓고 있었다.

"그 마음은 이해하고 있습니다만, 지금은……."

레스베르그 녀석이 난처한 표정을 지었다. 앙그라보다, 저 여자와 직접적으로 부딪친 것은 모르긴 몰라도 다섯 손가락에 꼽을 것이다. 어깨가 아파왔다. 내 몸에서 흘러나온 피비린내가 진동한다.

카나는 결코 물러서지 않을 것 같았다. 그 여자가 총이라는 이상한 물체를 가지고 있는 정체를 알 수 없는 인간들 쪽으로 다가가려고 하는 순간 그녀의 앞에 검은 공간이 생겨났다.

그것은 서서히 모습을 드러냈는데 곧 검은 큰 날개를 가지고 있는 한 남자의 형상이 되었다. 언밸런스한 큰 날개 때문에 키가 더 커 보이기는 했지만 녀석은 나보다 약간 더 큰 정도였을 뿐이다. 아마색 머리카락의 젊은 남자였다. 그리고 내가 아는 얼굴이기도 했다.

"앙그라보다, 이런 곳에 계셨군요."

"미드가르드, 너인가?!"

미드가르드, 그 녀석은 이전처럼 미소 짓고 있었지만 그 미소는 이전의 것과는 달랐다. 난 그 녀석이 나타났다는 것을 눈치 챘을 때부터 격하게 심장이 움직여 피가 역류하는 것을 느꼈다.

"그분이 부르십니다. 별로 내키지 않으셔도 가야만 합니다. 약간의 기일을 준다고 해서 하루살이가 이틀을 사는 것도 아니지 않습니까?"

미드가르드는 카나를 바라보면서 단아한 미소를 지었다. 머리만 제외하고는 거의 검정 일색인 이색적인 제복를 입고 있었다. 검은색에 가장자리는 흰 천을 댄 튼튼하게 재봉된 코트와 검은 바지에 검은 구두, 그리고 등 뒤에 솟아 있는 검푸른 날개 때문에 녀석의 아마색 머리카락이 더욱 돋보였다.

"미드… 가르드?!"

나는 겨우 입을 움직여 놈의 이름을 불렀다. 그런데도 그 녀석은 돌아보지 않았다. 멍청한 내가 기다려도 그놈은 돌아오지 않았다. 미드가르드는 나의 존재를 무시했고, 마치 처음부터 모르는 사이인 양 대하고 있었다. 앙그라보다는 미드가르드의 비즈니스적인 웃음에 어깨를 으쓱하면서 수긍했다.

"음, 좋아. 그럼 오늘은 사라져 주겠어. 카티스, 안됐지만 넌 운이 나빠. 차라리 나와 함께 가는 편이 행복했을 텐데… 안됐지만 좀 더 고생하게 생겼구나."

"웃기지 마, 빌어먹을 계집애야!"

내가 악을 쓰면서 그렇게 대답했지만 그 여자는 여전히 얼굴에

날카로운 미소를 남긴 채 그곳에서 레스베르그와 함께 증발하듯
이 사라져 버렸다. 그 자리에 남은 것은 미드가르드, 그 녀석뿐이
었다. 미드가르드가 있다는 것만으로도 총을 가진 인간들은 긴장
하고 있었고, 특히 카나에게 연막탄을 쏜 녀석은 식은땀으로 등이
젖어버린 것 같았다.

나는 수다 검 녀석을 노려보았다. 검정 일색의 옷, 백색의 대님
과 소매가 온통 검정 일색의 옷이 유일한 포인트였다. 그 녀석은
그제야 우리들의 존재를 인식했다는 듯이 비웃는 얼굴로 고개를
돌리고 검푸른 날개를 푸드덕거리며 나의 앞에 섰다. 그러나 그
녀석이 보고 있는 것은 내가 아니라 시리스와 그 단발의 남자였
다. 밸더에게 시선을 두기도 했지만 별다른 말은 건네지 않았다.

"시리스, 리프, 당신들의 활약은 잘 보고 있습니다. 그럼 무운
을……"

수다 검 녀석은 나는 아예 무시하고 있었다. 그 녀석은 더 이상
우리들에게 할 말이 없다는 듯 오른손을 들어 안녕을 표했다.

"전 이제부터 해야 할 일이 있거든요. 가죠, 요르문간드."

미드가르드는 나와는 정반대 편으로 조금씩 걷다가 내가 있는
곳을 돌아보고 싱긋 웃었다. 날 보았는지, 아니면 다른 것을 보았
는지는 가늠하기 힘들었다. 그러나 미드가르드는 나와 함께 다닐
때의 모습과는 달리 눈을 반쯤 내리깐 이상한 분위기의 미소를 짓
고 있었다. 미드가르드가 날갯짓을 하자 바람이 일어났고 녀석의
몸은 공중으로 떠올랐다. 기분 나쁘다. 난 저런 건방진 녀석을 기
다리고 있었단 말인가!

"빌어먹을! 저 건방진 놈! 으아아—!"

나는 소리쳤고, 그 빌어먹을 녀석 때문에 어깨가 아파왔다. 새살

이 돋아나 상처를 감싸고 있었지만 가슴이 저려왔다. 녀석은 뒤도 돌아보지 않고 하늘로 날아갔고, 그런 녀석을 보니 속이 터지는 것 같았다.

"카티스, 어서 가요."

시리스의 목소리와 함께 날 부축해 주는 팔이 있었다. 그 리프라는 녀석인 것 같은데, 그가 나를 탐탁지 않은 시선으로 바라보는 것이 느껴졌다. 밸더는 미드가르드가 날아간 쪽으로 고개를 돌려 하늘을 바라보고 있었다. 그의 눈이 미드가르드를 쫓고 있었다.

"…나와 같은 눈이다."

내가 비관적인 생각에 잠겨 있는 동안 물과 같이 투명하게 나타난 이질리스 녀석이 눈에 띄었고, 그 녀석도 밸더와 마찬가지로 미드가르드가 사라진 곳을 돌아보았다.

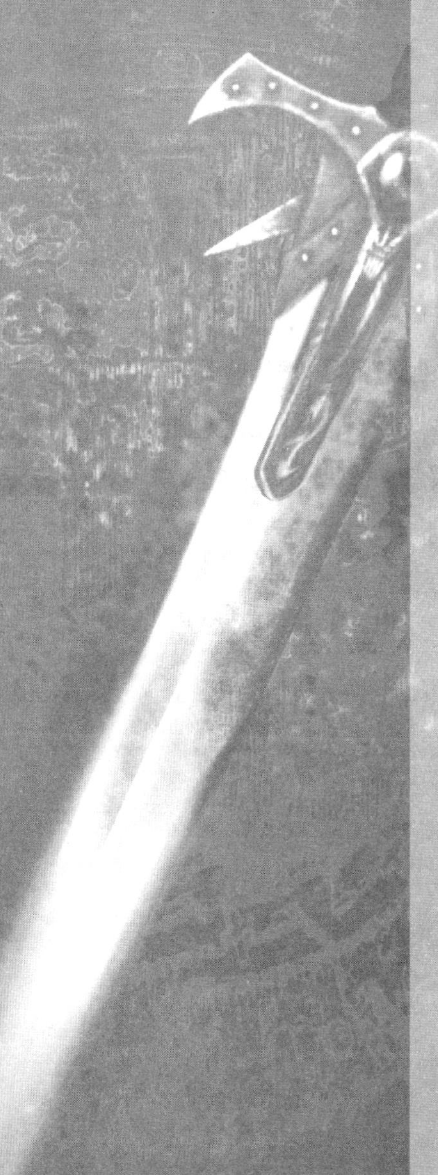

Chapter 31

미드가르드의 사랑

그것은 소리없이 찾아오고,

불꽃과 같이 타올라 결국 타고 남은 재가 되어,

뜨거운 눈물로 변화하여

순백의 마음을 얼음으로 바꾸어 버린다.

　검푸른 날갯깃이 정돈되지 않은 채로 그리 높지 않은 하늘에서 사뿐히 내려와 바닥에 내려앉았다.

　"후우… 오늘도 실팬가?"

　싱그러운 하늘빛 속에서 살며시 내려오면서 그는 크게 한숨을 쉬었다.

　지금은 실패했지만 다음엔 성공할 수 있을 거야.

　그는 그런 기분으로 나무에서 폴짝하고 뛰어 내려왔다.

　그는, 아니, 소년은 어려 보였다. 아니, 무작정 어려 보이는 것은 아니었다. 14~15세 정도로 되어 보이는 시원한 외모의 소유자로 짧은 머리카락이 시원하게 보이는 상큼한 느낌의 소년이었다.

　소년은 콧노래를 흥얼거리면서 미소를 지었다. 그는 자기의 몸에 비해 큰 날개를 만지작거렸다.

　"이런 날 보면 또 한심해하시겠지?"

소년은 위엄있는 자신의 아버지를 생각하면서 씁쓸한 미소를
지었다.

"지금 같은 때 제대로 날지도 못하는 내가 한심하실 거야."

소년은 한숨을 쉬었다. 시원해 보이는 외모와는 달리 고집스러
워 보이는 꽉 다문 입은 그의 성격을 나타내고 있었다. 소년은 신
비하게도 등에 커다란 날개를 가지고 있었다. 검고도 푸른 기운을
띠고 있는 그 날개는 어떤 사람이 보더라도 소유하고 싶을 정도로
아름다운 깃털로 뒤덮여 있었다. 귀부인들이 머리나 옷깃에 꽂아
놓은 어떤 새의 깃털보다도 더 부드럽고 우아했으며, 또 강인해
보였다.

"이런 큰 날개를 가지고도 날지 못하다니… 난 바보인가 봐. 형
들도 항상 놀리잖아."

소년은 터덜터덜 걸어나갔다.

그는 자신의 날갯깃 하나를 입에 가져다 댔다.

"나도 이 날개로 날고 싶은데……."

아무도 듣지 못할 작은 목소리로 그는 혼잣말했다. 그것이 그의
하나의 바램이었다.

"미나트 도련님!"

들려오는 목소리에 그는 고개를 돌렸다. 익숙한 얼굴의 남자가
날갯짓을 하며 내려오면서 소년의 이름을 부르고 있었다. 그는 미
나트를 돌보고 있는 라크트였다.

"족장님께서 도련님을 찾고 있다고요. 어서 가보세요. 제가 데려
다 드릴게요."

유연하게 날갯짓하는 쾌활하게 보이는 남자가 소년의 곁으로
다가왔다. 그리곤 그 소년을 번쩍 안아 올렸다.

"이거 봐. 난 어린애가 아니란 말야. 곧 성년식을 하게 된단 말야!"

"도련님, 설마 삐친 거예요? 걱정 마세요. 도련님은 지금 누구보다도 큰 날개를 가지고 있다고요. 무스펠하임을 만들었다는 불새만큼은 크지 않지만, 이 정도 큰 날개는 모든 사람들의 우상이에요. 도련님은 아마도 누구보다도 더 빨리, 그리고 높이 날 수 있을 거예요."

"알았어, 알았다고."

소년은 장난스러운 그 남자의 말에 아무렇게나 고개를 끄덕였다.

"어서 가보세요, 도련님. 도련님께서 늦게 들어가면 족장님께 혼나는 건 저라고요."

흐응, 상관없잖아.

소년은 마음속으로 그렇게 생각하면서 그가 이끄는 날개의 약동을 가만히 느끼고 있었다.

정말 좋겠다, 날 수 있어서. 난 쓸데없이 큰 날개만 가지고 있지 날지는 못해. 이런 건 무용지물이야.

미나트는 그렇게 생각하면서 공기의 흐름을 느꼈다.

자신의 힘으로 날지 못하는 하늘인데도 이렇게 바람을 쐬고 있다는 것은 기분 좋은 일이다. 뭐라고 말하기 힘든 희열이 온몸을 감싸 안는다. 그를 감싸는 대기는 어머니와 같이 부드럽게 그를 감싸 안았고, 바람은 거칠고도 부드럽게 그의 얼굴을 스치고 물처럼 하늘 위를 흐르고 있었다.

기분 좋다. 하지만 난 반드시 내 힘으로 날아보고 싶어.

그는 그렇게 생각했다.

"다 왔어요, 도련님. 이젠 저에게서 떨어지셔야죠. 어린애도 아
닌데."

"나도 알아!"

미나트의 얼굴은 붉게 물들었다. 그는 마치 그의 생각이 들킨
것 같아 부끄러웠던 것이다.

"형!"

미나트보다 어려 보이는 소년이 그쪽으로 힘차게 날갯짓을 하
고는 날아들었다. 그의 흰 날개가 눈이 부셨다. 등 뒤에서 힘차게
움직이는 날개는 마치 백조의 날개처럼 우아해 보인다.

"봐, 난 성공했어. 부럽지?!"

"지금 놀리는 거냐!"

미나트는 기분이 나빴다.

"어린애같이 삐치기는. 이젠 형처럼 날지 못하는 사람은 아무도
없어."

자기보다 한참 어린애가 속을 긁어놓는다고 해도 윽박지를 수
는 없는 일이라고 미나트는 마음속으로 달랬다. 하지만 분노가 폭
발해 옴을 느꼈다.

"시끄러워!"

"바보!"

"랄카 도련님, 그만 하세요. 미나트 도련님은 그래도 최선을 다
하고 계시다고요."

"비행 선생님이 그러는데 미나트는 매일 딴청만 부린다고 했어.
그래서 큰 날개를 가지고도 날지 못하는 거랬어."

어린 랄카의 말에 미나트는 입을 꾸욱 다물었다.

연습을 하거나 안 하거나 결국 그는 날지 못한다. 마을에서 가

장 커서 불편할 정도의 날개를 가지고 있음에도 불구하고 그는 날지 못했다. 이상한 일이었다.

'하긴 6명의 형과 3명의 동생 중에 아무도 날지 못하는 놈들은 없다고.'

결국 나는 날지 못하는 거야.

그는 자신을 놀리는 동생을 뒤로한 채 성큼 앞으로 나아갔다. 조금 볼이 부은 것은 사실이었다. 장난꾸러기고 지기 싫어하는 성격 때문에 결국 비행 이야기만 하면 토라져 버린다. 그 사실을 그 자신도 잘 알고 있었다. 하지만 행동이란 생각만으로 고쳐지지 않는 것이었다.

"난 아버질 만나고 오겠어. 아버진 어디 계시지, 라크트?"

"아, 응접실에 계십니다. 어서 만나뵈세요, 도련님. 힘내시고요!"

시원스레 손을 흔드는 라크트를 보면서 그는 한숨을 쉬었다.

"너도 내 입장이 되어봐라. 이렇게 살고 싶은가. 난 결국 날지 못해서 아무에게도 도움이 되지 않는다고."

그는 라크트에게 들리지 않을 정도로 볼멘 목소리로 작게 혼잣말했다. 사람들이 싫은 것은 아니다. 마을 사람들의 시원한 성격도 다 마음에 든다. 하지만 그는 만나기만 하면 '날지 못하는' 이라는 토가 항상 따라붙는 것이 싫었다.

"어이～ 날지 못하는 도련님, 지금 어디 가?"

"족장님께 가고 있잖아."

"그럼 족장님께 안부 좀 전해줘!"

그들, 로크 종족은 소수 민족이었다. 겨우 몇백여 명 남짓 되는 사람들이 부락을 이루고 집을 짓고 산다. 그들은 사냥을 주로 하며 전투 능력도 상당하지만 그 수가 적어서 인간들 사이에서는 희귀 동물처럼 비춰지는 경우가 많았다. 그들이 일부러 인간을 피하거나 적대시하지는 않지만 각별한 유대감은 없어, 가끔 그들의 튼튼한 날개를 빌려주고 자신들도 인간에게 도움을 받는 상부상조하는 관계였다.

"라크트도, 다른 이들도 아무도 날지 못하는 내 마음을 몰라."

그는 그렇게 생각하면서 짧은 머리카락을 뒤로 넘겼다. 그는 자신의 아버지가 기거하는 집을 향해 걷고 있었다. 그런데 집 앞에 낯선 사람이 있는 것이 보였다.

"안녕하세요, 미나트님."

"누구지?"

그의 뒤에서 나타난 사람은 작은 마을에서 한 번도 본 일이 없는 사람이었다.

그는 온통 흰옷을 입고 안경을 낀 검은 머리카락의 남자였다. 특별히 눈에 띄는 미남이라고 할 수 없지만 호감이 가게 생긴 얼굴이었다. 그는 미나트의 집 옆에 있는 의자에서 기다리고 있었던 것 같았다.

"전 크라겐이라고 합니다. 의사죠."

"의사라고? 또 아버지가 부른 사람인가?"

"어서 들어가시죠. 당신의 아버지께서 기다리고 계십니다."

소년은 못마땅한 얼굴로 자기보다 배는 큰 크라겐을 따랐다. 그는 인상도 좋고 호감있게 생긴 남자였다. 그를 따라 응접실로 가니 어느 때보다 더 엄숙하게 보이는 로크의 족장이 자신의 자리를 지키고 앉아 있었다.

"오셨군요, 닥터 크라겐."

"오는 길에 미나트님을 만났습니다."

크라겐과 아버지의 말이 오갈 때 미나트는 '원래 밖에서 날 기다리고 있었잖아'라고 투덜거리면서 자리에 앉았다. 로크의 족장인 아버지는 미나트의 날개가 지닌 비정상적인 크기와 전대미문의 빛깔에 의문을 가지고 많은 의사를 외부에서 불러들여 왔었다.

"저도 몸속에 집어넣을 수 없을 정도로 큰 날개를 가진 로크 족이 궁금했습니다. 제가 잘 알아보도록 하죠."

그렇게 크라겐과 소년은 만났다. 크라겐은 소년의 몸을 진찰해 보았고 미나트는 긴장했다. 어떤 진단 결과를 내릴지 조바심이 났던 것이다.

"그 큰 날개 때문에 오히려 날 수가 없는 겁니다."

소년은 그렇게 그에게 들었다. 그간 다른 의사들은 하지 못했던 말을 그는 하고 있었다.

"날기 위해서 그 날개를 자르셔야 합니다."

"하지만 새 날개가 생길 수 있다는 보장은 없지 않소? 로크 족 가운데 날개가 잘린 후 새 날개가 돋은 사람은 한 명도 없다는 걸 잘 알지 않습니까?"

"그러니까 이건 위험한 도박이죠. 어차피 그 날개를 가지곤 날 수 없습니다. 날개를 잘라내어 날개가 돋지 못하더라도 한번 시도라도 해보는 것이 좋을 것 같습니다. 날지 못하는 로크 족은 로크 족일 수 없지 않습니까? 더군다나 미나트님은 족장님의 피를 이어받은 아들이 아닙니까? 날개가 검푸른 색이라는 것은 이미 날 수 없다는 징조라고 봅니다. 자, 족장님, 선택해 주십시오. 당신 아들에게 있어 무엇이 가장 소중한 것인지를."

미나트는 난감했다. 미나트로서는 이 날개를 자르고 싶지 않았다. 드문 검푸른 색 날개라고 해도 이 날개와 함께한 시간이 소중하다고 생각했다.

"생각할 시간을 주시오."

그들에게 있어 날개는 생명과도 같은 존재다. 날개가 없으면 그들은 살 의욕을 잃게 되고 로크라는 종족에게 있어 아무것도 아닌 존재가 되어버린다.

난 날개를 버리기 싫어요.

미나트는 그렇게 말하고 싶었다. 자신에게는 이미 6명의 형들이 있고, 자신이 족장이 될 가능성은 희박했다. 그리고 밑으로는 3명의 동생들이 있지 않은가.

날지 못하는 자신이 아무런 도움이 되지 못하는 것은 물론 속상한 일이다. 그는 아버지께 항의했지만 그의 아버지는 심사숙고할 뿐 아무런 대꾸도 하지 않았다. 그렇게 시간이 지나고 로크의 족장은 입을 열었다.

"수술해 주시오. 미나트의 날개를 잘라내는 수술을."

"현명한 선택입니다, 족장님."

그의 의사와는 상관없이 미나트의 날개는 그렇게 무자비하게 잘려 나가게 되었다.

미나트는 날개가 잘려 나간 이후 며칠 밤낮을 고통으로 신음해야 했다. 새로운 살이 돋아날 때까지 그 아픔은 계속되었다. 그렇게 아팠음에도 결국 상처는 빨리 낫지 않았다. 게다가 새로운 날개가 돋아날 기미도 보이지 않았다. 미나트의 아버지는 그가 이젠 날 수 없을 것이라고 장담했지만 크라겐은 지켜봐야 한다라고 말했다.

침대 위에서 생활하게 되었다는 것은 그에겐 죽어 있는 것과 같았다. 그는 날고 싶었다. 조금이나마 하늘을 보고 싶어서 창밖을 바라보았지만 그곳으로 본 하늘은 좁기 그지없었다. 그것은 그의 마음을 충족시킬 수 없었고, 또 그를 가슴 아프게 했다.

그러던 중 미나트는 등이 아픈 것을 무시하고 자신의 집을 빠져나와 항상 나는 연습을 하던 그곳으로 달려나갔다. 그는 자신의 의사와는 상관없이 결정해 버린 아버지가 미웠다. 그는 달렸다. 항상 날아보고 싶던 하늘을 보기 위해서.

샘솟듯이 그의 눈에서 눈물이 흘러나오고 있음을 그는 자각하지 못했다. 그저 가슴이 아팠다. 너무나 아파서 등의 아픔 따위는 잊어버렸을 정도였다. 그의 커다란 날개는 이제 그의 등에 달려 있지 않았다. 그 날개로 날 수 없었을 당시에 그는 날 수 있는 형들도, 동생들도 너무나 부러웠다. 한때는 자신의 비정상적으로 큰 날개를 원망했지만 일면으로는 그 날개 덕분에 그는 희망을 가지고 있었던 것이다.

언젠가는 이 날개로 저 하늘을 날아올라 보이겠다.

항상 그렇게 생각했던 그 희망을 그는 잃어버린 것이다. 희망을 가지고 있던 날개를. 닥터 크라겐의 말에 의하면 날개가 다시 돋아날지 나지 않을지 알 수 없다라고 말했지만, 그는 다시는 예전과 같이 큰 날개를 볼 수 없을 것이라고 확신하고 있었다. 그렇게 생각하면서 무작정 달렸다.

그는 휘몰아치는 바람과 나뭇잎을 보았다. 그리고 너무 무리해서 달리는 바람에 넘어지는 자신을 주체할 수 없었다. 그의 눈에서는 눈물이 하염없이 흘렀고 그는 그것을 닦으려고 하지도 않았다. 그가 자신이 쓰러지고 있다는 것을 느꼈을 때, 나부끼는 나뭇잎 사이로 낯선 아름다운 소녀가 놀란 눈으로 자신을 바라보고 있는 것을 느꼈다.

소녀의 머리카락은 시원스럽고도 모든 것을 받쳐 주는 푸른색
이었다.

그리고 놀랍게도 그녀의 눈동자는 황금색이었다.

'여, 여자 아이?'

여자 아이의 놀란 눈과 교차하여 대지가 넘실 춤을 추는 것을
그는 느낄 수 있었다. 격한 통증과 함께 그의 등에서 피가 터져 나
왔고, 그로 인해 놀란 소녀의 비명 소리가 아련히 들려왔다. 소녀
는 들고 있던 약초를 내던지고 미나트에게 달려왔다.

'정말 예쁜 아이다.'

소녀라고 하지만 소녀라고 하기에도 너무나 어린아이였다. 인간
이라면 약 8살 정도 되어 보이는데 생각보다 어른스러운 표정을
지으면서 그대로 기절해 버린 미나트를 부축했다.

"이 사람, 열이 너무 심해."

소녀에게 미나트는 어른 정도로 보일 것이 뻔했다. 그런 그를
부축하는 것은 어린 소녀에게는 힘든 일이었다.

"어쩌지! 피까지 나잖아! 이 사람은 혹시 누군가에게 쫓기는 건
가?"

여자 아이는 약간 허둥거렸지만 곧 자신의 치마를 찢어내어 그
의 상처를 지혈하기 시작했다.

'잘 될지 모르겠네… 약초도 캐야 하는데……'

소녀의 얼굴에는 당혹스러움이 번졌다. 의외의 사태에 놀라지
않는 사람은 없을 테지만 특별히 어린 소녀에게는 더했다.

바스락—

풀 밟는 소리와 함께 자그마한 아이가 수풀 속에서 튀어나왔다.

“누나!”

소녀를 부른 것은 어린 소년이었다. 여덟 살 정도의 소녀보다도 훨씬 어려 보이는 소년. 아이는 다섯 살 정도로밖에 되어 보이지 않았음에도 불구하고 어른스러운 자세로 서 있었다.

“리르!”

“그 사람은 뭐야?”

“이곳에 사는 사람인가 봐. 이곳을 잘 아는 사람일지도 몰라.”

소년은 유달리 침착하게 보였다. 밝고 푸른 머리카락의 누나와는 달리 은발이었는데 눈도 은회색이어서 마치 토끼털과 같이 부드러워 보인다.

“어떻게 하지? 그래, 이 사람 깨어나면 숲을 나가는 방법을 물어보자.”

5살의 소년치고는 소년은 영리하고 침착한 편이었다. 그것은 소년의 누나도 마찬가지였다.

“으응.”

그때 미나트는 눈을 떴다. 아직도 눈물 범벅이어서 시야가 잘 보이지 않았지만 그의 눈에 맨 처음으로 들어온 것은 시원한 푸른 머리카락과 반짝이는 황금색 눈동자의 어린 소녀, 아까 쓰러질 때 본 소녀의 얼굴이었다.

“너, 넌!”

마을에서 본 얼굴은 아니다. 로크 족은 지극히 폐쇄적인 마을을 이루고 살기 때문에 그들이 이곳에 살고 있다는 것을 알고 있는 자가 거의 없었다. 게다가 전혀 모르는 얼굴이니 미나트가 놀라는 것은 당연한 일이었다.

“움직이면 안 돼요. 상처가 덧난단 말이에요.”

등이 욱씬거렸다. 그제야 날개가 잘려져 나간 등에서 통증을 느
끼는 미나트였다.

"넌 뭐지?"

미나트가 경계하는 눈빛으로 푸른 머리카락의 소녀를 노려보았
다.

"다른 사람 이름을 물을 때는 자기 이름부터 말하는 거라고요!
무례하잖아요!"

"우리 종족에게 그런 예의는 없어."

미나트의 말에 소녀는 발끈했다. 그런 소녀를 막은 것은 5살짜
리 소년이었다. 미나트가 보기에도 자기보다 훨씬 침착하게 보이
는 소년이었기 때문에 그도 입을 다물었다.

"저희는 이곳에 들어와서 약초를 캐려다가 길을 잃었어요. 이
땅에 들어와서는 안 되는 거라면 실례를 범한 것을 용서해 주세
요."

미나트는 잘못 들어온 인간을 본 일이 많았지만 이런 어린 소
년, 소녀는 처음이었다. 그는 왠지 멋쩍은 기분이 들었다.

"나는 로크 족의 족장, 호니르의 일곱 번째 아들 미나트라고 한
다."

미나트는 등이 아픈 것을 참기 위해서 이를 악물고 그렇게 말했
다.

"전 에이아라고 해요, 족장의 아드님."

에이아라고 자신을 알린 소녀는 호감이 가는 얼굴로 방긋이 웃
었다. 미나트는 이렇게 고귀해 보이고 아름다운 소녀는 처음 봤다.
그런 그녀를 보고 얼굴이 붉게 물들었으니, 자기보다 적어도 6, 7
살은 어린 것 같아 보이는 어린애에게 그런 마음을 가지고 만 자

신이 부끄럽다는 생각이 들었다. 공손하게 자신의 이름을 소개한 에이아는 은발의 동생—여잔지, 남잔지조차 아직 구분이 안 가는 소년이었다. 아니, 소년이라고 하기엔 얼굴 선이 너무 고와서 소년이라고는 생각하기 힘들었다—를 소개했다.

"이애는 아르스리르, 제 동생이에요. 저흰 아랫마을에서 왔어요. 약초를 구하려고요."

"에이아… 아르스리르?"

에이아가 방그레 웃음 지었다. 미나트가 아는 사람이라고 생각해서인지 어린아이답게 여러 가지 이야기를 털어놓았다.

"네, 미나트. 아르스리르는 아직 어린애예요. 저는 이곳에, 어딘지 알 수 없지만 높은 언덕이 있는 집에 살아요. 그리고 아르스리르는 남자애처럼 보이지만 아직 남자앤 아니고, 남자가 될 거라는 예언을 들었어요. 16세가 지나야 저흰 성인식을 하거든요."

소녀가 하는 말을 미나트는 무슨 뜻인지 알 수 없었다. 단지 눈만 멀뚱멀뚱 뜨고 소녀의 동그란 눈을 바라보는 수밖에는 도리가 없었다. 16세에 성인식을 하는 것은 미나트의 종족 로크도 마찬가지였다. 하지만 그것은 성별과는 아무런 상관도 없었다. 그도 얼마 지나지 않아 성인식을 하지만 성별이 결정될 이유는 없지 않은가.

"그럼 너도 원래는 여자가 아닌 거야?"

미나트는 걱정되는 얼굴이었다. 성별이 없다는 말은 들은 적이 없었다. 로크 족은 원래 뚜렷한 성별을 가지고 태어나는 종족이었기에 그런 것은 상상조차 할 수 없었다.

"아니오. 일부의 저희 종족은 그렇대요. 전 안 그랬지만. 전 원래 태어날 때부터 여자였대요. 하지만 아르스리르는 성별이 없었죠. 그보다 저흰 길을 잃었어요."

소녀는 처음 만나는 사인데도 거리낌없이 말을 트면서 자신의
종족에 관한 이야기를 털어놓았다. 미나트는 그런 에이아를 보면
서 자기 종족만이 아닌 다른 종족이 세상에 있다는 것을 피부로
느낄 수 있었다. 게다가 이토록 아름다운 아이들을 본 것은 처음
이었다. 마치 사탕이나 과자로 만들어진 것 같은 아이들이라는 착
각에 빠져 버려서 미나트는 말을 머뭇거렸다.

"미나트는 왜 그렇게 다친 거예요? 누가 쫓고 있어요?"

에이아의 말에 그는 망설였다.

"네가 알 바 아니잖아?"

그는 멋쩍어져서 무뚝뚝하게 말했다. 그가 휙 고개를 돌려 버리
자 에이아는 난처한 듯이 눈을 크게 떴다.

"미안해요. 하지만 울지 말아요. 좋은 일이 일어날 거예요. 미나
트의 소원은 이루어질 거라고요."

구슬프게 웃으며 말하는 에이아의 얼굴을 보면서 미나트는 마
음을 들킨 것처럼 느껴져 얼굴이 붉게 물들었다. 소녀가 자신의
마음을 읽고 있는 듯한 금빛 눈으로 미소를 지었다. 에이아와 함
께 있으니 내심 안심이 되는 것은 왜일까?

"그런데 이곳에서 어떻게 나가야 하죠, 미나트?"

어른스럽게 물은 것은 아르스리르였다. 소년의 은빛 눈은 두렵
게도, 그리고 부드럽게도 보였다.

"우리 종족의 미로에 잘못 걸려든 모양이군. 다른 일족의 인간
이 대체 이 숲엔 왜 온 거야? 여긴 로크 족의 땅이야. 다른 일족이
오면 쉽게 나갈 수 없어."

"그건……."

아르스리르의 얼굴이 어두워졌다.

"이 약초가 없으면 레베는… 죽을 거예요."

에이아가 눈에 눈물을 글썽였다. 그러고 보니 에이아와 아르스리르의 고운 손은 엉망이었다. 그리고 그 손 안에는 미나트도 잘 아는 약초가 몇 뿌리 들려 있었다.

"레베? 그건 또 뭐야?"

저렇게 아름다운 소녀가 눈물을 흘리다니. 미나트는 그렇게 생각했다.

"저희 집에서 키우는 토끼의 이름인데 아시르 인도 고칠 수 없는 불치병에 걸렸대요. 아르스리르처럼 흰 털을 가진 아름다운 토끼인데. 그래서 리르와 둘이서 약초를 캐러 이 숲에 들어왔어요. 그런데 약초는 캤지만 길을 잃어버려서… 시간도 없는데……"

미나트는 한심한 생각이 들었다. 약초가 많이 나는 것은 이곳에 인적이 드물어서 그런 것이었고, 인적이 드문 것은 이곳에 다른 인간들이 마음대로 들어올 수 없도록 결계가 쳐져 있기 때문이었다. 그래서 섣불리 들어오는 사람이 거의 없었다.

쳇, 그 따위 토끼가 뭐가 중요하다고.

그는 혀를 찼다. 하지만 어린아이들, 맑은 눈을 가진 투명하고 신비해 보이기까지 하는 저 어린아이들을 나 몰라라 할 정도로 그는 그 자신이 냉정하지 않다는 것을 알았다.

"할 수 없지. 아버지나 다른 사람들에게는 비밀로 하는 수밖에."

자기도 이미 도망쳐 나왔기 때문에, 그리고 소중한 것을 잃어버리는 괴로움을 알기에 미나트는 그 두 사람을 밖으로 보내기로 마음먹었다. 예전엔 미나트도 호기심에 밖으로 나간 일이 있었다. 그것은 날개가 나기 전인 어린 시절의 일이었지만. 그래서 그런지 그는 결계에서 빠져나가는 길을 잘 알고 있었다.

"고마워요, 미나트. 너무 고마워요!"

에이아는 자기도 모르는 새에 미나트의 가슴에 뛰어들었다. 미나트는 등에 아픔이 배어 나옴과 동시에 그의 가슴이 쿵쿵 요동치는 것을 느꼈다. 소녀에게선 복숭아처럼 향긋한 향기가 났다.

"이 은혜 잊지 않겠어요!"

은혜라고 할 것까지야……. 미나트는 소녀가 자기 상의를 벗어 상처를 동여매 준 것을 보고 그렇게 생각했다. 하지만 고맙다라는 말이 쉽게 나오지 않았다. 그런 말은 너무 어색하다고 생각했기 때문이었다.

미나트는 그 두 아이들을 이끌고 밖으로 나가는 길을 안내했다. 응급조치를 했음에도 등이 아파왔지만 책임감을 느꼈기 때문에 결계로 이루어진 미로 끝까지 안내했다.

"고마워요, 미나트."

어린 나이에 아르스리르가 그 은발의 흰 머리털을 날리면서 꾸벅 인사했다.

"다음에 또 볼 수 있었으면 좋겠어요."

에이아는 미나트의 볼에 살짝 입을 맞추었다.

"그럼 안녕! 다음에 만날 땐 웃어야 해요."

두 사람이 떠나가는 것을 그는 멍하니 지켜보고 있었다. 왠지 설레는 마음이었다. 다음에 다시 만날 수 있을지는 모르겠지만 그녀는 그렇게 홀연히 바람처럼 사라졌다.

미나트는 그날 이후 우울했던 감정을 씻어버리기 위해 노력했다. 하지만 그런다고 해서 날개가 자라 나오는 것은 아니었다. 움직이지 않았던 날개였지만 언젠가는 날 수 있으리라고 여겨졌던 날개. 희망이 있으리라고 생각했었다. 그러나 지금은 그것마저도 사라져 버렸고 남은 것은 삶에 대한 의지뿐이었다.

에이아와 아르스리르를 보낸 후 다시 돌아온 그는 고열로 시달렸다. 등의 상처 때문이었고, 열이 내린 후에는 어느 누구도 그의 날개를 가지고 심기 불편한 말을 운운하는 자는 없었다. 혹시 희망이 있을지도 모른다는 미나트의 마음도 세절이 바뀜에 따라 점차 절망으로 바뀌고 있었다. 시간이 지나면서 미나트는 그들 사이에서 소외감을 느낄 수밖에 없었고, 그로 인해서 이전의 성격에서 멀어져 가는 것을 느끼는 그였다. 언제나 그와 함께 있어주었던 라크트와 미나트의 어머니가 그를 위로했지만, 어떤 위로도 그의 귀에 들어오지 않았다.

이제 곧 소년이 어른이 되는 것을 인정하는 로크 족만의 성년의 날이 다가온다. 이 겨울이 지나간다면 반드시 그날은 올 것이고 미나트는 자신의 상태를 인정할 수 없을 것이다. 미나트는 떨어지는 낙엽을 바라보았다. 이제 열도, 고통도 거의 가셨다. 등의 상처는 새로운 살이 돋아났으며 이 겨울이 다 지나가면 그의 상처는 씻은 듯이 아물 것이다. 그것이 바로 크라겐이 해두고 간 조치였다.

"이대론 성년이 될 수 없겠지?"

미나트는 창밖을 바라보면서 우울한 기분이 되었다. 어제 첫눈이 내렸다.

몇 달이 지났는데도 그의 날개는 돋아날 기미조차 보이지 않고 있었고, 이젠 마음 한구석에 남아 있던 희망의 씨앗도 사라져 가고 있었다.

"그런 말씀 하지 마세요. 겨울이 지나기 전에 아름다운 날개가 나올 거예요. 예전에 도련님이 가졌던 날개보다 더 크고, 튼튼하고, 빠르게 날 수 있는 그런 날개가 나올 테니 너무 신경 쓰지 마세요. 고민은 몸을 해친답니다."

미나트의 옆에서 차를 따라주고 있던 라크트는 그의 말을 부인했다.

"거짓말."

라크트는 차를 따라 미나트에게 주었고 미나트도 말없이 그것을 받아 들었다. 미나트의 눈은 자신의 방 안이 아니라 먼 무언가를 바라보고 있는 듯 시선을 옮겼다.

"형님은 성년의 날 때 어땠지?"

갑자기 생각이 났던지 미나트는 넌지시 라크트에게 물었다. 그는 물어보면 꼬박꼬박 잘 대답해 주니까.

"차기 족장이신 페라드님은 성년의 날에 가장 멋진 묘기를 펼치셨죠. 그분처럼 잘 나는 분도 이 마을에선 없을 정도니까요. 아차!"

성인이 될 때 로크 족 사람들은 나는 것에 있어서 특별한 관문을 거치지 않으면 안 된다. 그로 인해 성인이 되어서의 지위도 관계가 있어서 미나트 나이 대의 소년들은 각별히 신경 쓴다.

"흐응, 난 역시 성인이 되지 못하는 건가?"

"그런 약한 말씀을 하시다니요! 곧 날개가 나올 거예요. 걱정 마세요."

하지만 미나트는 그에게서 고개를 돌렸다. 어려서부터 친형보다 더 따랐던 라크트의 말일지라도 지금의 그로서는 믿을 만한 것이 못 되었다. 설령 날개가 날지라도 그는 성인이 되지 못할 것이 불 보듯 뻔한 일이었다. 날아본 일도 없고, 날갯짓을 해본 일도 없으니까.

그는 평소에는 잘 내밀지 않는 라크트의 날개를 등에서 끄집어
내 보았다. 라크트의 미색 날개는 미처 날갯깃이 자라지 않을 정
도의 깊은 상처가 있었다. 날지 못할 정도는 아니었지만 자칫 잘
못했다간 날 수 없었을 것이다.

"라크트, 날개의 흉터는 왜 생긴 거야?"

라크트는 미나트가 날개의 이야기를 꺼낼 때마다 난감한 표정
을 지었지만 그래도 솔직하게 대답해 주었다.

"전쟁의 증거예요. 미나트 도련님만한 나이일 때 전 전쟁에 나
간 일이 있었거든요. 그런데 멍청하게 마검에게 당하고 말았어요.
아마 족장님이 절 구해주시지 않았다면 전 죽어버렸을 거예요."

"아프지 않아?"

"이미 오래된 상처인걸요."

라크트는 멋쩍게 웃었다. 이미 살이 붙긴 했지만 예리한 것에
베인 상처로 그 위엔 더 이상 날갯깃도 자라 나오지 않았다. 라그
나나 아시르만큼은 아니지만 비교적 회복이 빠른 로크 족에게 있
어서 무색할 정도의 깊은 상처였다.

"마검이란 게 그렇게 대단한 건가?"

"지금은 많이 사라졌지만 도련님의 증조 할아버지 때에는 꽤 많
았다나 봐요. 저희 로크는 인간의 부류이기 때문에 아시르 인처럼
오래 살지는 않지만 보통의 인간보다는 수명이 긴 편이죠. 그래서
마검에 대해서 기억하고 있는 사람들이 보통 사람보다 더 많아요.
전해져 내려오길, 그 옛날의 마검은 정말 무시무시했대요. 지금은
많이 사라졌지만 그렇게 수가 많았었나 봐요."

라크트는 미나트의 질문에 성심 성의껏 대답했지만 역시 완벽

하게 미나트의 우울한 기분을 풀어줄 순 없었다. 미나트는 마검을 본 일이 없었고, 그렇기 때문에 별로 마음에 와 닿지도 않아 관심이 가지 않았던 것 같다. 미나트는 한숨을 짓다가 다시 라크트를 바라보았다.

"날개가 없으면… 이 마을에서는 성인이 될 수 없겠지?"

"무슨 소리를 하시는 거예요? 곧 날개는 나올 거라고 말씀드렸잖아요, 어리광쟁이 도련님."

"그럴까?"

라크트의 이야기를 듣고 있으면 미나트는 어리석은 착각에 빠지는 것을 느낄 수 있었다. 하지만 그의 말이 더 믿고 싶었던 것은 그도 그것을 바라고 있기 때문이었다. 라크트는 미나트에게 부담이 되지 않을 정도로 웃으면서 옷을 툭툭 털고 일어섰다.

"그래요. 이제 좀 주무세요. 저도 족장님께 부탁받은 일을 행하러 가야 하니까요. 의사 선생님이 곧 다녀가실 거예요."

그는 그렇게 말하면서 방을 나섰다. 라크트가 바쁜 족장과 어머니를 대신해서 자신을 돌봐주고 있지만 그도 엄밀히 족장 밑에서 일하는 로크 족 가운데 하나였다. 그는 유능했고, 부드러운 자였고, 아무 도움도 될 수 없는 미나트 자신과는 다르다는 것을 그도 잘 알고 있었다.

언젠가 이곳에서 떠나야 할지도 모른다. 그는 그렇게 생각하고 있었다. 날 수 없게 되어버린 지금 이곳은 자신과는 어울리지 않았다.

"나는 이곳을 떠나는 것이 싫어……"

계속 남들처럼 이곳에 있을 수 있다면 좋을 텐데……

그는 두렵다고 생각했다. 그가 떠나는 것을 가장 두려워하는 것은 무엇보다도 자기 자신일 테니까.

같은 인간이라고 하더라도 보통의 인간들과는 달리 로크는 전사 민족으로 월등한 전투력을 보여주는 종족이었다. 날아야 하기 때문에 보통의 인간들보다 가볍고 오래 사는 편이지만, 인간들과는 다르다는 이유로 따로 부락을 만들어 살았다. 엄밀히 말하면 인간의 굴레에 속하지만 이질적인 민족이었던 것이다.

라쉬엘 족, 옐 족, 미노르 족 등 인간이면서도 인간과는 다른 종족이 있는데 그들 가운데서도 나름대로 힘이 강한 종족은 따로 부락을 이루며 살거나 부족을 이루면서 살아왔다. 로크 족 역시 폐쇄성이 짙어서 외부의 인간이나 아시르 인, 라그나를 꺼려하는 경향이 짙었다.

그가 생각에 잠겨 있을 때 나무로 된 문이 노크도 없이 열리면서 흰 옷을 입은 검은 머리의 남자가 들어왔다. 그는 라크트가 말한 의사였다. 자신의 날개를 무자비하게 잘라 버린 의사이기도 했다. 그는 들어와 미나트의 몸을 진찰했다. 매일의 일과 중 하나로 차도가 있는지를 살피는 일종의 검사였다.

"별로 차도가 없군요."

그는 얼굴 표정도 변화하지 않은 채 그의 등을 살피면서 말했다.

"다른 곳은 아픈 곳이 없으십니까?"

"별로 없어."

미나트는 퉁명스럽게 답했다. 결국 아버지의 말을 따랐지만 그는 날개를 잃어버린 것에 대한 충격이 뇌리 한구석에 박혀 있었다. 날개를 잃은 슬픔으로 인해서 그는 가슴이 아팠다. 하지만 그런 가슴속 깊이 있는 말까지 크라겐에게 할 생각은 없었다. 미나트 자신이 크라겐을 원망하고 있을지도 모른다. 크라겐도 그것을 느끼고 있었던지 미나트에게 필요 이상으로 가까이 다가오지 않았다.

"뭐, 이것도 다 운명입니다."

그가 미나트의 마음을 헤아릴 리가 없었다.

"하지만 혹시 모르죠. 언젠가… 당신의 날개가 돌아올지."

그는 무책임하게 그렇게 말하며 빙그레 웃었다. 별로 기분이 좋지 않은 미나트였다. 그는 그렇게 말하며 사라졌고 미나트는 다시 방 안에서 혼자가 되었다.

이 겨울이 가기 전에 그는 이곳을 떠나야 할지도 모른다고 생각했다. 미나트의 동생들도 이전과 같이 미나트를 대하지 않았고 형들도 미나트를 이전처럼 대하길 꺼려했다. 그들은 서로 사랑하고 있었지만 그렇기 때문에 서로를 피했던 것이다. 그런 껄끄러운 관계가 싫었던 미나트는 더 이상 고집 부리지 않으면서 가만히 집 안에서 생활했다. 물론 마을 밖까지 가기도 했지만 날개 없는 족장의 아들에 대한 이야기는 이미 퍼질 대로 퍼져 있어서 그런 수군거림을 듣는 것도 곤혹스러웠다.

"어떻게 할까……."

이대로 조용하게 살고 싶은 마음은 없었지만 나지 않는 날개를 기다리고 있는 것도 어리석은 일이었다.

"이 겨울이 지나기 전에 난 어떻게 해야 할까……."

대지를 하얀 눈이 뒤덮었다.

흰 눈, 백 토끼 같았던 리르를 연상시키는 색이라고 그는 생각했다. 그리고 등이 나은 후 항상 가던 그곳에서 돌아오던 중이었다. 오늘도 아르스리르와 에이아를 만나지 못했다.

미나트는 자신의 날개의 일에 대해 고민하다가 책에서 읽은 지식 가운데서 한 가지를 기억해 냈다. 혹시 아시르 인이라면 그의 날개를 고칠 수 있을지도 모른다. 의술 쪽에서 가장 뛰어난 아시르 인은 외모와 능력으로 인간과 구분되었다. 보통의 인간과는 다른 의술을 가진 그들이라면, 마법의 힘을 이용할 수 있는 그들이라면 도움이 될지도 모른다. 그러나 어디서 미나트가 아시르 인을 만날 수 있단 말인가?

하지만 미나트는 일말의 희망이 있다면 그것이라도 붙잡고 싶은 마음에 섣불리 내리기 힘든 결론을 내리며 마음을 다잡았다. 하지만 어려서부터 지내온 자신의 터전에서 떠난다는 것은 쉬운 일이 아니었다. 미나트는 그것에 대해서 고민에 고민을 거듭해 밤에는 잠도 이루지 못할 정도였다.

그런 나날들을 보내고 있을 때, 미나트가 그의 방에서 고민하며 잠을 이루지 못하고 있을 때문이 열리면서 미나트와 같은 아마빛 머리의 아름다운 여성이 방안으로 들어왔다.

"무슨 고민이라도 있는 거니, 미나트?"

"어머니."

미나트를 비롯한 로크 족장의 아이들의 어머니인 그녀는 자신의 아들을 부드러운 눈으로 내려다보았다. 족장과 함께 그 위치를 단단히 하고 있는 그녀는 설득력도, 리더십도 남보다 월등했다. 그런 그녀가 바쁘더라도 미나트를 찾은 것은 그녀의 아들이 어떤 생각을 하고 있는지를 잘 알고 있기 때문이었다.

"성인식에 대한 걱정을 하고 있는 거니?"

"……"

미나트는 정곡을 찔렸기에 대답할 수 없었다. 그의 어머니는 미나트의 어깨를 안았다.

"그래, 이해할 수 있단다. 넌 남들과 달랐어. 총명하고 똑똑한 아이였지. 아마 내 아이들 가운데서 가장 총명할 거야. 그런 너에게 날개가 나지 않는다니… 그건 정말 너에게도, 나에게도 슬픈 일이란다."

그녀는 미나트를 끌어안았다. 미나트도 그녀의 예전보다 가늘어진 팔에 안겼다. 나이가 별로 들어 보이지 않는 것은 로크 족의 특성이었지만 그녀도 이제 힘들어져 가던 찰나였다.

"넌 누구보다 머리도 좋고 운동 신경도 좋으니까 무언가 다른 할 일이 있을 거야."

"어머니……."

그녀는 자신이 아들에게 반드시 직접 건네야만 한다고 생각했던 말을 미나트에게 건네었다.

"이곳에서 기죽을 필요 없어. 세상은 넓단다. 날개를 가지고도 다 날아볼 수가 없을 정도야. 우리 부족은 우물 안과 같은 거야. 그 때문에 날개에 대한 편협한 생각을 가지고 있는 거지."

"어머니… 마을을 떠나라고… 말씀하고 계신 건가요?"

미나트는 어머니의 의도를 알고 눈을 크게 떴다. 그의 어머니는 놀란 얼굴의 그를 꼭 끌어안았다.

"미나트, 많이 컸구나. 이전엔 랄카보다도 작은 아이였는데… 이젠 훌쩍 커버렸구나……."

그녀는 족장의 아내이기에 로크의 특성을 누구보다도 잘 알고 있었다. 그녀는 미나트의 괴로움을 더 잘 알면서도 강인하게 키우기 위해 모른 척했던 것이었다.

"어머니… 전 형이 성인식을 했을 때 정말 아름다운 날갯짓을 보았어요. 그래서 더 날고 싶었죠. 전 누구보다 큰 날개를 가지고 있었음에도… 날지 못했어요."

"어리석게 굴지 말아라. 세상엔 너보다 비참한 사람이 많다는 것을 염두에 두거라."

그녀는 다정한 눈으로 미나트의 머리를 쓰다듬었다. 그녀의 아들은 이제 자신의 키를 훌쩍 넘어서고 있었다. 뼈가 앙상하다고 생각될 정도로 마른 미나트의 체구는 성장기 때문이기도 했다. 그런 아들을 볼 때 어머니의 가슴은 무너질 듯이 아팠지만 그런 모습을 보이지는 않았다. 단지 그녀는 강인한 어머니로 미나트의 가슴에 남고 싶었던 것인지도 모른다.

"두려워하지 말거라. 네 눈으로 커다란 이 세상을 보는 거야."

"……"

그녀는 아들을 끌어안았다.

그 따스한 체온을 느끼며 얼음 같았던 미나트의 가슴이 계절이 바뀌어 눈이 녹아버리듯이 녹아내렸다.

*　　　　*　　　　*

아무것도 없구나. 하지만 새하얗군. 이 세상도 눈이 저렇게 덮어 버렸을까.

미나트는 쓴웃음을 지었다. 그는 열이 내리고 얼마 지나지 않아서 매일 에이아와 헤어졌던 곳을 찾아왔다. 단 한 번 본 황금색 눈의 소녀에 대한 기억 때문이기도 했지만 그곳은 남의 눈을 의식하지 않아도 되어서 그런지 마음이 안정되는 곳이기도 했다.

그래서 그는 매일 로크 마을의 경계가 되는 그곳에 있었고, 혹시나 에이아나 아르스리르를 만날 수 있지 않지 않을까 하는 마음도 가지고 있었다. 하지만 몇 달이 지나도록 두 아이들은 볼 수 없었다.

"오늘도 오지 않는군."

뭐, 바란 것도 아니었지만.

그는 눈을 툭툭 털고 일어섰다. 눈이 뒤덮인 언덕, 그 위에 그는 얼마간 앉아 있었다. 혹시 이곳에 왔다고 해도 시간이 맞지 않아서 미나트와 만나지 못했을지도 모르지만 이런 위험한 곳에 어린아이 두 명이 다시 오리라고 생각한 자신이 어리석게 보여서 허탈한 미소를 지었다.

그가 일어섰을 때 낙낙한 옷을 입은 하늘색 머리카락이 넘실넘실 춤을 추는 것을 느꼈다.

혹시 착각이었을까. 하지만 그 소녀는 웃고 있었다. 금빛 눈을 아름답게 뜨고 미소 지으면서 손을 뻗었다.

"오랜만이네."

"에엣?"

설마 했지만 나타난 에이아의 모습에 미나트는 가슴이 덜컹 내려앉음을 느꼈다. 에이아를 따라 여전히 어린 은발의 소년이 쪼르르 오는 것을 보고 미나트도 금세 반가워졌다.

"기억나서 놀러왔어, 미나트. 리르도 함께 왔어."

"어린애들이 이렇게 돌아다녀도 되는 거야?"

기쁜 마음이 앞섰지만 그래도 그런 마음을 들키고 싶지 않아서 그는 퉁명스럽게 말했다. 하지만 반면에 에이아는 천진스럽고 맑게 미소 지었다.

"미나트도 어른은 아니잖아?"

사실이기에 미나트는 아무런 말도 할 수 없었다. 그래서 미나트는 날개가 잘린 후 처음으로 웃어버리고 말았다. 찬연한 빛이 눈을 녹이고 있었고 아르스리르와 에이아의 존재가 시원하게 흰 눈 사이에서 빛났다.

"미나트의 종족은 로크라는 종족이라면서?"

"잘 아네."

별로 자신을 로크의 일원이라고 생각하진 못했지만 미나트는 대강 그렇게 대답했다. 에이아는 어느새 미나트가 편해졌는지 그를 친근하게 대했다. 존댓말이 사라진 것이 그 예였다.

"리르가 알아서 가르쳐 줬어."

"헤에, 어린애가 대단하네."

미나트는 조숙해 보이지만 아직 꼬마인 리르를 보고 경탄했다. 빙그레 웃는 리르가 귀엽게 보였다.

"그런데 고민이라도 있어?"

"아니."

꼬마에게까지 그런 것을 들키다니! 미나트는 속으로 뜨끔했지만 겉으로는 고개를 가로저었다.

"로크 족이라면 날개가 있지 않아? 보여줘."

로크 족이라는 존재가 신기했는지 두 어린아이들은 눈을 초롱초롱하게 빛내면서 미나트를 다그쳤다.

"저기, 난……."

또 그딴 소리는 어디서 들어가지고……. 미나트는 혀를 찼다. 아이들에게 뭐라고 할 말이 없어서 그는 사실대로 대답해 버렸다.

"난 날개가 잘렸어. 이제 나지 않아."

“혹시 저번에 등이 그 지경이 된 것도 그 때문인 거야? 세상에
나!”

자기 일도 아닌데 크게 소리치며 슬픈 표정을 짓는 에이아를 보
고 미나트는 오히려 당황했다. 그래서 성급하게 다른 말을 꺼냈는
데 그 말에 에이아는 더 눈을 크게 뜰 뿐이었다.

“음… 뭐, 아시르 인의 힘이라면 고칠 수 있을지도 모르지.”

“아시르 인?”

“마법과 의에 강한 것이 그들이잖아. 별로 마음에 들지는 않지
만 뭐, 그런 대단하신 분들에게 날개를 고쳐 받을 수만 있다면 감
지덕지지.”

“아시르 인.”

리르도 무언가 생각났는지 귀여운 머리를 갸웃거렸다.

“신경 쓸 거 없어. 그냥 한 말이니까.”

미나트는 자신이 쓸데없는 소리를 했다는 것을 깨닫고 뒤늦게
정정했지만 에이아는 적극적으로 미나트의 손을 꼭 붙잡았다.

“아시르 인이라면 알고 있는 사람이 있는데.”

“뭐?!”

“저희가 도와드릴까요, 미나트?”

“도와준다고? 거짓말. 아시르 인은 아무나 만날 수 있는 존재들
이 아니라고. 게다가 난 곧 마을을 떠날 거야.”

리르와 에이아의 말은 믿을 수 없는 것이었다. 아시르 인들은
마치 자신이 신인 것처럼 고귀하게 행동하는 종족이었다. 자신들
과 인간을 구분 짓는 이상한 종족이기도 했다. 그런 아시르 인을
알고 있다고 말하는 에이아와 리르에게 미나트는 당황하고 있었
다.

“마을을 떠나면 내가 안내해 줄게. 아시르 인이 있는 곳으로.”

“거짓말!”

믿을 수 없었다. 아니, 믿기 어려운 말이었다. 아시르 인은 실력은 뛰어나지만 숫자는 극히 적었다. 그렇기 때문에 로크 족이라면 대부분 볼 수 없는 것이 일쑤고 보통의 인간들 역시 아시르 인을 보기 힘들다고 들었다.

“정말이라니까. 그럼 보름달이 세 번 뜨고 나서 만나. 그럼 내가 반드시 안내해 줄 테니까.”

“보름달이 세 번?”

미나트는 놀라움이 가시지 않은 얼굴로 소녀의 말에 반문했다.

“겨울이 지나가기 전이잖아. 그 대신 날개가 나면 나도 만져 보게 해줘야 해.”

“그게……”

미나트가 당황했지만 오히려 리르는 진지한 표정으로 그녀의 말을 도왔다.

“누날 믿어보세요. 절대 거짓말할 사람이 아니니까.”

“……”

그렇게까지 말하니 안 믿을 수도 없고… 그는 난처했다. 그래서 대답을 어떻게 할까 고민하던 찰나에 미나트보다 훨씬 큰 한 남자가 기척도 없이 그들의 앞에 나타났다.

“아가씨, 리르님, 돌아가실 시간입니다.”

“에?”

미나트는 불청객에게 깜짝 놀라서 뒤로 물러섰지만 그 남자는 미나트의 존재에 별다른 반응을 보이지 않았다. 그렇다고 해도 기척을 느끼지 못했다니……! 미나트가 입을 다물지 못할 정도의 능력이었지만 정작 그 남자는 로크 족 소년에게도 아무것도 느끼지 못하고 오로지 에이아와 리르에게만 관심이 있었다.

"뭐야, 이건?"

미나트가 필요 이상으로 놀라자 에이아는 갑자기 나타난 남자에 대해 설명하기 시작했다.

"시구르드는 마검이야."

"마검?"

마검이라면 라크트가 말한 두려운 존재라고 했는데? 미나트는 고개를 갸웃거렸다. 회색에 가까운 짧은 머리카락에 기묘한 청회색의 눈이었다. 그는 미나트보단 훨씬 나이 들어 보였지만 아직까지는 소년 티를 벗지 못한 것이 얼굴에 드러났다.

"시구르드, 인사해."

시구르드라고 불린 마검은 그냥 무시해 버리면서 고개를 돌렸다.

건방진 녀석.

미나트는 속으로 그렇게 생각했지만 그에게 별다른 말을 건네지는 않았다. 시구르드가 에이아에게 재촉하기 시작했기 때문이었다.

"지금 이곳에 계신 걸 알면 그분이 화내실 거예요, 에이아 아가씨."

그의 말에 리르도, 에이아도 고개를 끄덕이면서 수긍했다.

"알았어, 시구르드. 어서 가자. 미나트, 그럼 보름달이 세 번째 뜨는 날에 반드시 만나는 거야!"

에이아가 미나트에게 이 말을 남겼고 시구르드는 두 아이들을 안아 들었다.

"알았어."

믿을 수 없는 말이었지만 그래도 떠날 구실이 생긴 셈이었다. 몇 달이나 지난 후에 에이아를 쉽게 만나리라고 생각하지는 않았지만 이런 식으로 마을을 떠날 구실이 생겼다는 것에 대해서 감사하고 있었다. 그 덕분에 막막하고 떠나기 싫었던 마음이 가셨다. 그리고 오히려 조금 더 시간이 흐르자 곧 시작할 여행 때문에 마음이 설레는 미나트였다.

*　　　　*　　　　*

생각보다 보름이 세 번 지나가는 것을 기다리는 것은 쉽지 않았다. 겨울이라는 계절이 로크 족이 활동하는 계절이 아니었기 때문에 예전과 마찬가지로 조용하게 지낼 수 있으리라고 여겼었으나 생각했던 것보다 이번 겨울은 분주했다. 겨울엔 조용히 전쟁에도 참여하지 않는 그들이었고, 조용한 겨울을 보낸 후 봄에는 성인식을 하는 것이 로크의 특성이었다.

천 명 남짓한 그들이 마을을 이루어 살아가는 것은 분산되어 있는 것보다 모여서 사는 쪽이 숫자가 적은 그들이 살아가기에 편리했기 때문이었다. 타고난 전사 민족인 로크는 용병과 같이 의뢰받은 일을 해결하기도 했지만 기본적으로 자신들을 지키기 위해서 싸우는 전사들이었다.

예년과는 달리 이번 겨울이 분주한 것은 내외 정세가 불안하기 때문이었을 것이다. 이미 성인이 된 미나트의 형들도 바쁘게 이곳저곳을 날아다니는 것으로 보아서는 이 겨울이 다른 겨울과 같이 편하지만은 않을 것이라는 것을 여실히 드러내 주고 있었다.

“무슨 일이라도 있는 건가?”

아직 성인의 나이가 되지 않은 미나트와 다른 동생에게는 로크
족의 성인으로서의 자격이 주어지지 않았으므로, 걱정스러운 얼굴
로 물어보는 것 이외에는 아무것도 할 수 없었다.

“걱정 마세요, 도련님. 라그나와 아시르와의 전쟁일 뿐이랍니
다.”

“라그나의 나라와 아시르의 나라인가?”

라그나와 아시르는 엄밀히 따지자면 신분적으로는 지배 계층이
었다. 인간에 속하는 모든 종족에 비해서 월등한 능력을 자랑하는
그들은 숫자는 적지만 강한 능력으로 인해 모든 종족을 규합하고
있는 지배 계층이었다.

“모두 영토, 세력 때문에 싸우는 거죠.”

“하지만 우리 종족은 겨울엔 싸우지 않잖아?”

“근처의 나라에서 일어난 일이니 간과할 수 없지요. 다 부질없
는 싸움이지만 혹시 모르는 일이지요. 전쟁으로 인해서 인간도 그
만큼 자립하게 될지도 모르고요.”

“……”

라크트의 말을 그는 잘 이해할 수 없었다. 라크트는 자신의 말
에 고개를 갸웃거리는 미나트를 보며 빙그레 웃을 뿐이었다. 아직
어린 미나트였지만 책을 읽는 것을 좋아해서 아시르와 라그나, 인
간들의 관계에 관해서 어느 정도 잘 알고 있었다.

“며칠이 지나면 족장님과 다른 젊은이들이 이곳을 떠날 겁니다.
동맹 관계를 지속해 왔던 이곳의 왕국을 내버려 둘 수만은 없지
요.”

“전쟁 같은 거 싫어.”

미나트는 탁자에 턱을 괸 채 불만을 토로했다. 전사 민족인 그들에게 전쟁은 필요한 것이기도 했지만 그런 것이 석연치 않은 그였다.

"전쟁을 좋아할 사람은 아무도 없어요. 싸우지 않기 위해서 어쩔 수 없이 싸우는 거예요. 족장님과 도련님의 어머니는 인간들의 자립을 위해서 싸우고 있다는 것을 절대 잊지 마세요."

"……."

지배에서 벗어나지 못하는 인간들, 그렇기 때문에 고립된 삶을 살아온 로크 족. 미나트도 가만히 그것에 대해서 생각했다. 라그나와 아시르가 원래부터 적대 관계였던 것은 아니다. 서로가 서로를 우월하게 여겨왔기 때문에 마찰이 일어났고 백여 년 전의 싸움으로 인해 라그나 라그나드의 숫자도, 아시르, 바나 인의 숫자도 줄어들었다. 승리자였던 아시르 인들은 자신들의 땅에서 지배 행세를 하는 라그나를 쫓아내려고 했던 것이다.

그 어느 쪽에도 속하지 않는 로크 족을 비롯한 인간은 양자대립으로 인한 피곤한 생활을 계속해 왔다. 그들 사이에서 인간은 자신의 존재를 확립하기 위해 부락을 만들고 나라를 형성하기 위해 노력해 온 것이다.

"이번에 마을 사람들이 출전하는 것은 라그나와 아시르의 전쟁 때문이야?"

"네, 하지만 전 나가지 않을 거예요. 도련님을 지켜드리기로 약속했거든요."

"그럴 필요 없어. 난 어린애가 아니라고. 그리고……."

이제 곧 떠날 테니까.

자신을 아직도 어린아이로 아는 라크트의 말에 미나트는 윽박

질렀다.

그리고 머지않아 그의 아버지는 다른 로크 족과 함께 전장이라는 곳으로 떠났다. 미나트는 떠나가는 대열을 보고 자신도 한 사람의 성인으로서 도움이 될 수 있었다면 좋을 텐데라고 생각했다. 그러려면 날개가 나고 봄이 되어 성인이 되어야만 한다.

그는 에이아를 따라가서 날개를 고칠 수 있다면 얼마나 좋을까 하고 상상해 보았다. 그런 날이 올지는 알 수 없었지만. 미나트는 로크 족의 족장이 돌아온 후 떠나고 싶다는 생각이 들었다. 전쟁으로 인해서 다른 사람들의 생사가 걱정되었던 것이다.

달이 세 번 바뀌었다.

하지만 그동안 미나트의 아버지인 로크의 족장은 돌아오지 않았다. 미나트는 아버지가 돌아오실 때까지는 마을에 남아 있겠다고 생각했지만 시간은 길어져 갔고, 에이아와 약속한 날짜가 다가오면서 혹시라도 고칠 수 있을지도 모르는 날개에 대한 환상에 져 버리고 말았다. 그러나 결코 자신의 선택을 후회하고 싶진 않았다.

"돌아오길 기대하진 않겠다. 하지만… 절대로 뒤를 돌아보면 안 된다, 미나트."

"어머니……."

그가 떠나려고 했을 때 이미 그 사실을 알고 있던 미나트의 어머니는 미나트를 따뜻한 품 안으로 끌어안았다. 미나트도 어린 시절의 짙은 향수를 느끼면서 어머니의 가슴에 얼굴을 파묻었다. 이젠 어쩌면 다시는 보지 못할 그리운, 그리고 사랑하는 나의 어머니…….

미나트는 라크트에게도 자신이 떠날 것을 이야기하지 않았다.

어린 시절부터 친형보다도 더 혈육같이 자라온 그에게 말하는 것이 두려웠기에 떠나기 전에도 평소와 마찬가지로 행동했다. 그리고 에이아와 만날 날이 다가왔다.

에이아가 기다리고 있는 곳으로 가기로 했다. 그는 어머니에게 인사를 한 후 그곳으로 향했다. 새로운 세계, 새로운 모험이 있는 곳으로 갈 수 있을 것이라는 희망에 부풀어서 두렵기도 하고, 새롭기도 한 그 여행에 가슴이 두근거리는 것을 느꼈다.

달이 떴다. 에이아가 밤에 기다리고 있을지, 아니면 낮에 기다리고 있을지는 모른다. 하지만 그들은 약속을 했고 미나트는 자신이 그곳에 도착했을 때 소녀가 기다리고 있을 것이라는 것을 확신했다.

꽤 오랜 시간 동안 미나트는 약속 장소로 걸어갔다. 평소보다 한 걸음 한 걸음 걷는 것이 무겁고도 힘들었다. 고향을 떠날 생각에 가슴이 아파서 다시 돌아가고 싶은 생각도 있었지만 그럴 때마다 마음을 다잡고 앞으로 향했다.

두어 시간이 흘렀다. 얼마 지나지 않으면… 그는 소녀가 있는 곳에 다다를 것이다.

그런데도 불안한 기분이 들었다. 어쩌면 다시는 돌아올 수 없을지도 모른다는 생각에 그는 저절로 마을이 있는 곳으로 고개를 돌렸다.

때는 새벽이었음에도 불구하고 마치 석양빛이 타오르듯 붉게 물든 하늘, 그리고 새카만 연기…….

미나트는 눈을 의심했다.

어떻게 된 거지?!

불길을 내뿜고 있는 자신의 마을, 자신은 그것도 모르고 앞으로 걸어나가고 있었다. 무슨 일이 있는 것이 틀림없는데……!

미나트는 심장이 크게 요동 치는 것을 느꼈다. 나은 줄로만 알았던 등이 아파왔다. 붉게 타오르는 숲을 보니 불안해졌다. 혹시 로크 족의 결계는 부서져 버렸던 것인가?!

불안했다. 불안한 자신의 생각이 현실이 되지 않기를 그는 마음속으로 빌었다.

마을로 다시 돌아가자. 그렇지 않으면 평생을 두고 후회할 만한 일이 생길지도 모른다고 미나트는 생각하면서 숨이 차 오르는 것도 마다하고 마을을 향해 전속력으로 달렸다.

"어머니!"

자신의 동생들도! 아버지가 돌아오셨다면 저런 일은 없었을 텐데……!

뭔가가 잘못된 것이 분명했다.

아까는 이곳까지 느릿하게 걸어온 시간을 그는 단축했다. 더 자욱해지는 연기 속으로 그는 달렸다. 낯선 사람들의 인기척이 마을을 감싸고 있었다. 그들의 숫자는 꽤 많았다. 미나트가 가늠하기도 힘든 숫자였다. 게다가 생전 처음 느껴지는 그런 강한 기운에 그는 가슴이 뻥 뚫려 버린 것 같은 기분이 되었다.

"어떻게, 어떻게 된 거지?"

자신이 떠난 지 불과 두어 시간밖에는 되지 않았다. 아마 눈으로 보지 않았더라면 믿을 수 없었을 것 같은 광경이 그의 눈앞에 펼쳐져 있었다. 많은 자신의 동족들이 쓰러져 있었고 개중에는 잘 알고 지내던 여자들과 어린아이들도 있었다.

"이, 이게……?!"

타탁!

불길과 함께 근처에 있던 나무가 우지끈 소리를 내면서 쓰러졌다. 그는 망연자실해진 감정을 겨우 진정하고는 자신의 어머니가 있을지도 모르는 곳으로 달려갔다.

어머니! 어머니는 무사하실까?! 몇 시간 전까지만 해도 자신을 따스한 품 안에 안아주었던 그녀, 그녀가 무사하기만을 그는 간절히 바랄 수밖에 없었다.

그가 발길을 옮겼을 때 외부의 사람들이 자신 쪽으로 거리를 좁히는 것을 느꼈다. 하지만 그는 어머니의 일이 급했기 때문에 집으로 달려갔다.

"미나트, 오면 안 돼!"

"어머니!"

그녀는 아들을 바라보면서 소리쳤다.

섬뜩한 검날은 그의 눈앞에서 반짝였다. 그것은 그가 태어난 이래로 보지 못했던 붉은 기운을 머금고 있었다. 뚜렷이 그 존재에 대해서 알 수는 없었지만 그것이 마검이라는 것을 그는 머리 속으로 선명하게 깨달았다.

"도련님! 위험해요, 어서 피하세요!"

"싫어! 어머니!"

라크트가 미나트를 안아 들었다. 그는 섬뜩한 칼날에 의해 쓰러진 어머니를 보고 절규했지만 라크트는 미나트를 안은 채 이를 악물고 날아갈 뿐이었다.

"놔! 라크트!"

"안 돼요! 반드시 당신을 지키겠다고 족장님과 약속했어요!"

"다른, 다른 사람들은?! 어머니를 저대로 두고 갈 수는 없어!"

미나트는 얼이 빠져 눈물조차 흘리지 못한 채 그를 다그쳤다.

라크트는 대답하지 않고 마검들을 든 이상한 외부인에게서 빠져나가려고 필사적으로 노력할 뿐이었다.

"도련님, 살아남으셔야 해요! 단 한 사람이라도 살아남아야 우리들은 꿈을 이룰 수 있어요!"

"혼자 살아남으면 무슨 소용이야?!"

"그렇지 않아요! 족장님도 그걸 바라실 거예요."

"아버지는, 아버지는 어떻게 됐지?!"

라크트는 미나트의 말에도 얼굴 표정에 변화가 없었다. 그는 잠시 뜸을 들인 채 고개를 숙이고 걱정스러운 얼굴로 자신을 바라보는 미나트를 바라보았다가 다정하게 입을 열었다.

"돌아오실 거예요. 살아야 그분을 만날 수 있죠!"

라크트의 말에 미나트는 안심했다. 지금까지 그가 거짓을 말한 적이 없었기 때문이다. 그는 다소 안심한 얼굴로 고개를 숙였다. 제정신이 아니었다가 조금씩 정신을 가다듬었을 때, 그는 라크트의 흰 날개에 붉은 피가 묻어 나온 것을 알아차렸다.

"라크트, 날개에 피가……!"

그의 날개에서 피가 흘러내려 흰 날개가 붉게 물들고 있었다. 라크트는 일부러 아픈 표정을 짓지 않았지만 미나트는 가슴이 무너지는 것 같았다. 이대로라면 그는 오랫동안 날 수 없을 것이다. 아무리 날개를 가지고 있지 않은 미나트라도 그것은 잘 알 수 있었다.

"라크트……!"

그때 화살이 라크트의 날개를 관통했다. 라크트는 미나트를 꼬옥 안았다. 무더기로 날아오는 화살에 의해 그의 날개가 꺾이자, 미나트를 보호하면서 그는 아래로 낙하했다. 미나트는 그 순간 눈을 감았다. 떨어질 때의 충격이 그다지 큰 것은 아니었다. 라크트가 그를 감싸 쿠션 같은 역할을 해주었기 때문이다.

"라크트!"

"도련님, 괜찮으세요……?"

라크트는 꺾인 날개의 아픔과 떨어질 때의 충격으로 입은 상처도 마다하고 미나트부터 걱정했다. 미나트는 그를 일으키려고 했지만 라크트는 그를 밀어냈다.

"어서 가세요. 가셔야만 해요. 뒤를 돌아보지 마세요!"

라크트는 다급해했다. 미나트는 자신이 어떻게 해야 할지 알 수 없었다. 이대로 라크트를 두고 갈 수는 없는 것 아닌가. 그러나 그의 고민도 잠시였다. 한 외부인이 무시무시한 마검이라는 무기를 들고 나타나서 미나트와 라크트의 앞에 선 것이다.

"가셔야 해요! 반드시!"

라크트가 소리쳤고 그것이 마지막 말이었다.

아시르 인의 마법과도 같은 마검의 힘이 라크트의 숨을 끊어놓아 그의 꺾이지 않은 단 하나의 날개도 축 늘어졌다. 미나트의 어깨를 잡았던 라크트의 손에서 힘이 빠졌다.

라크트…….

라크트가 움직이지 않게 되자 동시에 미나트는 자신이 혼자가 되었다고 생각했다. 다른 사람들이 그를 둘러쌌지만 그는 그것조차 인식하지 못할 정도로 정신이 나가 있었다.

미나트는 두려웠다. 소중한 사람들이 자신의 앞에서 사라지는 것이.

그리고 자신의 터전이었던 고향이 사라져 버리는 것이.

라크트, 어머니, 그리고 다른 사람들…….

그는 입술을 깨물었다. 도저히 상황을 이해할 수 없을 정도로 머리 속이 혼란스러워졌다. 백지장처럼 하얗게 되어버린 머리 속과 함께 엄습한 엄청난 통증! 그 순간 상처 입었던 등에서 검푸르고 이전에 있었던 것보다 더 큰 날개가 솟아 나왔다.

"아아아악!"

비명과 함께 등에서 솟아 나온 그것은 땅에 드리워졌다.

끈적끈적한 체액으로 젖어 있었지만 그것은 분명히 날개였다.

검은 머리카락이 흩날리며 달 주위에 낀 검은 구름이 서서히 걷히자 예전에 알고 있던 한 남자가 그의 앞에 나타났다.

그의 얼굴엔 미소가 감돌고 있었고, 미나트의 녹색 눈동자에는 그런 그의 얼굴이 비쳤다.

"당신은……."

그는 자신의 날개를 잘라주었던 크라겐이었다. 그의 손 안에는 마검이라고 생각되는 심상치 않은 기운을 내뿜는 검이 들려 있었다. 그의 주위에 있던 사람들이 미나트의 주위를 가로막았다. 어차피 미나트에게는 극심한 고통으로 인해 움직일 만한 힘이 없었다. 미나트는 그들에게 저항도 못한 채 그대로 쓰러져 버렸고, 크라겐은 회심의 미소를 지으면서 그의 날개를 만져 보았다.

"이 모든 것이 다 너를 위한 것이었어. 실험은 성공한 셈이로군."

다시 달이 검은 구름에 가려졌다. 미나트는 그대로 정신을 잃어버리고 말았다.

검은 바람, 마검의 힘이 하늘에 드리워졌을 때 회색에 가까운 은발의 시구르드는 고개를 들었다. 심상치 않은 기운을 실은 바람이 그의 머리카락을 간질이고 있었다. 그는 고개를 들어 하늘을 바라보다가 검은 구름에 가려진 은빛의 달을 보며 앉아 있던 몸을 일으켰다.

"시구르드, 조금만 더 기다려 보면 안 될까?"

날씨는 추웠지만 눈은 오지 않았다. 그래서 예전처럼 순백의 대지는 아니었지만 드문드문 남아 있는 눈의 흔적이 이 음험한 밤을 시리도록 아름답게 비추고 있었다.

"위험해요. 아무래도 좋지 않은 느낌이 들어요. 그는 오지 않을 거예요, 아가씨."

그는 에이아에게 무표정한 얼굴로 손을 내밀었다. 에이아는 그 손을 잡지 않았다. 오히려 난처한 표정이었다. 기다리고 있던 자를 아직 만나지 못했기 때문에 소녀는 조금 초조해져 있긴 했지만 이렇게 빨리 돌아가게 될 줄은 몰랐던 것이다.

"시구르드, 하지만……."

"에이아 아가씨, 어서 이곳을 떠나는 것이 좋겠어요."

시구르드는 강압적으로 소녀의 손을 잡았다. 특별한 감정을 가진 것은 아니었다. 에이아보다 훨씬 오랜 세월을 살아온 마검인 시구르드는 이런 암울한 밤엔, 마검의 힘이 깃든 밤엔 반드시 희생자가 생긴다는 것을 잘 알고 있었다.

"시구르드……."

에이아는 시구르드의 손에 이끌려 앉아 있던 바위에서 몸을 일으켰다. 유화적인 그가 이 정도로 강압적이라면 다시 말해도 들어주지 않을 것이다. 시구르드는 어머니 대신 자신과 아르스리르를 키워준 아버지보다도 더 엄하고 믿을 만한 사람이니까. 시구르드의 손에 이끌려 가면서도 에이아는 미나트가 앉아 있던 곳을 바라보았다.

"미나트."

그때 약속했었는데 그는 왜 오지 않는 걸까.

에이아는 아쉬운 얼굴로 시구르드의 안내를 따랐고 그들이 있던 곳에 의미를 알 수 없는 바람이 불어왔다.

미나트는 정신을 차렸을 때 자신이 어두운 밀실 안에 자신이 갇혀 있다는 것을 알 수 있었다. 몸엔 상처가 하나도 없었지만 불안한 감정은 쉽사리 사라지지 않았다. 주위엔 아무도 없었다. 창문 하나 없는 공간에는 문이 하나 있었는데, 그것은 굳게 닫혀 있었다.

그 문이 열릴 때까지 미나트는 한구석에 쪼그리고 앉은 채 자신이 처한 현재 상황을 도피할 수 있는 생각을 하고 있었다. 그는 아버지와 다른 로크 족의 일이 걱정되었다.

머리 속은 혼란스러웠고 피부의 감각은 무뎌졌다. 다른 생명체가 이 안으로 발을 들여놓기까지 그는 움직이지 않았다. 그는 얼마나 시간이 흘렀는지 알 수 없었다. 한 사람이 그곳에 들어오기 전까지 방은 암흑 그 자체였으며, 문이 열리면서 빛이 환하게 들어왔을 때도 미나트는 그것에 대한 감각을 잃어버린 채였다.

"아직도 제정신을 차리지 못한 건가, 도련님?"

방 안에 들어온 사람은 크라겐이었다. 미나트는 그의 존재를 확인했음에도 불구하고 고개를 들지 않았다. 크라겐의 손 안에는 미나트를 위한 음식물이 들려 있었다. 그는 그것을 미나트의 발치에 내려놓았다.

"먹어두는 것이 좋아."

그러나 미나트는 그쪽으로 고개조차 돌리지 않았다.

"요지부동이로군."

크라겐은 고개를 가로저었다. 그는 이미 미나트의 행동을 예상했던 터였으므로 새삼스러울 것도 없었지만 미나트의 일로 골치 아파지리라는 것을 그도 잘 알고 있었다. 크라겐이 방을 나서려고 했을 때 그는 미나트의 내리깔린 목소리를 들었다.

"나의 아버지는……?"

미나트의 얼굴엔 그늘이 드리워져 있었지만 크라겐은 진설하게 설명해 주고 싶은 마음이 없었다.

"로크 족의 족장 같은 건 이미 죽은 지 오래다. 너와 같은 로크 족은 이제 아무도 남지 않았어. 그가 그렇게 만들었어. 전력을 분산시킨다면 마을을 없애는 것쯤 어렵지 않지. 마검의 힘이 있다면 말야."

크라겐이 메마른 목소리를 그에게 건넸다. 미나트는 울컥 화가 치밀어 오르는 것을 느꼈지만 크라겐은 그 말을 마친 후 이미 나가 버린 터였다.

따끈한 수프가 발치 아래 놓여 있다. 상당히 허기진 상태였지만 먹고 싶진 않았다. 화가 치밀어 올라 그것을 발로 차버렸다. 쨍강— 소리가 방 안을 메웠고 미나트는 허탈한 웃음이 입가에 떠오르는 것을 멈출 수 없었다.

밖에서도 그가 갇힌 방 안의 소란이 들렸다. 그들은 미나트가 자해라도 할까 봐 걱정하는 듯했지만 다행히도 시끄럽던 소리는 금세 그쳤다.

미나트는 자리에 주저앉아 버렸다.
부담스러울 정도로 큰 날개가 그의 등에 있었다.

그는 그토록 원했던 날개를 움직여 보았다. 익숙하진 않았지만 날개가 서서히 움직였다. 눈물이 핑 돌았다. 그리고는 곧 기분이 나빠졌다. 라크트가 끝까지 자신을 지켰던 것이 생각난 것이다.

즐거웠던 마을에서의 일이 주마등처럼 기억나 버려서 그는 허탈하게 웃으며 주먹을 들어 벽을 쾅! 소리나도록 쳤다. 손등이 얼얼할 정도였지만 그는 아픔 따위는 느끼지 못하는 인형처럼 계속 그와 같은 행동을 반복했다. 손등은 깨져서 피가 흘렀고, 그는 한참 동안 미친 듯이 웃다가 그대로 또다시 주저앉아 버렸다.

"이대로 죽어버릴까?"

죽어버리는 것이 나을지도 모른다. 이제 살아 있는 것은 자신뿐이니까. 어차피 죽어도 변하는 것이 없을 거라고 생각했다. 어쩌면 죽음이라는 것은 생각해 온 것보다 더 편안한 것인지도 모른다. 그는 입술을 짓씹었다. 쓴 피비린내가 느껴졌다.

그러나 미나트가 문을 심하게 치는 소리를 듣고 무장한 사람들이 방 안으로 들어와 자해하려는 미나트의 팔을 잡았다.

"이 자식, 뭘 하려는 거야?!"

"어서 못하도록 해!"

미나트의 저항도 거셌지만 몇 명의 장정들을 당해낼 재간은 없었다. 마치 발작을 막으려는 듯 그 사람들은 미나트가 팔을 못 쓰도록 꽉 잡고 비틀었다. 그를 진정시키는 데만 해도 수분이 경과되었고, 한 남자가 그에게 진정제를 주사했다.

"무슨 소란이지?"

단아한 얼굴의 한 남자가 어둠 속으로 들어왔다. 검은색 머리카락을 목뒤까지 짧게 자른 단정한 모습이었다. 그는 침착함을 잃지 않았으며 흰 가운을 걸쳐 의사를 연상시켰다.

“……!”

미나트를 붙잡고 있던 그들은 그의 존재를 깨닫고 화들짝 놀라며 목례를 했다. 그중 하나가 빛에 비치면 남색 빛이 날 정도로 검은 머리의 남자에게 말했다. 아직은 젊은 남자였지만 얼굴엔 노련함이 드러나 보였다.

“바나 바르하시온, 그게, 이 로크 족의 꼬마 녀석이…….”

“소중하게 다루도록 해. 그게 가장 최적의 물건이니까.”

다른 사람의 변명 따위는 듣지도 않고 그는 오른손을 들어 말을 저지했다. 차갑고 냉랭한 청회색 눈동자에 미나트의 분한 얼굴이 비쳤다. 미나트는 피가 흐르는 주먹을 꼭 쥐고 그를 바라보며 소리쳤다.

“난 물건 따위가 아냐!”

“조용히 하게 만들어. 난 시끄러운 것은 딱 질색이니까.”

진정제 때문인지 졸음이 쏟아졌지만 미나트는 이를 악물고 그것을 참았다. 머리가 어지러웠고, 구토가 날 것 같았지만 끝까지 바르하시온이라고 불린 남자에게 한마디를 퍼부었다.

“이 버러지 같은 녀석!”

“벌레 같은 것은 너희들이야. 인간도, 라그나도, 마검도 모두 증오스러우니까.”

그는 여전히 감정이 전혀 섞이지 않은 기계와 같은 목소리로 미나트에게 말했다. 증오에 가득 찬 눈, 그 눈은 원망의 감정이 섞여 있는 것이었다. 그 눈과 미나트의 눈이 마주했을 때, 미나트는 말문이 막혔다. 뭐가 어떻게 된 영문인지 미나트는 잘 모르겠지만 절대로 저 바르하시온이라는 남자는 보통의 인간 같지는 않았다.

“흥! 좋아. 크라겐, 네가 고른 거냐?”

"선택의 여지가 없었습니다. 고를 필요도 없었죠."

그는 자신의 뒤에서 그림자처럼 나타난 크라겐에게 질문했고 크라겐도 앵무새처럼 감정없이 대답했다. 바르하시온의 눈썹이 약간 흔들렸고, 그는 손가락을 들어 미나트를 잡고 있던 경비들에게 지시를 내렸다. 또 미나트에게 한마디 덧붙이는 것도 잊지 않았다.

"약자가 패배하는 것은 당연한 일이다. 너도 순응하는 것이 좋을 거야. 널 위해 그들이 희생되었으니까 말이다."

그는 미나트에게 상기시켜 주려는 듯이 불만스러운 목소리로 중얼거렸다.

"저걸 당장 묶어서 가두어둬."

"알겠습니다, 바나 바르하시온."

바르하시온은 고개를 돌렸다. 자신이 말한 것처럼 소중한 물건으로서 미나트를 보고 있는 것도 아니었다. 단지 증오를 가득 담은 얼굴로 자신을 노려보는 것을 본 미나트는 그를 이해할 수 없었다.

"그렇다면 그곳에……?"

바르하시온은 고개를 끄덕였다. 미나트는 맞아서 흔들리는 머리로 정신이 없었기 때문에 고개를 푹 숙였다. 피가 거꾸로 솟는 것처럼 화가 났지만 명치를 제압당해 더 이상 움직일 힘조차 없었다.

얼마 후 정신을 차린 그의 손목을 제압한 것은 얇고 가늘지만 강철보다 더 강력한 철사 줄이었고, 그의 눈앞엔 대리석이 반질반질하게 깔린 댄스 홀과 같은 공간이 펼쳐져 있었다. 그것을 가로막고 있는 것은 쇠로 만들어진 철근이었다. 미나트는 묶여 있는 손을 뻗어 그것을 만져 보았다. 확실히 그것은 쉽게 빠져나올 수 없도록 강철로 만들어져 있었다. 커다란 날개 때문에 움직이기 쉽지 않을 것 같은 좁은 공간, 그것은 마치 새장과 같았다.

"뭐야, 이건?!"

얼빠진 얼굴로 미나트는 입을 벌렸다. 이렇게 치욕스럽게 대하다니, 난 새 따위가 아니란 말이다!

미나트는 마음속으로 그렇게 소리쳤지만 그곳에 무릎을 꿇고 앉아 있는 것 이외에 다른 것은 할 수 없었다. 영양 주사를 맞아서 그런지 허기도 지지 않았고 특별한 식사도 필요없었다. 그는 망연한 얼굴로 철창을 만지작거렸다. 쉽게 망가지지 않을 튼튼한 새장이었다.

"이게 무슨 꼴이야……."

그는 한숨을 내쉬었다. 그 바르하시온이라는 놈은 아마도 나를 부끄럽게 만들려고 했던 것이 틀림없다라고 그는 확신했다. 약하기만 한 자신이 싫고 분했다. 이렇게까지 해서 살고 싶은 생각이 없었다. 다른 모든 일족들이 없는데 더 이상 살아봐야 의미가 없었다. 이전에 마을을 떠나려고 했었을 때는 그들이 남아 있고 언젠가는 돌아올 수 있다고 여겼기 때문에 안심하고 떠날 수 있었던 것이다. 하지만 지금 그곳에는 아무도 남아 있지 않다. 결국 그는 혼자가 되었다. 혼자라는 것은 참을 수 없는 고통이었다.

미나트는 이렇게 사는 것이 싫었고 치욕스러워서 코끝이 시큰해졌다. 절대로 울지 않기로 마음속으로 다짐한 그였지만, 분하고 외로워서 나오는 눈물은 자기 마음대로 할 수 없었다.

"쳇!"

그는 눈물을 닦았다. 아까 벽을 마구 친 손이 너덜너덜해질 정도였는데, 치료를 받지 못해서 피가 멈추지 않고 있었다. 혀로 낼

름 그것을 핥았지만 별로 맛이 없어 퉤 하고 내뱉었다.

그곳에서 그는 고독했다. 언제까지고 어둠이 계속될 것 같았다.
사방이 대리석으로 만든 기둥에 벽이 한쪽으로 트여 있어서 하늘
을 볼 수 있었는데, 먹구름이 껴 있어서 이전에 있던 방과 별다를
바 없어 보였다.

한줄기의 빛이 커다란 문이 열림과 동시에 스며들었다. 빛과 함
께 작은 아이가 그 안으로 들어왔다는 것을 눈치 채고 미나트의
눈길이 빛 쪽으로 향했다. 미나트는 날개를 푸드덕거리며 그곳을
응시했다.

"거기."

"응?"

미나트는 낯익은 목소리에 귀를 쫑긋 세웠다.

"거기 누가 있나요?"

"어라?"

빛과 함께 부각된 황금색 눈동자, 그리고 그 눈동자에 비해 너
무도 시원스럽게 보이는 푸른색 머리카락을 길게 늘어뜨린 어린
소녀, 에이아였다.

소녀는 눈을 크게 뜬 채 미나트를 바라보고 있었다. 어두운 곳
에서 검고 큰 물체가 움직인다고 생각했던 소녀는 곧 그것의 정체
를 알아차리고 미나트의 이름을 불렀다.

"미나트!"

"에이아?"

어째서 소녀가 이 자리에 있는지 미나트는 알 수 없었다. 미나

트가 놀란 눈으로 그녀를 바라보는데 에이아 역시 미나트를 놀란 눈으로 바라보고 있었다. 결국 혼자가 되었다고 생각한 순간 나타난 그녀의 모습이 그에게는 감격스러운 일이었던 것이다. 사실 에이아가 어째서 이런 곳에 있는지 의심해 보아야 할 그였지만, 고독과 외로움은 그것을 잊도록 만들었다. 사태가 제대로 파악된 것은 에이아가 입을 연 후였다.

"미나트, 미나트는 왜 그런 곳에 갇혀 있는 거지?!"

"에이아야말로 어째서 이런 곳에 있는 거야?"

불안했지만 마음 한구석에서 그는 자신이 살아 있다는 것을 느꼈다. 미나트는 흥분되는 감정을 감춘 채 그녀에게 물었다. 역시 에이아의 얼굴에도 의구심이 깃들어 있었다. 그녀도 고개를 갸웃거리면서 미나트가 갇혀 있는 새장의 창살을 건드렸다.

"검은 날갯깃이 떨어져 있어서 혹시나 하고 와본 거였어. 그런데 미나트가 여기 있을 줄이야……."

에이아의 단아한 얼굴에 그림자가 드리워졌다. 어린 소녀이기 때문에 감정의 변화를 얼굴에 여실히 드러냈고, 미나트는 고개를 갸웃거렸다. 검은 날갯깃… 미나트의 주위에도 떨어져 있는 그것은 자신의 깃털이었다.

어딘가 떨어진 검은 날갯깃을 보고 에이아가 자신을 찾을 수 있었다는 말이군!

미나트는 약간 흥분된 상태여서 손에 입은 상처에 대한 아픔도 잊은 상태였다. 하지만 에이아는 미나트의 손에 피가 흐르고 있는 것을 금세 알아차렸다.

"미나트, 손에 상처가 나 있잖아. 아프지 않아?"

에이아는 마치 미나트가 아니라 자신의 손이 아픈 것처럼 울상을 지었다. 단정하게 일부 머리카락을 올려 묶은 에이아의 모습은 나이보다 훨씬 어른스럽게 느껴졌다. 소녀는 옷의 리본을 풀어낸 후 미나트에게 손을 내어 달라고 부탁했다. 미나트는 얼떨결에 그녀에게 손을 맡겼고 에이아가 그것을 리본으로 감싸주었다. 꽤나 능숙한 솜씨였다.

"리르는 보기보다 덜렁거려서 내가 항상 상처를 싸매주곤 했거든."

에이아가 혀를 빼꼼이 내밀면서 빙그레 웃었다. 리르에 대한 말을 하다가 갑자기 생각났는지 에이아는 한마디를 덧붙였다.

"리르가 그 날개 깃털이 큰 새나 로크 족의 것이라고 가르쳐 줬어. 그래서 난 혹시나 하는 생각에 이곳에 와본 거지만… 하지만 미나트가 있을 줄은 몰랐어."

그렇게 말하면서 에이아의 표정은 어두운 그림자가 드리워진 듯 고개를 숙였다. 그녀는 숙연한 표정이었고 눈가엔 눈물이 아롱지고 있었다.

에이아가 갑자기 눈물을 흘리자 미나트가 오히려 당황해 버리고 말았다. 어두워서 잘 보이지는 않았지만 모처럼 달이 구름 사이에서 얼굴을 내밀어서 방 안이 환해졌고, 그 덕분에 달빛처럼 하얀 살결 위에 또르르 구슬 같은 눈물이 흘러내렸다는 것을 인식할 수 있었던 것이다.

"왜 네가 우는 거야? 울지 마."

"미나트는 아프지도 않아? 울어버리면 좀 덜 아프잖아?"

"그렇다고 네가 울 필요는 없어."

"미나트가 불쌍해서 우는 거야."

에이아는 자신의 일인 양 눈물을 멈추지 않았다. 에이아의 눈물을 보고 있자니 미나트는 자신의 신세가 더 처량해진 것 같아서 눈살이 저절로 찌푸려졌다.

"마치 다 아는 것처럼 이야기하는구나."

"말하지 않아도 알 수 있어. 느껴지는걸, 미나트의 아픔이."

에이아는 작은 목소리로 중얼거리면서 미나트의 상처 입은 손을 끌어안았다.

"무슨 소리야?"

"미안해. 내가 원래 데리고 오려고 했던 것도 이곳이었는데. 내가 미나트에게 폐를 끼쳐서 미안해."

"뭐?"

아시르 인이 있는 곳으로 데려다 준다는 곳이 바로 이곳이었다는 건가!

미나트는 눈을 크게 떴다. 아시르 인의 숫자가 적기 때문에 설마 하는 생각이 약간 있었지만 그래도 이곳이 에이아가 소개해 주려고 했던 곳이란 말인가.

"이곳은 내 집이야. 내가 소개해 주려고 한 것은 나의 아버지였어."

에이아가 자신을 데려오려고 한 곳인 줄은 몰랐다.

"너의 아버지가 아시르 인이란 말야?!"

에이아는 죄를 지은 사람처럼 고개를 끄덕였다.

"그렇다면 너도?"

에이아가 아시르 인이었단 말인가?! 아시르 인은 의술에 뛰어나고 특별한 능력을 가지고 있어서 인간들의 선망의 대상이었다. 그런 아시르 인이 자신의 일족인 로크 족을 멸망시키고 자신을 이런 곳에 가두었다. 그것도 자신은 인간 이하의 취급을 받고 있지 않는가. 그런 아시르 인이 에이아의 아버지였단 말인가?! 그렇다면 에이아 역시 아시르 인일 테니까…….

미나트는 어이가 없어져서 허탈하게 웃었다.

"그랬군. 그것도 모르고 난 멍청한 짓만 했군."

"미나트……."

아시르 인이라니, 증오스러운 세상이었다. 에이아를 따라 날개를 고치러 가고 싶었다. 그런데 혹시나 하면서 희망이라고 생각했던 아시르 인이 그런 식으로 자신들의 힘을 발휘할 줄은 몰랐다. 그들에게 배신감이 느껴졌고, 그 때문에 눈앞에 있는 에이아조차도 미워졌다. 특히, 왜 그녀의 아버지가 그 재수없었던 바르하시온이란 말인가?!

"다가오지 마!"

미나트는 상처를 싸맨 손을 뿌리쳤다. 증오스러운 세상이라고 생각하면서 그는 에이아를 밀쳐 냈다. 에이아는 놀란 눈으로 여전히 자신을 불쌍하게 바라보았다.

"왜 그런 눈으로 날 보는 거야?!"

미나트는 모든 것이 싫어졌다. 눈앞에 있는 소녀도 아시르 인이 아닌가. 자신의 삶의 터전이었던 마을을 사라지게 만든 장본인인 아시르 인의 아이!

미나트는 가슴에 타오르던 불길이 기름을 부은 것처럼 활활 타올랐다.

"미나트?"

에이아는 그의 이름을 불렀지만 미나트는 소녀의 목소리를 외면하고 날개를 접었다.

"시끄러워, 저리 꺼져!"

"미나트!"

에이아가 그의 이름을 애타게 불렀지만 미나트는 고개를 돌렸다. 분노가 사라지지 않은 상태로는 에이아의 얼굴조차 보고 싶지 않았던 것이다.

"닥치고 꺼지라고 했잖아!"

"……."

에이아는 더 이상 미나트에게 다가가지 않았다. 미나트가 그것을 원하지 않았고 에이아도 겁에 질린 채 어깨를 떨고 있었다. 그러나 그런 시간은 오래 지속되지 않았다. 은회색 머리카락의 시구르드가 그녀의 뒤에서 나타났기 때문이었다. 길게 그림자가 드리워짐과 동시에 시구르드는 그녀에게 뚜벅뚜벅 다가갔다.

"에이아 아가씨, 이런 곳에 계셨습니까?"

"시구르드!"

"뭡니까? 이곳은……."

시구르드는 얼굴 표정은 바꾸지 않은 채 미나트를 가둔 채 매달려 있는 새장을 응시했다.

"시구르드……."

커다란 날개와 조금 흐트러진 아마빛의 머리카락이 그의 눈 속에 비춰졌다.

"저건 로크 족이 아닙니까? 이곳에 저런 커다란 새장이 있었을 줄이야……."

그는 고개를 끄덕였고, 새장이라는 말에 결정적으로 기분이 나빠진 미나트는 이를 으드득 갈고 말았다.

"뭐라고!"

그러나 시구르드는 미나트의 존재 자체를 아예 무시해 버리면서 에이아에게 시선을 돌릴 뿐이었다. 그는 손을 내밀었다.

"일단 돌아가는 것이 좋겠습니다. 바나 바르하시온이 오시면 화를 내실 거예요."

"으응."

에이아는 시구르드의 손을 잡았고 미나트는 너른 방 안에서 정말 혼자가 되었다.

이젠 오지 않겠지… 심한 말을 해버렸으니까.

미나트는 마음속으로 그렇게 생각했다. 그렇게 생각하니 침울해졌다. 잠도 자지 못한 채 멍한 상태로 밤을 지새웠다. 아침이 되자 자신을 증오스러운 눈동자로 바라보던 바나 바르하시온이라고 불린 남자가 방 안으로 들어왔다. 침울한 표정으로 구석에 앉아 있는 미나트를 보면서 그는 가증스럽다는 듯 고개를 절레절레 저으면서 손을 으쓱했다.

"흥, 아직도 그런 상태로군."

"이 괴물 같은 자식, 날 내보내 줘!"

"아직 너무 어리군. 조금 더 자랐으면 좋았을 텐데……."

여전히 그의 눈은 미나트를 인간 이하의 것으로 치부해 버리고 있었다. 자신을 모르모트를 평가하는 양 차가운 눈으로 내려다보자 미나트는 결정적으로 기분이 나빠져 버렸다.

"이 자식이!"

내 말은 아예 무시하고 있잖아?!

미나트는 속이 상했지만 바나 바르하시온 앞에선 무슨 이야기를 해도 통하지 않을 것 같았다. 바르하시온은 미나트의 말을 인간이 하는 말이라고도 치부하지 않는 것 같았다.

"시간이 지나면 자라게 되겠지. 인간들은 성장이 빠르니까."

바르하시온은 미나트를 물건 바라보는 듯한 차가운 눈으로 바라보았다. 그러나 미나트는 지치지도 않고 그에게 소리쳤다.

"이 자식, 어서 날 풀어줘!"

바르하시온의 시선은 이미 미나트에서 떨어져 있었다. 그는 함께 온 크라겐에게 미나트에 대한 것을 지시를 내림과 동시에 다른 아시르 인들에게도 지시를 내렸다.

"영양 공급을 철저히 하도록 해. 저대로라면 날아갈 염려는 없으니까 경비는 둘 필요 없어."

"알겠습니다, 바나 바르하시온."

크라겐은 고개를 끄덕이며 다시 말을 덧붙였다.

"그런데 바르하시온, 시구르드가 당신께 전할 말이 있다고 했습니다."

시구르드에 대한 이야기를 들은 바르하시온의 눈이 예리한 사람이 아닌 이상 눈치 채지 못할 만큼 미세하게 흔들렸다. 그는 무뚝뚝한 입을 열어 크라겐의 앞을 그냥 지나쳤다.

"지금 바쁘니까 나중에 듣겠다고 말해라."

"알겠습니다."

크라겐도 고개를 숙이며 그를 따랐고 미나트가 있던 홀엔 그가 갇혀 있는 새장 이외에 아무것도 남지 않았다. 그는 또다시 자신이 혼자가 되었다.

밤이 되어도 미나트는 잠들 수 없었다. 주사를 이용한 영양 공급으로 인해 먹지 않아도 배는 고프지 않았지만 좀처럼 잠만은 잘 수 없었다. 눈을 감으면 불타 버린 마을이 아른거렸고 죽음에 이르기 직전의 라크트의 모습과 어머니의 모습이 떠올랐기 때문이다.

이미 사라져 버린 마을 사람들이 생각났고 항상 미나트를 놀리던 동생들의 얼굴도 아른거렸다. 그것만 생각하면 이제는 눈물도 나오지 않았고 몸이 석고상처럼 굳어버리는 것 같았다. 이젠 따스하던 라크트의 손길도, 어머니도 멀리 떨어져 버린 것 같아서 그는 침울해졌다. 밤이 두려웠고 이곳에 있는 것이 죽기보다 싫었다.

"미나트?"

미나트가 고개를 들었을 때 보인 건 등불을 들고 서 있는 푸른 머리카락의 에이아였다. 하늘거리는 머리카락과 갸름하고도 부드러운 인상이어서 귀엽게 느껴지는 얼굴이었다.

검지손가락을 방긋 웃고 있는 연홍색 입술에 가까이 대고 있는 소녀를 보고 미나트는 깜짝 놀란 얼굴이었다.

"에이아?"

어려서 멍청한 건지, 아니면 남을 배려할 줄 아는 것인지는 몰라도, 그러한 에이아의 모습이 보이자 미나트는 당황할 수밖에 없었다. 하지만 미나트의 신경질에도 싫은 내색하지 않고 에이아는 싸 들고 온 식사들을 펼쳐 보이면서 자리에 주저앉았다.

"상처는 괜찮아?"

너무 황당해서 화를 낼 기력조차 나지 않았다. 뭐라고 대답할까 망설이다가 그는 한숨을 쉬듯이 대답했다.

"괜찮아. 난 회복이 빠른 편이니까."

"다행이야. 이거 먹어."

그녀는 싸 들고 왔던 것을 미나트에게 내주었다. 맛이라는 것을 접할 수 없던 상태여서 음식이라는 것이 굉장히 그립게 느껴져 미나트는 얼떨결에 그것을 주워 들었다.

그리곤 할 말도 없어 묵묵히 먹기만 하다가 문뜩 시구르드의 일이 생각났다.

"흥, 이런 곳에 와 있어도 돼? 그 마검인지 하는 녀석이 이곳에 오는 걸 싫어할 텐데."

그 무뚝뚝한 마검이 싫어한다고 하면 돌아가지 않을까 하고 생각했지만 그것도 아닌 것 같았다. 에이아의 얼굴이 오히려 밝아졌을 정도니까.

"시구르드도 함께 왔는걸. 시구르드는 지금 밖에 있어. 내가 미나트랑 만나는 시간을 벌어준다고 했어."

미나트는 한층 더 당황했다. 시구르드라는 마검은 절대 그런 일에 동의할 것 같지 않았는데. 미나트는 시구르드를 생각하니 라크트가 생각났다.

"리르도 미나트를 보고 싶어해. 내가 미나트가 이곳에 있다고 하니까 초롱초롱하게 눈을 빛내면서 '만나보고 싶어'라고 했어. 리르는 지금 자는 시간이기 때문에 나올 수 없었지만."

리르의 이야기를 들으니 백 토끼와 같이 하얀 머리카락을 가진 그 어린애가 생각났다. 에이아의 동생이라고 했던 그 꼬마가. 그 아이도 아시르 인일 것이다.

"……."

미나트는 에이아가 가지고 온 것을 입에 가져갔다. 에이아는 신이 난 사람처럼 어제와 달리 아름답게 반짝이는 별을 바라보고 있었다.

"그곳은 너무 좁지? 와, 별이 아름답다. 난 밤에 여기 오는 것 처음이야. 연회장으로 쓰이는 곳인데 요샌 사람들이 오질 않아."

소녀가 태연스럽게 웃으며 돌아보자 미나트는 눈살이 찌푸려졌다. 어제 꺼져 버리라고 했었는데 이렇게 아무렇지 않게 나타난 소녀가 이상하게 느껴졌다. 그는 퉁명스럽게 에이아에게 중얼거렸다.

"화나지도 않아? 난 네가 오는 게 싫어. 그래서 너에게 기분 나쁜 말만 퍼붓게 된다고."

"왜? 난 좋은데."

에이아는 오히려 고개를 갸웃거렸다.

"……"

"난 이기적이고 욕심 많은 아이라서 미나트가 원하는 대로 해주고 싶지 않은걸. 자, 좀 더 먹어."

미나트는 더 이상 말을 이을 수 없었다. 에이아가 고집쟁이라고 생각되기도 했지만 자신에겐 부족한 것을 그애가 가지고 있다는 생각이 들었다. 그는 말없이 그녀가 가지고 온 음식들을 먹었고 약간은 과거의 망상에서 벗어날 수 있었다. 그의 어머니가 말했던 것처럼.

그날 밤 푸른 하늘에 떠 있는 별, 그것들은 유난히 아름다웠다.

*　　　*　　　*

처음에는 바르하시온도 미나트의 동태를 보기 위해 낮에 그의 상태를 체크하러 얼굴을 자주 보였지만 그것도 잠시간의 일일 뿐이었다. 미나트에게 특별한 장치 같은 것을 하지는 않았다. 단지 이젠 식사도 잘하고 말썽도 부리지 않게 되자 그에 대한 관심이 가면 갈수록 적어지는 것 같았다. 미나트 역시 자신이 왜 이 아시르 인의 성에 있어야 하는지 알지 못했지만, 그래도 자신이 그처럼 얌전히 있을 수 있는 것은 다 에이아의 덕분이라고 생각했다.

에이아의 카운슬링에도 불구하고 자유로워지기를 열망하는 것은 자연스러운 일이다. 특히 돌아다니기 좋아하는 젊은 나이였기에 날이 갈수록 그 감정은 깊어만 갔다.

에이아가 없을 땐 멍하니 망상에 잠길 때가 많았다. 바르하시온의 연구진—그들이 무엇을 연구하고 있는지 미나트는 알 수 없었다—이외에 에이아 등을 제외한 다른 사람들 중에는 미나트의 존재를 아는 사람이 거의 없었다. 일하는 사람도 왕래하기는 했지만 미나트가 말을 걸기만 하면 무서운 벌레라도 본 것처럼 흠칫흠칫 놀라면서 밖으로 나가 버리곤 한다. 그런 사람들을 볼 때마다 기분이 나빠지는 그였다.

그래서 에이아가 자신을 만나러 오기를 기다리는 것은 자연스러운 일이 되어 버렸다.

에이아가 자신을 보러 오면, 미나트는 대부분이 밤인데도 불구하고 마치 봄의 태양이 빛나는 것처럼 느껴졌다. 그런 마음을 에이아는 알고 있다는 듯이 항상 입버릇처럼 미나트에게 말하곤 했다.

"미나트, 언제가 될지는 모르지만 저 하늘을 날아가게 해줄게."

그 소녀의 말만으로도 고맙다는 생각이 들었지만 그것이 불가능한 것이라는 것을 미나트는 잘 알고 있었다. 이곳에 별이 떴을 때도, 비가 올 때나 눈이 올 때도 거의 하루도 빠짐없이 오는 에이아를 기다릴 정도로 자신이 그 소녀에게 의지하고 있다는 것을 알고 있었다. 그러나 에이아에게도 가능한 일과 불가능한 일이 있다는 것을 그는 구분하고 있었고, 에이아 또한 현명한 소녀라는 것도 잘 알고 있었다.

"하지만 바르하시온은……."

바르하시온은 소녀의 아버지다. 누구라도 자신을 낳아준 아버지를 거역할 수는 없는 법이라고 미나트는 생각했다. 자신의 엄격한 아버지였던 족장 호니르를 생각해 보면 아버지를 거역하는 것이 쉽지 않은 일임을 잘 알고 있었다.

"아버지는 미나트를 좋아하지 않아. 난 아버지와 말하지 않아도 알 수 있어. 아버지의 마음속에 들어 있는 것은 증오뿐이야."

마치 자신도 알고 있다는 듯이 어른스러운 얼굴로 그런 말을 하는 에이아를 보고 미나트는 피식 미소 지었다. 좁은 새장이라는 공간 안에 갇혀 있어도 에이아와 그런 이야기를 할 때면 처음 만났던 벌판이라고 인식이 되어서 조금이나마 자유의 기분을 맛볼 수 있게 되었다. 그래서 그는 비록 착각이라고 해도 그런 순간이 좋았다.

처음에 이곳에서 에이아를 만났을 때, 그리고 소녀에게 기분 나쁜 소리로 외쳤을 때도, 또다시 소녀가 돌아왔을 때도 그는 어쩔 수 없이 져주는 척했지만 그녀를 그리워하고 있었다는 것을 미나트 자신도 잘 알고 있었다. 아마도 감정의 변화를 비상하리만큼 잘 느끼는 에이아도 그런 것쯤은 알고 있었을 것이다. 그래서 에이아는 미나트가 자유를 상실한 빈 공간을 채워주고 있는 것이리라.

"넌 어린데도 그런 말을 잘하는군."

"미나트도 어리잖아."

그녀는 생긋이 웃었다. 그런 그녀가 귀엽다고 미나트는 생각했다.

"언젠간 날게 해줄 테니까 그땐 날개를 만지게 해줘."

"……."

에이아의 금빛 눈은 진실을 말하고 있었다.

"아가씨, 시간이 많이 지났습니다. 어서 가는 것이 좋겠어요."

잠시 후 은회색 머리카락의 시구르드가 안으로 들어와 에이아를 재촉했다. 에이아는 그를 따라갔고 또다시 밤은 깊어져만 갔다.

*　　　　*　　　　*

조금 더 강렬하게 미나트는 에이아가 오는 시간을 기다리게 되었다. 해를 바라보는 해바라기처럼, 그리고 먹이를 기다리는 애완동물처럼 그는 에이아에게 길들여졌다. 로크의 마을이 사라진 이후 그는 자신에게 이미 삶의 의미가 남아 있지 않다고 생각했었지만, 에이아를 만난 이후 소녀를 기다리는 것만으로도 그는 자신이 살아 있다는 것을 느끼고 있었다.

시간이 얼마나 지났는지 알 수 없었다. 단지 그가 알고 있는 것은 저 달이 몇 번이고 달무리에서 벗어나 환한 빛을 발했고, 아름다운 금색 눈에 엷고 푸른 머리카락을 가진 소녀가 자신에게 하루에 한 번씩 잠시간의 자유의 시간을 주고 간다는 것이었다. 그의 몸은 약해져만 갔고 정상적인 식사를 한 것도 벌써 오래전의 일이 되어 있었다. 그는 잘 느끼지 못했지만 그가 이곳에 온 지 벌써 두세 달이 흘렀다. 커야 할 나이에 많이 먹지 못해서 수척해졌고, 그 야윈 몸에 날개는 커다란 짐 덩어리처럼 보이게 되었다. 그러나 그러한 상태가 계속되어도 크라겐이나 바르하시온은 그에게 적당한 조치를 취하지 않았다.

혹시 자신을 가두어두고 죽일 생각이 아닐까 하고 몇 번이고 미나트는 생각해 보았지만, 아무리 생각해도 아시르 인 바르하시온의 생각은 잘 알 수 없었다. 하물며 그의 딸인 에이아도 잘 알지 못하는 것을 한낱 이방인인 그가 알 수 있을 리 없었다.

미나트는 모르모트처럼 그 안에서 잠자코 얌전히 있었지만 가끔씩 생각나는 로크 족의 일 때문에 괴로워하기도 했다. 그렇게 몇 달이 흘렀고 점점 주위는 잠잠해져 갔다.

이상하게도 며칠 간 에이아를 보지 못했을 때였다. 그래서 미나트는 조금 초조해져 있었다. 밤마다 실험이다 뭐다 해서 모르모트인 자신을 보기 위해 바르하시온이고 크라겐 등등이 왕래했기 때문에 에이아를 볼 수 없었던 것도 사실이지만, 에이아에게도 무슨 일이 있었는지 한동안 오지 않았다. 무려 한 달이나 지난 후에 만난 에이아는 백 토끼 같은 소년, 아직 어린아이인 아르스리르와 함께였다. 미나트도 몇 번밖에 만난 일이 없었지만 인상 깊은 아름다움을 지닌 그 소년은 잊을 수 없었다. 소년은 에이아를 따라와서 정중하고 어른스럽게 미나트에게 인사했다.

"오랜만이에요, 미나트."

"아르스… 리르?"

소년의 이름을 기억해 낸 미나트는 약간 기분이 묘했다. 그 옆에 시구르드가 있었지만 그도 아무 말 하지 않는 것으로 보아 에이아와 아르스리르를 막을 생각 같은 건 애당초부터 없었던 것 같다.

"많이 수척해졌네요. 아무래도… 이곳의 공기가 맞지 않기 때문이겠죠?"

"오랜만이로군, 꼬마야."

꼬마라는 말이 듣기 싫지 않았는지 아르스리르가 방긋이 웃었다. 이전보다 마른 미나트가 걱정되었는지 약간 쓴웃음을 지었지만, 그것이 오랜만에 만난 기쁨을 앗아가지는 못했다.

"그래도 다시 만나서 기쁘다고 하면 화낼 건가요?"

그러나 미나트에겐 리르에게 화낼 힘도 남아 있지 않았다. 그동안 바르하시온과 크라겐은 자신을 상대로 무슨 실험을 하고 있다는 걸 느꼈다. 그를 세뇌시켜야 한다고 크라겐은 말하는 걸 들었지만 바르하시온은 그것을 무시했다. 결국 그에게도 생각이 있다고 느꼈는지 크라겐도 더 이상 아무 말 하지 않았지만 미나트는 오히려 그쪽이 불안했다. 불안한 마음이 고조되어 자신의 정신까지도 이상해지는 것이 아닐까 하는 정신적인 고통에 시달렸지만 겉으로는 에이아에게 내색하지 않기 위해서 노력했다.

"하지만… 누구든 생활하고 싶은 환경이 따로 있는 거예요. 미나트도 이런 곳에 오기는 싫었겠죠?"

"물론 나도 나가고 싶어."

솔직히 라크트가 날았던 그 푸른 하늘을 날아보고 싶었다. 그의 손을 빌리지 않고 날아보는 것이 미나트에겐 평생의 소원이었기 때문이다. 하늘처럼 파란 에이아의 머리카락을 볼 때마다 그는 하늘을 날고 싶은 충동을 느꼈다. 그리고 다시 한 번 불타 버린 마을로 돌아가고 싶었고, 살아남은 사람이 있는지 알아보고도 싶었다. 그런 마음을 에이아도 느끼고 있는 걸까? 자신이 강하게 그런 생각을 하면 할수록 에이아는 더 불안한 표정이 되어버린다. 에이아의 표정을 느낀 아르스리르도 덩달아 얼굴에 그늘을 드리웠다.

"아버지가 무엇을 하려고 하는지 저는 알 수 없어요."

아르스리르는 고개를 저었다.

"하지만 미나트를 이대로 내버려 둘 수는 없다고 누나와 이야기
했어요."

"너희들이 뭘 할 수 있다는 거야?"

미나트는 가슴이 두근거렸다.

그들은 어린애들이다. 아무리 의술에 능하고, 마법 구성을 짤 수
있는 최적의 능력을 가지고 있는 종족이고, 가장 고귀한 피를 가
지고 있다고 자칭하는 아시르 인들의 위대한 후손들이라고 해도
부모를 거역해서 어떤 일을 하기는 쉽지 않을 것이다.

그러나 이 두 아이들은 달랐다. 너무나 곧은 의지를 가지고 있
었고, 객관적인 눈으로 사물을 보고 있었다. 그 사실에 있어 미나
트는 다시 한 번 그들에게 놀랐다.

"새장 속에 갇힌 새는 하늘로 돌려보내지 않으면 나는 법을 잊
어버리는 것은 물론이고, 결국엔 목숨까지 잃어버리기 마련이에요.
그렇지, 시구르드?"

"네, 도련님."

시구르드는 아르스리르의 말에 고개를 끄덕였다. 처음에는 별로
마음에 들지 않는다고 생각했던 시구르드도 아르스리르와 에이아
의 말에 귀를 기울였고 결정적으로 그들의 의지를 선택해 주었던
것이다. 미나트는 자신도 모르는 사이에 그에게 감사의 마음을 가
지게 되었다.

"저희는 바나 바르하시온의 자식들이지만 아버지의 일에 찬성
할 수 없어요."

아르스리르가 강한 어조로 에이아와 둘이서 눈길을 주고받은
후 미나트에게 강경하게 말했다.

"리르?"

오히려 깜짝 놀란 것은 미나트였다. 예전에 자신은 아버지의 말씀을 거역한 일이 없었다. 아버지의 명령으로 인해 자르기 싫었던 그 날개도 잘라 버리지 않았던가.

"우리들이 그런 짓을 했다고 큰 벌을 내리진 않을 거예요."

아르스리르는 은회색에 가까운 한쪽 눈을 감아 보이면서 미나트에게 말했다.

미나트는 가슴이 뭉클해져 옴을 느꼈다. 비록 몇 번 만나지 못한 아르스리르지만 그의 어른스러움과 결단력, 그리고 자신을 구해주겠다고 나서는 그에게 매력을 느꼈고 에이아와는 또 다른 면에서 흡입력을 지닌 소년—이라고 할 수 있을지—이라고 생각했다.

"아버지께서 이번 주말에 바나 오스키와 만날 일이 있다고 하셨어요. 그때가 기회라고 생각해요."

"그런 정보는 어떻게……"

"시구르드가 가르쳐 줬어요. 시구르드는 마검이니까 어디든 갈 수 있지요. 물론 에이아 누나가 부탁한 거예요."

시구르드에게 에이아가 부탁했단 말인가. 그걸 들어주는 마검이라는 녀석도 참 이상하지만 에이아도 대단한 아이라는 생각이 들었다. 미나트는 처음에 에이아가 단지 자신을 동정하기에 이곳에 온다고 생각했다. 미나트는 그녀가 한 행동이 병든 토끼를 치료하기 위해 무모하게 로크 족의 결계 안으로 들어선 것처럼 위험한 동정이라고 생각했었지만 리르의 말을 듣고 그는 생각을 고쳤다.

"에이아."

에이아에게 미안하기도 했고, 또 고마웠다. 그 마음만으로도 그는 자유로워진 느낌이었다.

"나도 미나트가 자유의 몸이 되길 바라니까."

에이아는 빙긋이 웃었다. 어린아이에게는 전혀 어울리지 않는 시리도록 슬픔이 서려 있는 미소였지만 미나트는 그것을 눈치 채지 못했다. 미나트가 오히려 걱정하는 것은 시구르드의 일이었다. 시구르드는 마겸, 라크트에게 듣기를 마겸은 주인의 명령을 절대 배반하지 않는 시대 최고의 무기라고 했었는데 시구르드라는 녀석은 그 이론과 달랐다. 절대로 도와주지 말아야 할 자신의 탈출에 대한 것까지 에이아를 돕고 있었던 것이다.

"당신은 아무런 관련이 없을 텐데… 왜 나를 도와주는 거지?"

"그들이 원하니까. 난 마겸이고, 그들을 돌봐주라는 명을 받고 있어."

그는 무뚝뚝하게 말했지만 미나트는 라크트가 생각났다. 자신을 지키다 죽어버린 라크트, 그를 생각하니 가슴이 찡해졌다.

"에이아 아가씨를 울리고 싶지 않아."

그는 그렇게 말하면서 그 넓은 공간을 나섰다. 미나트는 복잡한 기분으로 하늘에 떠 있는 별을 바라보았다. 로크의 마을에서 본 하늘에는 저리도 많이 별이 빛나고 있었는데…… 그 하늘과 이 하늘은 같은 것임에도 불구하고 왜 마음이 착잡한 걸까? 어차피 돌아가도 아무도 기다리고 있지 않으리라는 것을 잘 알고 있는데 왜 그는 자유를 갈망하고 있는 걸까. 왜 그리도 하늘이 날고 싶은 걸까.

차가운 밤이었다. 바르하시온은 연구를 하느라 자지 않고 연구실에 틀어박혀 있는 경우가 많았다. 원래 연구를 하는 것을 즐겼고, 몇 년 전의 사건으로 인해 그는 세상과 고립된 채 무조건 어떤 연구에만 몰입했다. 그 연구는 아시르 인인 자신의 모든 것을 바치고 많은 희생을 필요로 하는 것이었지만, 그런 연구가 즐거운 듯 미친 사람처럼 혼자 키득키득 웃기도 해서 아시르 인들 사이에선 바나 바르하시온이 아니라 라그나 바르하시온이라고 불리기도 했다.

모처럼 크라겐은 취침하지 않고 그의 거소를 찾았다. 특별히 확인해 보고 싶은 것이 있어서였다. 바르하시온이 최근 잡아온 로크족의 아이에게 접촉을 거의 하지 않고 있다는 것 때문이기도 했다.

그는 노크를 하고 방 안으로 들어섰다. 바르하시온은 크라겐이 연구실 안에 들어섰다는 것을 알면서도 뒤도 돌아보지 않았다. 밝은 불빛 아래서 하는 연구는 크라겐 쪽으로 그의 시선을 옮기지 못하도록 했기 때문이었다.

"바나 바르하시온, 당신의 아이들이 중간계와 접촉하고 있다는 것을 알고 계신 겁니까? 마검 시구르드는 말하지 않았지만 틀림없이 중간계는 두 아시르 인과 접촉하고 있습니다. 혹시 이것도 당신은 계산 아래 두신 겁니까?"

크라겐의 물음에 바르하시온은 나지막이 웃을 뿐 별다른 대답은 하지 않다가 잠시 후 마치 기계처럼 입을 거의 움직이지 않고 말했다.

"마검이라는 것들은 다 마찬가지야."

입가에 띠어 있는 미소와는 달리 그의 청회색 눈은 이글이글 타오르고 있었다. 그런 상태의 바르하시온을 잘 아는 크라겐은 아무런 대답도 하지 않았다. 그는 아직도 세상을 증오하고 있었다. 그리고 아직도 그는 그것을 위해 움직이고 있는 것이다.

그는 모든 것을 계산해 두고 있을 것이다. 짜여진 각본처럼 모든 것을 조종하는 것이 그의 주특기였다. 단 한 사람, 자신이 손에 넣지 못했던 한 아시르 인의 마음만을 제외하곤 모든 것은 그의 뜻대로 돌아갈 테니까.

크라겐은 조용히 혀를 찼다. 그러나 바르하시온은 여전히 돌아 보지도 않았다.

＊　　　＊　　　＊

마침내 그날이 다가왔다. 미나트가 매우 기다렸으면서도 약간의 섭섭함을 숨기지 못한 날, 다시 두 다리로 달릴 수 있게 되었다고 생각할 수 있는 날이 다가왔다.

아르스리르와 시구르드는 며칠 간 생각해 낸 작전을 펼쳐 미나 트를 빼돌렸다. 어차피 미나트의 얼굴을 알고 있는 사람도 없었고, 바르하시온이 없는 지금이 가장 최적인 시기였기 때문에 그들은 서둘렀다.

리르는 미나트가 멀리 달아나 버리는 것보다는 우선은 가까운 곳에 있는 것이 좋다고 생각했다. 등잔 밑이 어두운 법이니까. 리 르가 미나트를 안내한 곳은 그 어두침침한 성을 지나 아름다운 숲 이 있는 아시르 인의 거소를 약간 넘어선 곳이었다. 인간들의 마 을이 가깝고 푸른 물과 하늘이 사랑스러운 그런 벌판이었다. 마치 아르스리르와 에이아를 처음 만났던 곳 같은 장소에 그들은 오도 카니 섰다. 오랜만에 걷는 것이라 그런지 발이 잘 떨어지지 않았 지만 그동안 꾸준히 노력해 온 덕에 발이 굳어 있지는 않았다. 또 한 상쾌한 자연의 바람이 그들에게 생기를 넣어주었다.

두 발로 서 있는 미나트가 홀의 구석에 있는 새장 안에 갇혀 있는 것보다 훨씬 어울린다고 에이아는 생각했다. 소녀는 미나트의 손을 잡았다.

"어디에 있어도 우린 만날 수 있을 거야, 미나트. 난 이곳을 사랑하고 미나트도 이곳에서 살아 있을 테니까. 언젠가 다시 만날 수 있을 거야. 그때까지 멋지게 하늘을 날 수 있는 로크 족이 되어 줘."

"저도 바랄게요, 미나트. 가능한 인간과 똑같이 살아가면 아버지의 눈을 피할 수 있을 거예요. 행운을 빌어요. 당신에게 영원불멸한 불꽃 새의 축복이 있기를."

아르스리르는 아직 어리고 키가 작아서 자기보다 훨씬 큰 미나트를 올려다보았다. 그의 은회색 눈에는 훨씬 자연스러운 미나트의 모습이 비쳐 있었다.

"그래, 나중에 볼 수 있겠지. 고마워… 너희들을 한순간 의심하기도 해서 정말 미안했어."

미나트는 머리를 긁적였다. 그들이 굉장히 고마웠다.

이 순간은 죽을 때까지 잊지 않겠다고 생각했다. 처음에 아시르인이었던 에이아를 미워했던 것 때문에 그는 약간 죄책감에 빠져 있었지만 아르스리르와 에이아의 태평한 얼굴이 그를 기운나게 해주었다.

"미나트, 나중에 또 보는 거예요. 반드시 놀러 올게요."

다시 본다면 은혜를 갚을 날이 올 것이다. 그러기 위해서는 라크트의 말처럼 살아 있어야만 한다라고 그는 생각했다.

"알아, 알고 있어. 고마워, 에이아."

잊지 않을게. 그리고 그 황금의 눈동자를 다시 볼 수 있다면……

그는 그녀의 하얀 이마에 키스했다. 그리고 처음으로 소녀의 머리와 같은 색의 하늘을 향해 날개를 폈다. 경이로운 순간이었다.

미나트는 자유를 얻었다고 생각했다. 그리고 그는 영영 돌아올 수 없을 것 같았던 수풀로 돌아올 수 있었다. 그곳에 가면 위험할지도 모른다는 것은 그도 잘 알고 있었다. 하지만 꼭 가보고 싶은 곳이 있었다. 그는 언제나 자신의 고향으로 한 번쯤은 돌아가 보고 싶었다. 비록 모든 것이 타버리고 재밖에 남지 않았더라도 그는 한번 그곳을 둘러보고 싶었다. 자신이 태어나서 자라왔던 그 숲을 다시 바라보고, 그곳의 공기를 맡아보고 싶었다.

그는 어설픈 날갯짓을 하면서 그곳으로 날아갔다. 잘못해서 바르하시온이나 그의 측근들에게 걸린다면 위험할 것이다. 하지만 미나트는 그런 사실보다 자신의 감정을 앞세워 그곳으로 향했다.

나는 것은 그가 생각한 것보다 훨씬 힘들었다. 오랜 시일 그는 그것을 보아오기는 했지만 직접 경험해 보는 지금 백문이 불여일견이라는 말을 실감하게 해주는 순간이었다. 그래도 많이 상상을 해와서 그런지 그럴싸한 폼은 나오지 않아도 날갯짓을 해서 공중에 뜰 수는 있었다. 몇 번이고 떨어질 뻔하기도 했고, 나뭇가지에 부딪혀 상처를 입기도 했지만 우여곡절 끝에 아무도 만나지 않고 자신의 고향이었던 곳으로 돌아올 수 있었다.

그리고 자신의 마을의 광장이었던 곳에 이르렀을 때, 그는 착지하는 데 상당히 애를 먹는 바람에 그만 그대로 머리부터 떨어져 버리고 말았다. 자칫 잘못했으면 머리가 깨졌을 테지만 다행스럽게도 몸을 조금 들어 올린 덕분에 무사하지는 않지만 바닥에 착지할 수 있었다.

아픈 턱을 쓰다듬으면서 미나트가 일어섰을 때 새까만 숲도 이미 바래 부서져 버린 병든 고향을 발견할 수 있었다. 그리고 그 위를 걷고 있는 이질적인 생명체, 죽음의 마을 위를 붉은색을 띤 갈색 머리카락의 청년이 거닐고 있다는 것을 안 것은 그쪽에서 미나트에게 자연스럽게 말을 걸었기 때문이다.

"호니르의 아이가 그렇게 날지 못하다니 로크 족이 울고 가겠군."

"누구냐?!"

호니르는 로크의 족장, 미나트 아버지의 이름이었다. 그런 이름을 알고 있는 사람이라면 그는 혹시 로크 족?!

미나트는 가슴이 크게 뛰는 것을 느꼈다. 그러나 붉은 눈의 남자는 그런 미나트의 마음을 읽은 것인 양 고개를 저으며 퉁명스레 답했다.

"별로 관련이 있는 사람은 아니지. 단지 너의 날갯짓을 보니 가슴이 아플 뿐이다. 아름다운 날개는 소중하게 생각해야 하는 법이니까."

그는 절대 당황하지 않았다. 미나트 쪽에서 적의를 드러냈지만 그는 전혀 내색하지 않았다.

"당신, 당신은……?"

"특별히 이름 같은 건 없어. 그냥 지나가는 여행자일 뿐이야."

그는 고른 치아를 히죽 드러내며 웃었다. 후텁지근한 바람이 불어왔다. 붉은 머리카락이 날려 죽음의 마을과 묘한 배치를 이루었다.

"여행자?"

미나트가 그 여행자의 자기소개에 대한 말을 반복했을 때 그는 팽그르르 뒤로 돌았다.

"그럼 잘 있어, 꼬마."

"잠깐!"

미나트는 그를 붙잡았다. 로크 족은 아니다.

하지만 잡아야 할 것 같은 느낌이 들었다. 그는 침을 꿀꺽 삼켰다.

"뭐지?"

"당신 혹시……?"

퉁명스레 미나트를 돌아보던 남자는 그의 반응이 재미있었던지 큰 소리로 웃었다. 그가 그처럼 웃어버리자 미나트는 당황했지만 그의 등에 달린 커다란 날개를 볼 수 있었다. 여행자라고 자신을 밝힌 그 남자의 등에선 불꽃과 같이 붉은 날개가 불길처럼 솟아나왔던 것이다.

불꽃과 같은 빛깔의 날개, 그의 날개는 미나트의 것보다 더 크고 가벼워 보였다. 미나트의 것보다도 큰 날개는 붉은색인만큼 매혹적인 아름다움을 가지고 있었다. 그 날개 털도 고르고 윤이 나고 있었다.

"나에게 나는 법을 가르쳐 줄 수 있어?"

날고 싶다고 생각했다. 여지껏, 줄곧……. 그래서 그 욕망은 종족이 모두 사라져 버린 이 자리에서도 사라지지 않고 오히려 날뛰고 있었던 것이다. 그는 이 자리에서 자신의 진실을 토로했고, 그 말을 들은 붉은 날개의 소유자는 고개를 숙였다.

"어지간하군. 자신의 종족의 일에 대한 고통은 이미 잊어버린 건가? 좋은 자세야. 뒤를 돌아보아선 죽도 밥도 안 되지."

그의 대답에 미나트는 밝게 웃었다.

"하늘을 난다는 것은 앞을 바라보는 것과 같은 거다. 로크는 그런 의미에선 선택받은 민족이야. 뒤를 돌아볼 줄도 알고 앞을 내다볼 줄도 알고 있으니까."

그는 미나트에게 그렇게 말했다. 그는 특별히 정을 준다던가 하는 그런 행위는 하지 않았다. 무뚝뚝한 남자는 미나트에게 나는 법을 제대로 가르쳐 줄 뿐이었고 미나트는 그것만으로도 좋았다. 이미 자신의 종족이 사라져 버렸다 하더라도 제대로 날게 되었을 때 자신은 성인이 되는 거니까.

그렇게 몇 달이 흘렀다.

하늘을 나는 것을 배우는 데는 꽤나 오랜 시간이 걸렸다. 어린 아이가 걸음마를 배우는 것과도 비슷한 기간이었다.

그와 지낸 시간이 미나트의 인생 중에서 긴 시간을 차지하는 것은 아니었지만 그는 여행하는 사람이었기에 세상에 대해 많은 것을 알고 있었고, 그 덕분에 그에게서 많은 것을 들을 수 있었다. 그러한 간접 경험이 미나트에겐 또 다른 기쁨이 되었다. 언제 사라져 버릴지 모르는 사람이지만 그가 자신과 함께 있어준 것만으로도 고마웠다. 한 쌍의 날개를 가진 그가 아시르도, 라그나도 아닌 것은 알고 있었다. 하지만 그가 인간이라고 단정 지을 수는 없었다. 또, 그는 자신에 대한 이야기를 일체 하지 않았지만 미나트는 자연스럽게 그에 대해서 알고 있었다. 그는 불꽃의 검을 든 남자였다. 불꽃의 마검 무스페, 그는 퉁명스러운 성격이기는 했지만 미나트에게 나는 법을 가르쳐 준 여행자를 친구처럼 대했다.

"시대는 흘러가기 마련이다. 하지만 흘러가는 데 이유는 없어. 인간들이 서로 사랑하는 것처럼, 그것도 아무런 이유도, 대가도 없어. 단지 희생을 요할 뿐이지."

그는 그렇게 말했다.

"이해할 수 없어도 시간은 흘러가고 세대는 교체되기 마련이야. 마검은 태어남과 동시에 멸망으로 치닫고 있었던 것인지도 모른다. 인간이 태어남과 동시에 사로(死路)를 걷고 있다면 마검도 마찬가지야. 그리고 그 시대가 지나가면 새로운 시대가 돌입하게 되는 거야."

그의 마검은 그렇게 말했다. 자신이 마검임에도 불구하고 그는 냉철하고 이지적이었다. 미나트는 그가 무엇을 말하고 싶은 것인지 잘 이해할 수는 없었지만 그의 말을 가슴속에 각인시켰다.
시간은 흐르고 세대는 교차된다. 반드시 새로운 시대가 도래하기 마련이다.
그는 그렇게 알아들었고 종족에 대한 복수심, 분노의 감정들을 잊기로 마음먹었다.
하지만 시간은 흘러갔고 여행자는 다시 흘러가야 할 시간이 되었다.
"고마웠어요, 에즈."
여행자라는 이름 대신 그는 자신의 이름을 적당히 에즈라고 부르라고 했다. 꽤 오랜 시간을 공유했고, 그의 차분한 성격 덕분에 미나트도 냉정함과 처세술을 배웠다. 처세술에 강한 여행자 에즈는 그 큰 날개를 등 안으로 감추고 두 발로 걸어서 길을 떠났다.

물론 일전에 그로부터 날개를 등 안에 감추는 법을 배워서 미나트도 마치 보통의 인간처럼 거리를 활보할 수 있게 된 지 무려 세 달이 지났다.

여행자는 그와 헤어질 때 뒤를 돌아보지 않았지만 그의 검은 미나트의 앞에 모처럼 얼굴을 드러냈다.

"나중에 만날 땐 넌 선택한 후겠지. 만날 수 있을지 없을지는 알 수 없지만 만나게 된다면 넌 위험한 선택을 했다는 증거일 거야. 나의 풀네임은 무스펠하임이야, 미나트. 흘러간 세월을 붙잡으려고 하면 과오를 저지르게 된다는 것을 잊으면 안 돼."

그동안 미나트에게 충고다운 충고는 그다지 하지 않았던 마검 무스펠하임이 그에게 그렇게 말하고 여행자 에즈와 함께 떠났다. 미나트는 그때 태초의 마검 무스펠하임이 그 불길로 마검을 창시했다는 말을 라크트로부터 들은 일이 있다는 것을 기억해 냈다.

마검은 태초의 불꽃 속에서 태어나 생명을 가지게 되었다고 들었다. 그리고 언제부터인가 주인을 섬기게 되었는데, 그것도 태어난 후 꽤 오랜 시간 후의 일이라고 한다.

아직까지 바르하시온에게 발견되지 않은 것은 다행스러운 일이었다. 그는 바르하시온과 가까운 곳에 살고 있는데도 아직 들키지 않은 것은 기적적인 일이라 생각하고 있었다. 계산된 행동이라는 것도 모른 채 그는 앞으로 해야 할 일에 대해 걱정했다. 에즈의 조언에 따라 그는 가까운 나라의 성에서 일하기로 마음먹었다. 소년에서 청년으로 넘어가는 단계의 그였고 머리가 좋았기 때문에 일자리를 얻어 자리를 확립하는 것은 시간문제였다.

그렇게 몇 년이라는 시간이 지나갔다. 그는 자신의 의지에 따라 군대에 들어갔다. 아시르 인이나 마검은 수가 별로 되지 않는다.
그런 면에서 인간은 군대에서 필요한 존재였다.

수도를 방어하기 위해서 빼놓을 수 없는 아시르 인이 다스리는
이웃 나라의 군대에 들어갔다. 미나트는 성에서 가까운 병영에서
지낼 수 있게 되었다. 그곳에서도 날개의 일은 물론 비밀이었다.
그러나 틈만 나면 그는 하늘을 날았다. 그것이 그가 가장 자유를
느끼는 순간이었기 때문이다.

그러나 그는 군대에 들어가서 자신에게 어떤 것이 이로울지 잘
알 수 없었다. 우선은 몸을 숨기기 위해 들어갔던 군대였기 때문
에 별다른 의미는 없었지만, 그는 그곳에서 많은 것을 배웠고 인
간으로서 꽤 괜찮은 자리까지 승진했다. 그는 그곳에서 처세하는
법을 배웠으며 거짓된 미소를 배웠다.

그리고 가끔 달이 뜨면 고향 생각과 함께 에이아와 아르스리르,
그 성에 있었던 기억을 더듬곤 했다. 아시르 인들의 소식이라는
것은 인간으로서는 잘 접할 수 없는 것들이었기 때문에 아르스리
르와 에이아가 바르하시온에게 어떤 처벌을 받았나 하는 소리는
듣지 못했다. 하지만 그는 언젠가 자신에게 힘이 생기면 리르와
에이아에게 은혜를 갚아야 한다고 생각했다. 그리고 그 마검, 시구
르드에게도.

눈 깜빡할 사이에 또다시 몇 년이 흘렀다.

무스펠하임의 말대로 시간은 흘러가면 돌아오지 않는다. 그것을
되돌아볼 겨를도 없이 앞만 보고 달렸다. 그동안 뛰어난 솜씨로
하늘을 날 수 있을 정도로 그는 장성했다. 이젠 소년 티를 거의 벗
고 청년이 되어 있었다. 키도 많이 컸고 목소리도 변해 버렸다. 로
크 족의 관습대로라면 이미 성인의 나이가 지난 미나트는 머리카

락을 잘라야 옳았을 테지만 그는 머리를 자르진 않았다.

군에서 특별한 일이 들어오는 것은 드문 일이 아니었지만 마검에 대한 말이 나오면 모든 부대에 긴장이 흘렀다. 이번에 미나트가 소속된 수도 방위부의 부대에서도 그 일 때문에 떠들썩한 상태였다.

"우리들이 해야 할 일은 마검 우송이야. 마검이라는 것은 아무나 다룰 수 없는 것이니 이번 일에는 몇 명만 따른다."

"마검… 어떤 마검입니까?"

"바나 바르하시온의 명이다. 이곳까지 그의 마검, 시구르드를 옮기는 일을 해야 해."

시구르드?

미나트는 가슴이 덜컹했다. 처음에 이곳에 왔을 땐 바르하시온에 대한 이야기만 들어도 가슴이 철렁하곤 했는데 비해 지금은 조금 나아진 상태였다. 원래 바르하시온은 은거를 하고 있던 아시르인이었고, 아시르 인들 가운데서도 바나 바시르의 피를 이은, 영지도 넓은 높은 신분의 사람이었다.

혹시, 에이아를 만날 수 있지 않을까 하는 생각이 들었다. 이미 많이 자랐을 것이다. 에이아를 만날 수 있다면……. 미나트가 심각한 표정을 지었지만 그 대장 격의 남자는 관심없다는 듯 손을 저었다.

"넌 굳이 필요없어. 인간들 가운데서도 능력이 있는 옐 족이나 카슈엘 족이 좋아."

"아아, 네."

미나트는 생글 웃었다. 솔직히 웃을 기분은 아니었지만 그동안 익힌 미소의 성과였다.

"혹시 앞으로 전쟁이라도 내정되어 있는 걸까?"

"으음… 그동안 전쟁이 묘하게 없었으니 그럴지도 모르지."

"글쎄, 인간이 다스리는 영지가 있다는 것만으로도 신기하지. 엘족이 영지를 받았다고 하더군."

인간들에게 아시르의 일은 거의 알려지지 않았지만 간간이 들려오는 소식을 들을 때마다 미나트는 혹시 하는 생각이 들었다. 리르의 일이나 에이아의 일을 듣고 싶었지만 좀처럼 돌지 않는 소문은 그를 포기하도록 만들었다.

"뭐, 나와는 관계없는 일이지."

미나트는 가까운 곳의 숲길을 걸었다. 모처럼 쉴 수 있는 시간이 되었다. 별로 특이한 종족처럼 보이지 않는 미나트이기에 그의 실력이나 종족에 대해 제대로 아는 사람은 전혀 없었다. 그는 미트라는 가명을 사용했으며 날개를 남에게 보여주는 일이 없었다.

그러나 그날 그는 그리움에 못 이겨 하늘을 날았다. 아무도 보지 못할 숲에서 마음껏 날고 내려왔을 때, 그는 자신이 잘못했다는 것을 느꼈다. 틀림없이 근처에 아무도 없음을 확인했는데 그곳에서 인간의 기척이 느껴졌던 것이다.

미나트는 고개를 들었다. 눈앞에… 인간이 있음을 확인했다.

그것은 우연이었고 필연이었으며, 운명이기도 숙명이기도 했다. 황금 빛의 눈동자와 다시 만날 수 있었던 것은.

"미나트?!"

"……?"

혹시 꿈이 아닐까 생각했다.

이전과는 달리 성숙하게 변한 아름다운 얼굴, 동그란 눈동자와 세련된 얼굴이 눈앞에 아른거렸다. 이전보다 큰 키지만 여전히 미나트에 비해선 작고 아담한 키, 긴 머리카락을 흩날리며 이젠 완숙미가 있는 소녀가 아마색 머리카락의 미나트를 알아보고 손을 흔들었다.

"미나트!"

"에, 에이아?"

혹시 이것이 꿈이 아닐까 하고 미나트는 순간 고민했을 정도였다. 그러다 곧 이어 따스한 체온이 전해져 왔다. 그리고 그는 하늘색의 작은 새를 놓아주고 싶지 않은 충동에 휩싸였다.

다시 만났다는 것은 더할 나위 없는 행운이었다. 그것만으로도 무료함, 거짓된 웃음과 가식에서 벗어날 수 있을 것 같았다. 어두운 방 안에서 한줄기 빛을 만난 것처럼 에이아의 존재가 미나트의 가슴에 큰 의미를 가지고 자리 잡을 수 있게 되었다.

그녀가 그곳에 있는 것은 공부를 위해서라고 미나트는 그녀에게 직접 들었다. 이젠 청년이 되어가는 미나트와 마찬가지로 어린아이의 티를 벗은 에이아는 한층 더 성숙해져 있었다. 그녀에게서 미나트는 삶을 느꼈다.

처음으로 그동안 살아 있었다는 것에 대해 신에게 감사드렸다. 특정한 신을 믿는 것은 아니었지만 그 순간은 그 정도로 미나트에게 소중했고, 또 지속되길 바랬다.

미나트는 시간이 날 때마다 하늘과 가까운 언덕에 누웠다. 군대에 들어간 그에게 자유 시간이 많을 리는 만무했지만 교묘하게 꼭 낮 시간만 되면 빠져나와 하늘과 맞닿은 곳에 누웠고, 그럴 때마다 에이아를 만나는 일이 많아졌다. 에이아가 이곳에 온 것은 의외의 일이지만 아버지 바르하시온의 명령이었다고 한다.

그는 바람을 맞으며 언덕 위에 누워 있었다. 원래 지금은 점심 식사 시간이었는데 다른 시끌벅적한 곳에 있는 것보다는 언덕 위에서 하늘을 보고 있는 것이 좋았다.

선선한 바람을 맞으며 누워 있다가 태양 빛이 순간 사라지고 그림자가 져서 미나트는 눈을 떴다. 그의 앞에는 짧은 회색 머리카락을 늘어뜨리고 미나트를 바라보고 있는 시구르드의 모습이 보였다.

"오랜만이로군."

"시구르드… 였던가?"

특별히 서로 친한 것은 아니었다. 아니, 친하다고 말할 수 없는 단계였다. 그들은 많은 이야기를 나누지 않았으며 서로에 대해 많은 것을 듣긴 했지만 직접 대면한 것은 드물었다. 에이아의 일 때문에 자신을 찾아왔을 것이라고 미나트는 추측하고 자리에서 일어나서 나무 그루터기에 걸터앉았다.

하지만 에이아에 대한 것 이전에 그에게 물어보고 싶은 것이 있었다.

"난 어째서 당신이 에이아와 나를 만날 수 있도록 해주었는지 이해할 수 없어."

단순한 보통의 아시르 인이었더라면 인간과 만나는 것을 허락하지 않았을 것이라고 그는 생각해 왔기 때문에 그렇게 시구르드에게 물어본 것이다. 시구르드는 표정없는 얼굴로 고개를 숙이며 미나트의 옆에 걸터앉았다.

"바쁘지 않은 모양이로군, 인간의 군대란 것은."

"당신 말대로 이곳은 그다지 바쁜 것은 아냐. 게다가 난 별로 일이 많지 않은 부서거든. 마검을 가지고 있는 자에게만 영웅의 칭호가 돌아가기 마련이지. 나 같은 그냥 서민은 가만히 총알받이나 되고 있을 수밖에 없더군. 넓은 곳… 어머니가 바라보라고 했던 넓은 곳이 이런 곳이리라고는 생각지 않았는데. 후후후……."

미나트는 자조적으로 웃었다. 여행자 에즈에게 많은 것을 배우고, 또 이곳에 오고 그가 느낀 대로였다. 세상은 넓고 그에게 날개도 생겼지만, 그가 지금까지 보아온 세상은 깨끗한 것도 쉬운 것도 아니었다.

"그럴지도 모르지. 언제부턴가 모든 것은 잘못되어 있었는지도 몰라. 첫 단추부터 잘못 끼워진 것인지도 모르지."

그는 어쩐지 얼마간 함께 있었던 여행자 에즈의 자조적인 목소리와 닮은 말을 했다. 시원한 바람이 불어왔다. 때마침 불어온 바람에 시구르드의 회색 머리카락이 흩날렸고 그는 무거운 입을 열었다.

"언제부턴가 마검의 존재는 인간에게도 아시르 인이나 라그나에게도 불필요한 존재가 되었을지도 몰라."

하지만 그럴 리가 없다고 미나트는 생각했다. 마검은 크게 셋으로 나뉘어져 있는 이 땅의 종족들이 모두 갈망하는 최고의 무기였다. 그것은 생각도 할 줄 알았고, 충성심도 강했으며 힘도 능력도 강했다. 한때 마검의 전성기 때엔 많은 마검이 인간들의 손안에 있었던 적도 있었다고 들었다.

"마검의 미래가 그렇게까지 긍정적인 것은 아냐."

시구르드의 말에 미나트는 그가 왜 그런 말을 하는지 이해할 수 없었다. 그는 인간에 속하는 로크 족으로 불행한 과거를 겪기는 했지만 그것은 다만 그의 과거일 뿐, 마검이나 다른 종족에 대해선 책과 같은 곳에서 습득한 간접적인 경험뿐이었다.

시구르드와 미나트와의 분위기는 어색해졌다. 미나트는 그에게 이전부터 궁금해했던 것이 있었던 것을 기억해 냈다. 그가 처음 시구르드에게 한 질문과 맥락이 통하는 것이었다.

"왜 나를 도와준 거지?"

보통의 보호자들이라면 그런 일을 도와주거나 하지 않는다고 미나트는 생각했다. 자신의 어머니나 아버지가 그랬듯이. 그런 점에서 시구르드는 마검인지라 다른 것 같았다.

"그것에 대한 대답은 예전과 마찬가지로 하나야. 그녀가 원했으니까. 난 아가씨를 지키기 위한 마검이야. 그렇지 않았다면 난 존재하지 않았을지도 모르지."

시구르드라는 마검, 마검이라는 존재는 그러한 의미를 가지고 있는 것일까. 미나트는 에이아를 돌보는 그를 보고 고개를 갸웃거렸다. 바람이 불어왔고, 잠시 그들 사이에 침묵이 있었다. 미나트는 늘 자신의 앞에서 밝게 웃음 짓는 에이아를 생각하면서 푸른 하늘 쪽으로 눈길을 돌렸다.

"아가씨라면 에이아를 말하는 건가? 그앤 나에 대해서 동정하고 있었던 것인지도 몰라. 하지만 당신이나 바르하시온에게는 나처럼 하찮은 종족이 그 고귀하고 위대한 아시르 인의 딸과 아는 사이라고 한다면 흠집이라도 나는 거 아니야?"

"그럴지도 모르지."

순간 미나트는 솔직한 시구르드의 대답에 말문이 막혀 버렸다. 미나트의 질문에 시구르드의 표정이 크게 흔들린 것은 아니었지만 약간의 동요가 있었던 것을 미나트는 우연히 포착했다.

"하지만 아시르 인의 생각이라고 해서 반드시 강요할 필요는 없다고 생각해. 그녀는 주위 것의 감정을 읽는 법(法)을 가지고 있어. 아시르 인들이라고 해서 깨끗한 것은 아니지. 항상 주위의 쓰레기 같은 것들을 느껴온 그녀가 원하는 것이라면 난 다 해주고 싶어."

"마음을 읽는다고……?"

새장 안에 갇혀 있는 미나트를 보았을 때 에이아는 마치 자신의 일인 것처럼 눈물을 흘렸다는 것을 기억해 냈다. 다른 사람의 마음을 노력하지 않아도 볼 수 있다는 것, 그것은 생각보다 힘든 것이리라.

"당신 말대로 당신의 일을 '레베'와 똑같이 생각하고 있는 건지도 몰라. 뭐, 그녀의 마음이라면 난 그녀를 따른다."

그것이 시구르드가 이곳까지 보호자의 역할을 하기 위해 따라온 이유였다고 미나트는 생각했다. 그리고 미나트 자신은 그녀에 대해 어떤 생각을 가지고 있는지 깨닫지 못했지만, 시구르드는 그녀를 지켜보는 사랑을 하고 있는 것이 틀림없을 것이다. 가만히 지켜보고 그녀가 갈 길을 모색하고 있는 것이겠지.

"어떻게 되어도 상관없어. 에이아님이 잘되시기만 한다면."

미나트는 에이아의 일을 모두 그녀에게 맡기는 시구르드가 이상하게 생각되었다. 마검은 아시르 인만큼의 수명을 가지고 있었으며, 그래서 어렸을 때부터 에이아의 모습을 보아왔을 것이다. 그래서 그녀를 더 잘 알고 있고, 그래서 그녀를 더 사랑할 수 있는 건지도 모른다고 미나트는 생각했다. 마검과 아시르 인, 금기의 선을 넘을 수는 없는 일이라고 들은 미나트로서는 시구르드의 청회색 눈에 슬픔이 깃들어 있다고 생각했다.

"너는 행복해져라. 그것이 에이아님을 위해서 내가 할 수 있는 말이야."

　그는 바람이 부는 방향으로 고개를 돌리며 좀처럼 잘 열 것 같지 않은 입을 열었고, 미나트는 그의 마음이 바람을 타고 전해져 오는 것을 느끼고 그에게 호감이 생겼다. 마검은 인간처럼 아픔도, 슬픔도, 감정도, 기억도 모두 가지고 있는데도 그들의 행동엔 제약이 있었고 삶은 규제되고 있었다. 그래서 그의 모습이 더 슬퍼 보였던 것인지도 모른다.

　바람은 그 둘 사이의 시간을 갈라놓았다.

＊　　　　　＊　　　　　＊

　여느 때와 똑같이 미나트는 푸른 잔디가 깔린 언덕에 하늘을 바라보면서 누워 있었다. 점심 시간 때만 되면 에이아의 하늘빛 잔잔한 머리카락이 그의 얼굴을 간질였고 미나트의 얼굴엔 절로 웃음이 번져 나왔다. 지극히 자연스러운 일이었다.

　"어라, 에이아, 또 온 거야? 공부는 안 해도 상관없는 모양이지?"

　미나트가 에이아의 존재를 의식하고 그녀를 바라보면서 놀리는 것처럼 그녀에게 말하자, 에이아도 방긋 웃으며 미나트처럼 그에게 장난스러운 말을 던졌다.

　"미나트야말로 군대는 노는 곳인 모양이지?"

　"이곳의 수도는 한가하기 때문에 이렇게 노는 것도 당연하지. 게다가 난 실실 웃기만 하면 대장님께서 잘 봐주신다고."

　미나트의 웃음에 에이아도 미소로써 응답하면서 그의 옆에 걸터앉았다. 보통 아시르 인의 여자는 마법사나 신관이 아닌 이상 잘 돌아다니지 않는데, 에이아는 다른 아시르 인의 여자들에 비해 상당히 활발한 편이었다.

"대장은 아시르 인의 여자라고 했었지? 그 사람 역시 미나트의 웃는 얼굴을 좋아하는 모양이지?"

방실방실 웃는 에이아의 얼굴을 보면서 미나트는 눈썹을 찌푸렸다. 에이아에겐 다른 여자들과 같은 질투가 없었다. 그래서 미나트는 괜한 기대를 했다고 생각하며 고개를 푹 숙였다.

"왜 그래, 미나트? 기분이 안 좋아?"

에이아는 미나트를 걱정스러운 눈길로 바라보았고 미나트는 그런 에이아를 보고 얼굴을 찌푸렸다.

"너 말야, 잠깐 일시적으로 기분이 변한 것 가지고 너무 신경 쓰지 말라고. 넌 대체 어떻게 된 여자애가 사소한 것 하나하나 신경을 쓰는 거냐?"

"가만히 있어도 사람들의 마음을 알 수 있어. 굳이 알려고 하지 않아도 그 사람의 생각을 느낄 수 있지. 그러니까 변덕스러운 것은 미나트 쪽이라고."

에이아가 웃으며 혀를 쏘옥 내밀었다. 그런 에이아의 장난스러운 모습을 보면 마음이 편안해져서 그는 절로 얼굴에 미소가 띠어졌다.

"미나트가 자꾸 기분을 달리하니까 나도 자꾸 변덕스러워지는 거라고."

에이아가 설교하는 투로 미나트에게 검지손가락을 내밀었다. 그러나 미나트의 얼굴은 에이아의 밝은 얼굴과 반대로 어두워졌다.

"괴롭지 않아? 그들의 마음을 알 수 있다는 것 말야."

미나트가 에이아를 진지한 얼굴로 바라보자 에이아는 멋쩍은 듯 뒷머리를 긁적였다.

"미나트답지 않게 왜 그런 말을 하는 거야?"

"나라고 그런 것 걱정하지 말라는 법은 없잖아. 내가 알기론 상당히 괴로운 일일 것 같단 말이야."

"글쎄……."

미나트의 말에 에이아는 대답하는 것에 뜸을 들였다. 고개를 갸웃거리다가 하늘을 보았다가 다시 미나트의 얼굴 쪽으로 고개를 돌렸다.

"처음에는, 어렸을 때는 아무것도 몰랐지만, 내가 철이 들었을 때는 그런 능력들이 정말 괴로웠어. 그럴 때마다 울면서 시구르드에게 달려가곤 했지. 하지만 지금은 괜찮아. 모두 그런 생각을 하고 있는 것만은 아니었으니까. 시구르드도, 리르도, 아버지도 나에겐 소중하고 게다가 미나트도 있잖아."

"……."

어린 소녀에게 있어서 그러한 능력은 무척이나 괴로웠을 것이다. 남의 마음을 읽는다는 것이 즐거운 일은 아니었을 테니까. 사람은 꾸밀 줄 알고 가식과 거짓으로 자신을 포장하기 마련인데 그와 동시에 진심까지 알 수 있게 된다면, 만일 자신에게 그런 능력이 있었다면 사람에 대해 불신감이 생겼을 것이다.

에이아는 주저리주저리 말을 늘어놓다가 다시 미나트에게로 얼굴을 돌렸다.

"미안해. 아버지의 일, 미나트는 싫어했었지. 나도 미안하다고 생각하고 있어. 그 어떤 말을 해도 미나트의 상처는 사라지지 않을 거야."

"상관없어, 지금은."

미나트는 고개를 숙였다. 자기 자신보다 미나트의 일을 걱정해

주는 에이아가 바보 같았다. 자신이라면 그렇게 되지 않을 것이라고 생각하면서 그는 고개를 들었다.

"그때 혼나지 않았어?"

"아버진 눈감아주셨어. 알면서도 모른 척해줘서 리르와 난 아버지에게 감사하고 있어."

바르하시온이라는 녀석이 확실히 에이아의 아버지인 것은 사실인 모양이로군.

그는 그렇게 생각하면서 그 차갑고 이지적인 바르하시온에 대해 생각했다. 비록 차가운 남자지만 자기 자식들에게 모질게 대하지는 못했을 것이다. 어색한 공기가 흐르기 전에 미나트는 고개를 이리저리 돌려보면서, 마치 주위에 있는 사람을 찾는 행동을 취했다.

"그 녀석은?"

"우리들의 주변 어딘가에 있을 거야. 시구르드는 나를 쭉 돌봐주고 있는걸."

"흐음."

마검이란 정말 이상한 존재로군. 하지만 그런 식으로 언제나 에이아의 곁에 있었겠지라고 생각하니 어쩐지 가슴이 아팠다.

역시 시구르드라는 마검 녀석은 에이아를 사랑하고 있을 거야. 가장 잘 알고 있으니까 가장 사랑할 수 있을 거야. 미나트는 그렇게 생각했다. 묘한 성격을 가진 녀석이기는 하지만 에이아를 좋아하고 있다고 생각하니 기분이 약간 묘해졌다. 이런 생각을 하는 자신이 싫어져서 또다시 화제를 돌렸다.

"그런데 리르는 어떻게 되었지?"

"남자 아이가 되었어. 아직은 성인이 되지 않았지만."

에이아는 감정의 변화가 두드러지고 있던 미나트를 의아한 눈으로 바라보면서 고개를 갸웃거렸다.

"그래? 그렇다면 다행이고."

왠지 리르가 여자애가 되었다면 이상했을 것이라고 미나트는 생각했다. 그애는 침착하고 아름다웠지만 믿음직한 구석이 있는데다가 무게있게 느껴졌기 때문이다.

"리르는 작은 영주의 나라에 갔어. 보기 드문 인간의 영주인데 리르는 그곳이 마음에 들었나 봐. 그곳에서 많은 것을 배우고 싶다고 했어. 그앤 강한 애니까 아마 괜찮을 거야. 어리지만 나보다 더 똑똑하고 힘도 강한걸."

에이아는 미나트의 질문에 또박또박 하나하나 답하면서 그의 감정의 변화에 특별히 관심을 가지지 않는 척했다.

"흐음, 그렇다면 정말 다행이지만."

"난 이제 몇 년만 있으면 성인이 돼."

에이아가 자리에서 일어났다. 푸른 벌판은 이제 곧 황금 빛으로 바뀔 것이다. 그녀의 머리카락이 하늘과 맞닿은 그 공간과 아주 잘 어울렸다.

"성인이 되면 어떻게 되는데?"

"또 몇 년이 지나면 더 이상 자라지 않아. 그런 상태로 평생을 사는 거야. 물론 상처 같은 것은 인간들보다 훨씬 빨리 낫게 되는 거고."

"그래? 난 그런 소리는 처음 듣는군. 그런 것치고 대장님은 너무 나이가 들었는데?"

미나트가 자신의 경우에 빗대어 말하자 에이아가 피식 실소를 터뜨렸다.

"그는 아시르 인이니까 그렇지. 난 바나 아시르 인이라고."

"바나 아시르?"

"아시르 족도 하나뿐이 아니라는 것, 미나트도 잘 알고 있을 거 아냐?"

"물론 모르는 것은 아니지만… 보는 것은 처음이어서……."

그래서 바르하시온을 바나 바르하시온이라고 하는 거였나?

미나트는 속으로 그렇게 생각했다. 책에서 많은 것을 접하고 지금도 책을 손에서 놓지 않는 그였지만 눈으로 직접 그 아시르 인간의 계급 차이를 느껴보지 못한 터라 제대로 알 수 없었던 것이다.

"아시르 인이라고 다 같은 아시르 인인 것은 아니야. 라그나도 다 같은 라그나가 아니니까. 그들에겐 라그나 라그나드라고 불리는 계층이 있듯이 아시르 인에게도 그런 것이 있거든."

"으음……."

에이아는 과연 자기 종족에 관련된 일이라서 잘 알고 있었고, 미나트는 에이아로부터 직접 그런 이야기를 들으면서 신기한 생각이 들었다.

"혈통이 중요하다고 생각하는 것은 아니지만, 아시르 인도 인간처럼 힘든 것은 아닐까 하는 생각이 들었어. 특별한 힘을 가졌다고, 지배층이 되었다고 행복한 것은 아닐 것 같아."

"그런 건 관심없어."

나는 그런 특별한 지배층 따위도 아니고 앞으로도 숨어 살아야 할 테니까. 그는 그렇게 생각하며 다시 하늘을 마주하고 누웠다.

"으음, 그런가? 미나트는 행복해?"

"응?"

"행복하냐고."

에이아의 진지한 물음에 그는 머뭇거렸다.

"…모르겠어."

그는 허탈하게 웃었다.

"또 그런 얼굴을 하는군. 미나트! 정신 차려. 난 미나트가 정말 마음에서 우러나오는 미소를 지었으면 좋겠어. 진정한 미소를……. 나는 자상한 미나트가 좋아."

"넌 그런 말을 하면 부끄럽다고도 생각되지 않는 거야?"

좋다는 말을 할 수 있는 것도 용기가 필요한 것이라고 그는 생각하고 있었다. 그런데 에이아의 입에서 그런 말이 튀어나오자 미나트는 당황했다. 하지만 그 말을 듣고 기분이 나쁘지는 않았다.

"응, 전혀. 난 미나트의 웃는 모습을 볼 수만 있다면 그런 말쯤은 얼마든지 할 수 있어."

그녀의 모습을 보면 그는 절로 웃음이 터져 나왔다.

"하하하, 이 바보!"

이번에 지은 미소는 가식적인 미소가 아니다. 으레 일에 관련된 일이거나 그럴 때도 미소를 짓지만 그것도 모두 자신의 마음을 숨기고자 하는 미소였다. 그렇지만 에이아와 함께 있고, 그 금빛 눈이 반짝일 땐 가만히 있어도 진실된 미소가 입 밖으로 터져 나와 버린다.

"맞아. 그 모습이 가장 좋다고."

에이아도 함께 웃었다. 그래서 이때가 딱딱한 규율 속에서 살고 있는 두 사람에게 가장 행복한 순간인지도 모른다.

"어라? 어느덧 하늘에 구름이……."

어두워지는 하늘을 보았고, 곧 비라도 내릴 듯이 비 비린내가 났다. 바람도 거세지고 있었다. 궁까진 꽤 걸어야 하기 때문에 미나트도 얼른 일어났다.

"돌아가는 것이 좋겠다. 이제… 비가 내리니까."

"응, 미나트. 그런데 부탁이 하나 있는데……."

"뭔데?"

"아직 날개를 만지게 해주지 않았잖아? 난 미나트의 날개를 만져 보고 싶어."

"훗."

에이아의 말에 미나트는 또다시 실소를 터뜨렸다. 그녀가 자신에게 이나마 하늘을 볼 수 있는 자유를 주었고 약속을 지켰기 때문에 미나트도 에이아의 부탁을 거절할 생각이 없었다.

그의 등에서 사람을 두 명 합한 것보다도 더 큰 날개가 솟아 나와 땅 끝까지 드리워졌다. 에이아는 그것을 신기한 눈으로 바라보다가 오른손을 조심스럽게 들어 그것을 만져 보았다.

"부드러워. 이렇게 큰데 부드럽다니 신기해."

에이아가 좋아하니까 미나트도 가슴이 뛰었다.

"흐응, 성까지 날아갈까?"

"날아가? 하지만 들키면 미나트가 곤란하잖아?"

"들키지만 않으면 되는 거 아냐?"

처음으로 다른 사람을 데리고 하늘을 날 수 있다는 생각이 들어서 미나트도 기분이 좋아졌다. 비는 오지만 아직 거세지 않았고, 하늘을 날면서 한 바퀴 돌아볼 수 있을 것 같았다. 그리고 몇 년 동안 날아왔기 때문에 위험하지 않게 나는 법을 알고 있었다.

"하지만……. 좋아, 나 하늘을 날아보고 싶었어. 정말 멋진 일이니까."

에이아도 고민했지만 결국 날아보고 싶었는지 미나트에게 찰싹 달라붙었다. 비는 부슬부슬 내리고 있었지만 나는 데는 지장이 없을 것이다. 그래서 미나트의 손에 이끌려 그의 날갯짓을 느꼈다. 힘찬 날갯짓을 몇 번 계속하자 미나트의 몸이 공중으로 떠올랐다. 바람의 저항이 거세져서 에이아는 그만 눈을 질끈 감고 말았다. 그리고 잠시 후 눈을 떴을 땐 아름다운 푸른 벌판이 눈 아래 펼쳐져 있었다. 에이아는 그 아름다움에 탄성을 질렀다.

"와~ 정말 아름다워! 난 이렇게 높은 곳을 바라보는 것은 처음이야!"

미나트도 에이아가 기뻐하는 모습을 보자 반가운 생각이 들었다. 미나트를 만났을 때는 애써 밝은 척을 하는 에이아였지만 그녀도 미나트와 만나기 이전까지는 힘없는 얼굴을 하고 있다는 것을 잘 알고 있었기 때문이다.

그래서 그도 웃고 있는 에이아가 좋았다.

그런 그녀를 위해서라면 몇천 번이고 날갯짓을 할 수 있을 것 같았다. 미나트는 에이아를 품에 안고 꽤 오랜 시간을 날았다. 원래 잘 날아다니는 루트만을 통과하려고 했지만 미나트는 에이아에게 좀 더 많은 것을 보여주고 싶다는 욕심 때문에 더 많은 곳을 돌아 보았다. '조금만이라면'이라는 생각이 화근이 되었을지도 모른다. 저 수풀 속에 사람이 있다는 것을 발견한 것은 에이아였다. 에이아는 빛이 반사되어 화살촉이 빛나는 것을 무의식적으로 감지해서 고개를 돌렸는데 몇 명의 사람이 그 아래에서 새처럼 보이는 미나트를 노리고 있는 것 같았다.

"어라?"

에이아가 깜짝 놀라자 앞만 보고 날고 있던 미나트도 고개를 그녀 쪽으로 향했다.

"아래에 사람이 있어. 사냥을 하려는 듯 활을 들고 있는 것 같아. 저들은 미나트를 노리고 있어!"

에이아가 정신없이 바람을 맞으며 미나트에게 그것을 전했지만 바람 소리 때문에 전하는 것만으로도 시간이 지체되고 말았다. 미나트도 곧 그것을 발견하고 날아오는 활을 피하기 위해 거세게 날갯짓을 하기 시작했다.

"젠장할! 이대로 떨어져 버리면 곤란한데!"

자신만이라면 어떻게든 할 수 있었겠지만 팔 안엔 에이아가 있었다. 에이아를 다치게 할 수는 없는 것이다. 그는 혼신의 힘을 다해서 날았지만 인간의 시야를 벗어나는 것은 그리 쉽지 않았다.

"조심해, 미나트!"

에이아의 목소리와 동시에 미나트의 날개엔 불타는 듯한 격한 통증이 전해졌다.

"욱! 저 빌어먹을 녀석들!"

미나트가 이를 악물었다. 자신을 본 그들을 죽이는 것이 좋다고 생각했다. 살아 있는 로크 족의 일이 알려지면 바르하시온이 알아낼지도 모른다. 미나트가 이곳에 있다는 것을. 그는 초조해졌고 앞으로의 일이 걱정되기 시작했다.

하지만 아무리 강인한 날개라도 화살 세 개가 날개 뼈 있는 부위에 정통으로 박힌 이상 제대로 나는 것은 불가능했다. 노력해서 떨어지는 속도를 늦추는 것이 고작일 뿐이었다.

'에이아만은 지켜야 해! 이대로 들킬 순 없어!'

이대로 떨어져 버린다면… 에이아를 지키는 것은 쉽지 않을 것이다. 미나트는 에이아를 최대한 감쌌다. 하늘 위에선 에이아도 어떻게 할 수 없기 때문에 눈을 꼭 감고 미나트의 목을 움켜잡았다.

미나트는 최대한 그녀를 지켜야 한다고 생각하며 몸을 동글게 말고 땅이 눈앞에 다가왔다고 생각될 때 그는 질끈 눈을 감아버리고 말았다. 눈앞에 펼쳐진 것은 우거진 수풀이었다. 그때 무언가 강한 기압이 그를 사로잡았다.

"에엣?!"

땅으로 떨어지는 속도가 줄어들었다. 미나트의 팔 안에 안겨 있는 에이아와 함께 미나트를 받아낸 것은 회색 머리카락을 날리는 남자였다.

"시구르드!"

에이아가 아직도 놀란 얼굴을 감추지 못하면서 자신과 미나트를 도와준 시구르드를 보고 깜짝 놀랐다.

"쉿, 조용히 하십시오."

시구르드는 침착한 얼굴이었다. 마치 처음부터 알고 있었고, 그들을 도와주려는 듯이 에이아만을 안고 미나트를 수풀 속에 남겨 놓은 채 밖으로 발걸음을 옮겼다.

"응."

에이아도 시구르드의 행동을 예측했는지 놀란 가슴을 쓸어 내리면서 그에게 동조했고, 미나트는 활에 맞은 날개를 펼친 채 그곳에서 미동도 하지 않았다.

"틀림없이 이곳에 새가……!"

에이아와 시구르드가 있는 쪽으로 달려오는 그들을 바라보며 시구르드가 냉기를 내뿜었다.

"무슨 말을 하는 거냐?!"

"히이익!"

주위가 싸늘해질 정도의 냉기 때문에 그 인간들은 시구르드가 마검이라는 것을 인식하고는 얼굴이 파리해졌다. 마검이라는 존재는 인간에게 있어서 사신(死神)과도 같은 존재였다.

"아가씨가 계신데 시끄럽게 떠들다니."

"호, 혹시 당신은 마검……?"

눈이 작은 한 남자가 치를 떨면서 뒤로 물러섰다. 그들은 군인이었는지 다행히도 시구르드의 존재를 알고 있었다. 시구르드가 다른 대답은 하지 않았지만 다른 때보다 심하게 냉기를 내뿜었던 것은 그들에게 마검이라는 것을 인식시키기 위해서였다.

아시르 인이나 바나 인만이 개인적으로 마검을 가질 수 있었고, 요즘은 마검의 숫자가 예전과는 달리 한정되어 있기 때문에 군대에 있는 군인이라면 유명한 마검의 이름까지도 외우고 있을 것이다. 시구르드는 마검들 사이에서도 이름있는 마검이기 때문에 자신의 이름을 댄다면 아마 저들은 다가가는 것조차 꺼려할 것이다.

"아닙니다요, 마검 나으리. 저흰 잠깐 이 근처를……."

그들은 새의 일 같은 것은 어쩔 수 없이 포기할 수밖에 없었다. 무시무시한 마검이라는 존재가 눈앞에서 버티고 있는데 그깟 새 같은 것이 무슨 상관이겠는가. 그들은 줄행랑치듯 그곳을 떠났고, 그런 그들의 뒷모습을 보면서 에이아는 가슴을 쓸어 내렸다.

"휴우……."

말없이 시구르드는 에이아의 몸에 상처가 없는가 살핀 후 그녀가 설 수 있도록 부축해 주었다. 그런 시구르드가 고마워서 에이아는 빙그레 웃어 보였다.

"고마워, 시구르드."

"아닙니다. 아가씨에게 해가 되는 일에 눈감고 있을 수는 없으니까요."

시구르드는 에이아에게 있어 부모와도 같은 존재였다. 에이아는 시구르드가 마검이라는 이유만으로 애정이 식을 리 없었고, 그렇기 때문에 시구르드를 좋아할 수 있었다. 게다가 마검이라는 것은 솔직한 존재이기에 에이아는 그를 안심하고 자신의 곁에 두고 있는 것인지도 모른다. 에이아는 날개에 활을 맞은 미나트에게 아직 풀린 다리로 달려갔고, 수풀 속에 앉아 있는 미나트를 걱정스러운 눈으로 돌아보았다.

"미나트, 괜찮아?"

"괜찮아."

조금 아프긴 하지만.

미나트는 눈살을 찌푸리면서 에이아가 걱정할까 봐 말하는 것을 관두었다. 시구르드는 화살이 박힌 미나트의 큰 날개를 보기 위해서 허리를 굽혔다.

"내가 도와주지."

"필요없어."

날개에서 화살이 빠져나옴과 동시에 불에 데인 것처럼 화끈한 통증이 밀려왔지만 그는 이를 악물어 소리가 밖으로 새어 나가지 않도록 힘썼다.

"미나트, 괜찮아?"

미나트가 괴로워하자 에이아는 걱정스러운 얼굴로 그런 미나트를 내려다보았다. 대답을 할 수 없을 정도로 아팠지만 그는 억지로 쓴웃음이라도 지었다.

"얼마간 날개를 집어넣지 못할지도 모르겠군."

"그건 있을 수 없는 일이야. 난 이제 돌아가 봐야 한다고. 곧 근무 교대 시간이야."

미나트가 입을 삐죽거리면서 일어섰지만 역시 아팠다. 날개의
상처를 치료하는 것은 쉬운 일이 아니겠지만 일은 일, 그도 어쩔
수 없다고 생각하면서 쓴웃음을 짓고 있었다.

"억지를 부린다면 할 수 없지. 조치를 해두었으니 알아서 잘 치
료하면 괜찮을 거야."

시구르드의 말을 들으면서 에이아에게 간단한 인사를 한 후 그
는 자신의 막사로 향했다.

미나트가 에이아를 떠난 후 시구르드도 에이아에게 돌아갈 것
을 청했다. 에이아도 그에 응하며 시구르드의 손을 잡았다.

"고마웠어, 시구르드. 정말 심장이 조마조마했다고. 하지만 하늘
을 난다는 것은 정말 멋진 일이었어."

웃으면서 말하는 에이아를 보며 시구르드는 그 회청색 눈을 내
리깔았다. 어느덧 보슬보슬 떨어지던 비는 멎었고 태양이 구름 사
이로 얼굴을 내밀었다.

"에이아 아가씨……."

시구르드는 에이아를 바라보고 있었다. 어린 시절 함께 있었던
에이아의 모습이 기억 속에 선명하게 남아 있어서 그런지 그답지
않은 따뜻한 표정을 얼굴에 띠고 있었다.

"응?"

에이아가 큰 눈을 뜨고 시구르드를 응시했다.

"어떤 종류의 사랑을 하셔도 상관없습니다."

그는 결심한 듯 에이아에게 말했다. 어쩌면 자식에 대해서 모든
것을 알고 있는 어머니와도 같은 눈길이었을지도 모른다.

"시구르드……."

에이아는 시구르드의 말에 당황해서 눈을 크게 떴지만 곧 평소의 표정대로 돌아왔다. 시구르드의 마음을 그대로 전해받았기 때문이었다.

"부디 행복해지십시오."

자신이 행복하길 바라는 시구르드의 마음이 고마웠다. 강하지 않은 바람이 불어오고 푸른 하늘이 드러났다.

"고마워, 시구르드."

에이아는 시구르드에게 진심으로 감사했다.

"……."

"그러니까 시구르드도 행복해져야 해."

"알겠습니다, 아가씨."

서로가 자신보다도 더 잘되길 빌고 있는 것은 에이아도, 시구르드도 같은 마음이었다.

*　　　　*　　　　*

어느덧 시간이 흘렀다. 에이아와 다시 만난 지도 벌써 약 7년이 지났고, 곧 그녀는 성인이 될 것이다. 미나트도, 에이아도 요즘은 이전처럼 만날 만한 여유가 없었다. 미나트가 순조롭게 상관이 되고 에이아도 바나 인으로서의 공부에 바빴기 때문이다.

하지만 여전히 만남은 즐거웠고 만날 때마다 주위의 공기는 신선하게 느껴졌다.

미나트가 소속되어 있는 군대는 인간의 여자들도 많았기 때문에 여성이 그리 귀한 존재인 것만은 아니었지만, 다른 일반 사람들과 마찬가지로 연애에 대한 소문은 항상 이슈가 되었다. 물론 미나트도 그 가운데 하나로 에이아의 존재를 잘 알지 못하는 그들은 그냥 미나트가 만나는 여자가 있다는 정도로만 눈치 채고 있었다.게다가 가식된 친절과 훤칠한 외모로 인해 미나트가 인근 지역에 사는 여자들의 이상형이 되어 있다는 것도 잘 알고 있었다.

"뭐야, 너, 지금 여자 사귀고 있냐? 팔자 좋군. 너에겐 대장님이 있잖아."

'그거야 너희들이 바보니까 그렇지.'

미나트는 그들의 조롱에 피식 웃을 뿐이다. 한두 번 있는 일이 아니었다. 미나트의 상관은 아시르 인으로 곧잘 둘의 사이가 의심받고 있기는 했지만 미나트에게 그녀는 그냥 편하게 대할 수 있는 상관에 불과했다.

"말도 안 돼. 대장님은 아시르 인이야. 인간과 아시르 인이 맺어질 수 있을 리가 없지. 인간보다 그들은 오래 살고 전능한 힘을 가지고 있는 족속들이라고."

갑자기 나온 아시르 인에 대한 이야기에 미나트는 절로 눈썹이 찡그려졌다. 잠시간의 쉬는 시간에 막사 안에서 그런 이야기를 들어야 한다니 별로 탐탁지 않았다. 차라리 에이아를 만나는 시간이 백배는 더 행복할 것이다.

"으음, 그래? 아시르 인들의 생활이란 것이 엄격해서 나로선 잘 알 수 없어."

"이번에 마겸과 함께 온 그 바나 인 말야, 그러고 보니 이번에 성인식을 치를 거라고 하더군."

그래, 이제 에이아도 성인이 될 거야.

그는 그렇게 생각하면서 피식 웃었다.

"역시 그분의 상대는 바나 인이겠지. 바나 프레이께서 바나 에이아의 상대가 되실 테니까."

"그렇다면 대장님도 자기와 어울리는 사람을 배우자로 맞이해야겠지. 그렇게 피조물이란 끼리끼리 노는 거야."

그렇다면 에이아 역시 자신에게 맞는 배우자를 찾게 되는 건가? 그런데 프레이라고?

"너희들, 지금 바나 에이아라고 했나?!"

미나트의 눈이 둥글게 변했다. 프레이에 대한 이야기는 들어서 어렴풋이 알고 있기는 했지만 에이아가 이곳에 온 이유가 그런 것 때문이리라고는 생각 못했기 때문이었다. 프레이라면 몇 년 전에 성인식을 거친 미나트보다 나이가 조금 더 많은 바나 인으로 긍지 높은 이 나라의 지배자였다.

"미트Mith, 왜 그러는 거야?"

미나트가 이야기를 하던 한 동료의 멱살을 잡자 주변에서 말리기 시작했다.

"젠장할!"

귀찮아져서 동료를 내팽개쳐 버리고 그는 막사를 뛰쳐나왔다.

"저 자식, 왜 저러는 거야? 자기 애인이 바나 인이라도 되는 모양이지?"

남의 말 따윈 상관없었다. 에이아, 에이아가 보고 싶었다. 에이아는 그냥 공부를 하기 위해서 이곳에 왔다라고만 했지, 프레이의 아내가 되기 위해서 왔다는 소리는 듣지 못했다. 에이아를 만나고 싶었다. 그래서 사람들의 눈을 의식하지 않고 하늘을 날았고 담크게도 궁전 안으로 들어갔다.

발 가는 대로 그녀를 쫓았고, 정원에서 걷고 있는 에이아를 발견했다. 다행스럽게도 날개는 접어둔 후의 일이었다. 에이아는 누군가와 함께 정원을 거닐고 있었지만 미나트에겐 다른 사람은 눈에 들어오지 않았다.

"에이아!"

미나트가 에이아를 부르자 에이아는 깜짝 놀란 얼굴로 응답했다.

"미나트, 왜 이곳에 왔어?!"

에이아도 누군가 자신과 함께 있었다는 것을 잊어버리고 있었던지 깜짝 놀란 얼굴로 옆에 서 있는 금갈색 머리카락에 가벼운 갑옷을 입고 있는 여성을 바라보았다.

"아앗, 대장님."

미나트도 그제야 에이아뿐이 아니라는 것을 의식하고는 곧 정신을 가다듬었다.

"이런 곳에 무슨 일인 거지, 미트 상관? 그리고 바나 에이아, 이 녀석과 아는 사이입니까?"

그녀의 물음에 에이아는 머뭇거리면서 답하지 못했다.

"에에, 그게……."

"모릅니다, 저런 녀석."

미나트가 불쑥 나서서 그렇게 대답하자 그의 상관 엘라티의 눈썹이 치켜 올라갔다. 평소에는 친근하게 지내는 그들이지만 아시르 인의 일에 연루된 이상 가만히 있을 수는 없는 일이다.

"미트, 그게 무슨 말버릇이냐! 바나 에이아에게!"

"괜찮습니다, 하임 아시르 엘라티."

에이아가 말렸다. 하임 아시르는 아시르 인의 가운데 계급을 의미하는 것으로, 그의 상관 엘라티는 하임계에 속하고 있었기 때문에 그렇게 불리는 것이다.

"그러나……."

엘라티는 더 뭔가를 말하려고 했지만 에이아가 그것을 저지했다.

"그럼 다음에 봬요, 미트 상관."

그것이 미나트를 위한 최대의 배려였고 미나트도 에이아의 그 뜻을 알 수 있었다.

당연하게도 미나트가 자신의 상관에게 불려간 것은 얼마 지나지 않아서의 일이었다. 집무실인 단정한 방 안에 그는 똑바로 서서 미나트를 노려보는 듯이 응시하고 있었다.

"귀관의 행동은 규율에 어긋나는 것이었다는 걸 알고 있을 텐데? 왜 그렇게 어리석은 짓을 했지?"

"죄송합니다, 하임 아시르 엘라티."

그것이 실수라고는 생각했다. 그리고 에이아와 자신의 크나큰 신분의 차이를 몸으로 느낄 수 있는 계기이기도 했다.

"그냥 대장님이라고 부르도록 해."

앙칼진 목소리로 그녀가 소리치자 미나트는 표정없던 얼굴에 미소를 띠며 대답했다.

"알겠습니다, 대장님."

"그런 능글맞은 웃음은 됐어. 바나 에이아께서 모른 척해 주지 않았다면 귀관은 사형을 면치 못했을 것이다. 그러나 그분께서 너 그렇게도 사면해 주셨으니 이번 일은 가벼운 근신으로 넘어가게 될 것이다. 그동안 조용히 있도록 해."

"알겠습니다, 대장님."

미나트는 엘라티의 시선을 외면하고 웃는 낯으로 그녀의 명령
을 받아들였다.

며칠이 흘렀다. 그동안 바나 에이아의 성인식이 진행됐을 것이
다. 성인이 된 그녀를 볼 수 없는 것이 아쉬웠지만 성인이 된다고
특별히 바뀌거나 하는 것은 아니다. 단지 그때가 되면 몸만이 급
속도로 성장하는 것뿐이었다. 성인이라고 하는 의식이 바나 인이
나 아시르 인에게 얼마나 중요한 것인지, 미나트는 책에서 보아서
잘 알고 있었다.
본래 성대한 성인식을 치를 예정이었지만, 에이아가 사람들 앞
에 나서는 것을 싫어해 간단한 절차로만 끝을 맺었다고 한다. 그
러나 본래 인간의 신분인 미나트는 에이아의 단출한 성인식조차
보지 못해서 아쉬웠다.
몇 주 동안 독방에 갇힌 채 그는 물과 마른 빵으로 하루하루를
보냈다. 그 안에 있는 동안에는 시간이 흐르지 않는 것 같은 느낌
이 들 정도였다.

*   *   *

근신이 끝난 뒤에도 꽤 오랜 시간 일에 시달려야 했다. 바쁜 일
이 지나가자 그는 모처럼 얻은 저녁의 자유 시간에 에이아와 항상
만나던 곳에서 별을 보기 위해 누웠다.
별의 바다가 펼쳐진 하늘 속에 빠져들 것 같은 감상에 젖어 있
을 때, 못 만날 것 같았던 밝은 파란 머리카락의 에이아가 별 속에
서 있었다.

"미나트……."

"에이아?"

마치 꿈만 같았다. 한두 달 보지 못한 것뿐인데 너무나 오랜 시간을 떨어져 있었던 것 같은 느낌이었다. 미나트는 눈물이 나올 정도로 기뻤지만 그 마음을 들키지 않으려고 노력했다.

"오랜만이네. 꽤 오랫동안 보지 못한 것 같지 않아?"

에이아의 밝은 웃음에 미나트는 일부러 아무렇지도 않다는 듯한 표정을 지으며 자리에서 주섬주섬 일어나 앉았다.

"좀 그런 것 같기는 하지만……."

"왜 그래? 저번에 그 하임 아시르 엘라티가 미나트를 좋아하고 있는 것 같았는데……."

"그게 무슨 상관이야."

에이아의 엉뚱한 말에 미나트는 얼굴을 찌푸렸지만 오히려 그런 모습의 미나트가 마음에 들었는지 에이아는 미나트의 목을 꽉 껴안았다.

"미나트, 성인이 된 나에게 축하 인사도 건네주지 않는 거야?"

"축하는 무슨… 성인은 다 되는 거잖아?"

"거짓말, 미나트야말로 내가 성인이 된 것에 대해서 가장 기뻐해 주고 있잖아. 난 그래서 기뻐."

누구보다도 자신의 마음을 잘 알고 있는 에이아. 한 번도 말로써 표현한 일은 없지만 모든 것을 느끼고 있는 그녀가 이럴 때만큼 고마울 때는 없었다.

"쳇, 그래 봐야 코흘리개 어린애가 사춘기에 들어선 것뿐이잖아. 다들 너무 확대 해석하는 거라고."

미나트가 억지로 별것 아니라는 듯이 말했지만 에이아는 오히려 그런 미나트의 가슴에 파고들면서 그를 진심으로 꼭 껴안았다. 에이아의 따스한 체온이 전해져 왔다.

"그럴지도 몰라. 하지만 난 성인이 되어서 좋은걸. 미나트와 동등해질 수 있다는 것이 기쁜걸."

성인이라… 의식을 치르지 않은 로크 족인 자신이 성인이라고는 생각지 못했다. 아니, 거부하고 있었던 것인지도 모른다.

"성인이라… 나는……."

"아냐, 미나트가 성인식을 치르지 않았다고 해서 성인이 되지 않는 것은 아니잖아."

"하지만……."

미나트보다도 에이아가 그의 걱정이나 근심을 더 잘 느끼고 있었던 것 같다. 그래서 에이아가 더 부끄러움이 없는 것일지도 모른다고 미나트는 생각했다.

"미나트는 누구보다도 멋지게 날 수 있잖아. 내가 보장하는걸?"

"……."

"내가 머리를 잘라줄게. 미나트도 나와 함께 성인이 되는 거야."

성인… 그래, 이런 날을 기다려 왔을지도 모른다.

에이아, 그녀와 함께라면… 성인식을 맞이한 이후로 한결 아름다워지고 곱디고운 꽃과 같은 그녀와 함께라면 성인이 될 수 있을지도 모른다.

"에이아, 미안."

고맙다는 말을 어떻게 표현해야 할지 미나트는 잘 알 수 없었다. 가식된 친절은 이미 익숙해질 대로 익숙해진 상태였지만 진실된 표현을 말로써 행하는 것은 그에게 힘든 일이었다.

하지만 그런 그를 그 자신보다도 더 잘 이해하고 있는 것은 에이아였다. 이런 에이아가 바나인 프레이를 위해 이곳에 있을 것이라고는 믿어지지 않는다. 미나트는 들꽃을 하나 꺾어 에이아의 손가락에 끼워주었다. 풋풋한 향내가 나는 들꽃임에도 불구하고 좋아해 주는 에이아가 고마웠다.

"와아~ 예쁜 꽃이야."

"미안해. 난 선물 같은 거 준비하지 못했어. 하지만 이것이라도 받아준다면……."

조금 더 시간이 있었다면 더 좋은 선물을 할 수 있었을 텐데라고 그는 후회했지만, 저런 사소한 것으로라도 에이아의 밝은 미소를 볼 수 있다는 것만으로도 마음속 깊이 감사했다.

"고마워. 기뻐, 미나트. 너무 좋아해!"

'하지만 난 에이아에 비해서 형편없는걸.'

"난 미나트의 존재만이라도 기뻐!"

이렇게 말해 주는 에이아의 말에 그는 자신감을 가졌다. 그가 비록 로크 족이고 에이아와는 다른 인간이지만.

"그런데 저녁때 들어가지 않아도 괜찮아?"

"으응, 시구르드가 나 대신 방을 지켜주고 있는걸."

시구르드가 에이아를 도와주고 진심으로 사랑하고 있다는 것을 미나트는 알고 있었다. 그렇기 때문에 시구르드의 일이 마음에 걸렸다.

"시구르드, 그 녀석을 어떻게 생각하고 있는 거야, 넌?"

"좋아해. 그는 나의 어머니, 아버지와 같은 존재야. 그를 존경하고 깊이 사랑하고 있어."

"……."

시구르드가 대단하다고 여겨졌다. 미나트 자신이라면 바라보기만 하는 해바라기와 같은 사랑은 할 자신이 없다.

어느덧 하늘에 달이 떴고 수풀과 나무를 빛내주었다.

"달이 밝아, 미나트."

"으응."

미나트는 그런 에이아가 자신의 옆에 있다는 것만으로도 기뻤다. 하늘에 떠 있는 무수히 많은 반짝이는 별보다도 에이아의 존재는 더 더욱 특별했다.

"미안해……."

"뭐가? 난 미나트를 만나서 다행이었다고 생각해."

미나트의 손이 에이아의 어깨에 닿았고, 그의 입술이 에이아의 입술과 맞부딪쳤다.

내가 에이아를 만나지 않았더라면 지금의 나는 생각할 수 없었겠지. 내가 에이아에게 준 것은 내가 에이아에게 받은 것에 비하면 아무것도 아니었다.

그녀를 행복하게 해주고 싶다.

오늘보다 그녀와 함께 있는 내일은 더 즐거워질 것이다.

그 무엇보다 바꿀 수 없는 사랑스러운 존재인 그녀.

그날 미나트는 자신이 그녀를 원하고 있다는 것을 느꼈다. 신분의 차이 같은 것은 이미 안중에도 없었다. 그저 행복하게 해주고 싶고, 그녀와 함께 앞으로 나아가고 싶다는 생각뿐이었다. 그녀가 성인이 되고 그가 성인이 되었을 때, 그렇게 그들은 하나가 되었다.

하늘에 떠 있는 아름다운 달, 그리고 푸른빛이 도는 검은 날개

가 이불과 같이 부드럽게 실오라기 한 올도 걸치지 않은 에이아의
몸을 부드럽게 감싸주었다. 별이 떠 있는 하늘은 여전히 아름다웠
고 따뜻한 에이아의 숨결은 미나트의 살갖에 닿았다.

"달이 아름답지 않아?"

"응, 이대로 멀리 아무것에도 관계하지 않고 살고 싶어. 미나트
와 함께."

에이아는 결심한 듯이 누워 있는 미나트의 머리카락을 한 올 한
올 잘랐고 미나트는 눈을 감고 상념에 잠겼다. 에이아의 부드러운
손길에 따라 미나트의 허리까지 닿았던 머리카락이 잘려 나갔다.
한 올 한 올 잘려 나갈 때마다 그는 예전의 일에 대해 잊어버리기
로 마음먹었다.

"미나트는 머리가 짧은 쪽이 더 어울려."

"그런가?"

"머리를 기르는 것은 이루어지길 바라는 소원이 있기 때문이라
고 들었어. 머리를 자르면 그것이 이루어졌다는 뜻이고."

에이아가 미나트의 머리카락을 손으로 쓰다듬었다. 부드러운 손
길, 어머니와 같은 손길에 미나트는 편안함을 느꼈다.

"'소원이 이루어졌다' 라고?"

소원, 염원, 그것은 현실이 될 것이다. 미나트도 그렇게 확신하고
있었다. 그렇기 때문에 에이아의 몸을 부드럽게 쓰다듬었고, 안았
고, 다시는 놓치고 싶지 않았다.

"사랑해, 미나트. 가장 좋아해."

나 역시 마찬가지야. 널 안을 수 있다면 어떤 것이라도 버릴 수
있을 것 같은 느낌이 들어. 바르하시온의 일도 잊어버리고 둘이서
앞으로 나아갈 수만 있다면, 그녀를 지킬 날개가 있어서 바람을

막아줄 힘이 있다면 그는 족했다. 그것은 가장 행복한 순간이었다.

시구르드는 알고 있었을 것이다. 그녀를 가장 잘 알고 있는 그였고, 또 그녀의 행동 패턴을 잘 알고 있으니까. 그리고 그는 후회하지 않을 것이다. 정신적으로 도움이 되어온 시구르드에 대해서 미나트는 마음속 깊이 감사하고 있었다.

"미나트, 난 말야… 아직은 어리지만 빨리 귀여운 아기를 가지고 싶어."

"아기……?"

에이아는 상기된 얼굴로 가쁜 숨결과 함께 자신의 의견을 내세웠다. 미나트는 눈을 동그랗게 뜨며 눈부시게 하얀 그녀의 몸을 바라보았다.

"응! 난 귀여운 아기를 낳아서 작은 오두막에서 오순도순 사는 것이 꿈인걸."

"그래."

널 위해서라면 뭐든지 할 수 있을 것 같아. 일시적인 감정이 아닌 몇 년 동안 자라온 감정이 폭발할 듯 밀려왔다. 그는 에이아의 부드러운 몸을 격렬하게 애무했다.

"그럼 이름을 뭐라고 지을까?"

"이름?"

그래, 만일 애가 태어난다면 날개가 달린 아이가 태어날 것이다. 그렇게 된다면 어머니의 말대로 앞을 볼 수 있게 될 것이다. 가정이 생긴다면 자신이 받지 못한 사랑을 듬뿍 줄 수 있을 것 같았다.

"이름은 뭐가 좋을까? …미나트를 닮은 남자애가 태어나면 '카티스'라고 지을 거야."

"카티스?"

"응, 강한 마음의 소유자가 되라는 뜻에서 지은 이름이야. 어때?"

카티라는 뜻은 아시르 인의 까마득한 옛날의 문헌에서 따온 이름인 것 같았다.

"그럼 여자애면 카티나가 되겠군!"

그러한 문헌에서 '스'는 남자를 지칭한 것이었고 '나'는 여자를 지칭하는 말이었다.

그런 생각을 하는 것만으로도 절로 입가에 미소가 감돌았다. 미래의 일이 두렵지도, 힘들지도 않았다. 더할 나위 없이 편안한 시간이었다. 그리고 동시에 다시는 느끼지 못할 행복감에 젖었다. 그날 밤은 모든 것을 잊고 함께 밤을 지새웠다.

*　　　　*　　　　*

바나 프레이는 여느 때와 달리 일찍 눈을 떴다. 아직 새까맣게 땅거미가 깔려 있을 때였다. 바나 프레이, 그는 바나 인 가운데서도 가장 긍지 높은 자였다. 성인식을 마친 것은 몇 년 전의 일이었다. 성인식을 치른 아시르 인의 힘은 이전보다 훨씬 강해지기 마련이고 영원한 젊음을 손에 넣을 수 있다. 특이한 몇 종족을 제외하고 늙어 죽는 인간들과는 다른 양상이었다.

"바나 프레이, 무슨 일이십니까?"

"별로. 그냥 잠에서 깨어났을 뿐이다. 신경 쓸 필요는 없다."

이상하게 기분이 좋지 않았다. 그것은 바나 에이아에 대한 일 때문이었다. 같은 바나 인이라고 해도 차이가 있기 마련이다.

한때는 가장 강력한 세력을 자랑했던 바나 바르하시온의 딸인

바나 에이아가 이곳에 머물러 준다고 하는 것만으로도 영광스러
운 일이었다. 그리고 원래 바나 에이아는 자신과 결혼하기로 암묵
적인 약속이 되어 있었고 그것을 그는 당연스럽게 여겼다. 아시르
인과의 결혼이라는 것은 혈통 유지라고 생각하고 있던 그는 에이
아의 일을 당연한 일로 생각했고 형식적으로 그녀를 대했다.

그런데 그녀의 성인식 때 일이 이상하게 꼬여 버린 것 같았다.
바나 프레이, 그는 처음으로 바나 인으로서 불명예스러운 일을 당
했다고 생각할 만한 일을 그녀에게서 느꼈던 것이다.

바나 바르하시온이 그녀를 자신의 나라에 맡겼던 것은 앞으로
의 일 때문이었다. 순수한 바나 인인 프레이와 바르하시온의 딸이
맺어지는 것은 양국의 발전과 라그나 일망타진에도 큰 힘을 발휘
할 것이 틀림없었기 때문이다. 그리고 바르하시온을 주인으로 섬
기고 있는 유명한 마검 시구르드가 바나 에이아와 함께 왔을 때,
모든 일은 순조롭게 진행될 것이라고 믿어 의심치 않았다. 그런
데…….

"바나 프레이, 전 그런 성대한 성인식을 원하지 않아요. 바나 신
족의 신전에서 혼자 조용히 맞이할 수 있도록 해주세요."

별로 자신의 의사를 내세우지 않던 에이아가 그렇게 말할 줄은
몰랐었다. 하지만 그것만이라면 좋았다. 배우자가 될 그를 의식대
로 맞아주기만 한다면 그런 건 아무래도 좋았다.

"저도 저의 위치라는 것 잘 알고 있어요. 하지만 바나 프레이,
당신은 저의 반쪽이 될 수 없어요."

그런 말을 듣게 될 줄은 몰랐다. 조각 같은 아름다움을 가지고
항상 궁 안에서 생기없는 눈을 하고 있던 그 어린 소녀가 성인식

을 마치고 아름다운 여성이 되었을 때 먼저 꺼낸 말이 그것이었다
니.

그리고 그런 말을 하는 바나 에이아의 얼굴에는 그제까지 볼 수
없었던 생기가 돌고 있을 줄이야. 그는 그것이 의아했고 귀가 의
심될 정도였다. 그는 그녀의 보호자 격으로 이곳에 온 시구르드에
게 물어보았지만 시구르드는 무표정하게 대꾸할 뿐이었다.

"시구르드, 어떻게 된 일인 거지?"

"그것이 에이아 아가씨의 마음입니다. 마음이라는 면은 저로서
도 어떻게 할 수 있는 것이 아닙니다."

시구르드는 자신의 질문에 그렇게 답했고, 에이아는 자신의 방
에서 이제껏 시구르드의 감시 하에 나오지 않았다.

'이런 내가 바나 인이라고는 하나 일개 여자 아이에 불과한 존
재에게 그런 소리를 듣다니……'

그런 말을 들은 이후로 잠을 제대로 자는 것은 불가능했다. 신
경과민으로 머리가 아팠다. 그러나 앞일을 위해서는 어떻게든 설
득하는 일이 중요했다. 그랬기 때문에 바나 바르하시온에게 서간
을 보냈지만 아직까지 감감무소식이었다.

성인식을 마치고 나왔을 때의 그녀는 아무것도 걸치지 않았던
몸에 얇고 가벼운 화사한 천을 두르고 있었고, 엷은 푸른색 머리
카락은 허리 아래까지 출렁거리며 바나 인으로서도 보기 드문 금
색의 별빛과도 같은 눈을 반짝이고 있었다. 바나 엘시드라라는 이
름 높은 미인의 일이 그의 뇌리에 스쳤다. 가장 아름다운 아시르
인 여자라고 불렸을 정도의 엘시드라, 그녀의 피를 이은 에이아의
모습은 그의 가슴에 불길을 당겨주었던 것이다.

"이 몸답지 않은 일이다, 그런 여자에게 연연한다는 것은."

그는 억지로 자신의 감정을 죽이듯이 주먹을 쥐면서 자조적인 웃음을 입가에 띠었다. 그는 일어나서 하녀에게 지시해 간단한 정장 차림으로 갈아 입고 밖으로 발걸음을 옮겼다.

"지금 어디 나가시는 겁니까?"

그의 경호를 맡고 있는 아시르 인이 물었지만 이래저래 귀찮다고 생각했던 프레이는 적당히 둘러댔다.

"잠깐 산책을 나갈 뿐이니 따라올 필요는 없습니다."

그것은 사실이었다. 혼자서 생각할 만한 시간이 필요했다. 그것은 이전에 성에서 검은 날개의 새와 같은 존재를 언뜻 보았던 후의 상태와 같았다.

"하지만 바나 프레이, 무슨 문제라도 있게 된다면……"

"필요없습니다. 내 몸은 내가 지킬 수 있으니까."

"알겠습니다, 바나 프레이."

에이아에 대한 생각과 일전에 보았던 그 새에 대한 일이 머리에 맴돌자 그는 못 견디고 이곳으로 나온 것이었다.

그 새의 검푸른 색은 불길한 색이다. 그러한 색을 본 다음부터 그는 자신의 인생의 조각이 잘못 맞춰지기 시작했다고 은연중에 생각하고 있었던 것이다.

평소에 잘 거닐지 않던 길을 그는 걷고 있었다. 성에서는 조금 떨어진 곳이었지만 그는 바람을 쐬기 위해서 그곳까지 걸어가고 있었다. 일 때문이라도 바빠서 잘 둘러볼 수 없었던 이곳은 그에게는 어린 시절의 기억이 있는 곳이었다. 수풀이 우거진 언덕은 어렸을 적엔 곧잘 별을 보러 갔던 곳이지만 성인식을 지낸 후부터는 이곳의 정사를 모두 떠맡게 되어 그에게는 여유가 없었다. 그래서 가고 싶지만 가지 못했던 그곳으로 그는 발걸음을 옮기며 사색에 잠겨 있었는데, 그는 마침 수풀 사이로 바나 에이아의 푸른 머리카락을 목격했다.

"응?"

바나 에이아… 그녀는 흐트러진 옷맵시를 정리하면서 검은 날개가 비상식적으로 큰 한 남자의 옷을 정리해 주고 있었는데, 그 남자의 옷이 군복이었기 때문에 첫눈에 보기에도 인간의 군대에 소속된 자라는 것을 알 수 있었다.

"이제 돌아가 봐야지. 시구르드가 기다릴 거야. 미나트도 돌아가지 않으면 곤란하잖아."

에이아는 프레이 자신에게는 보여주지 않았던 마음이 담긴 미소로써 그를 다정하게 보고 있었다.

미나트는 그녀의 손을 마주 잡았다. 에이아의 작은 손이 자신의 손 안에서 멀어져 갈 때마다 미나트의 표정이 눈치 챌 수 없을 정도로 조금씩 서글퍼져 갔다.

"알고 있어."

하지만 이대로 헤어지긴 싫었다. 이대로 떨어진다면 다시는 만날 수 없을 것만 같았다. 그렇게 때문에 그 손을 놓고 싶지 않았다.

"미나트… 오늘 영원불멸의 새의 축복이 있기를!"

그녀는 손을 놓지 않으려고 노력하는 미나트를 그의 입술에 키스함으로써 자연스럽게 떼어냈다.

"……!!"

한순간의 달콤함이 시냇물이 흐르듯이 흘러가 버리자 미나트는 자기도 모르는 사이에 에이아에게서 손을 떼었다. 그리고 뒤로 몇 발자국 물러섰다. 그녀는 살아 있고 자신이 미나트에게서 떠나지 않을 것임을 암시해 주었기 때문에 불안한 가운데서도 미나트는 그녀에 관한 것을 안심할 수 있었던 것이다.

그런 두 사람의 모습을 보면서 당장이라도 뛰쳐나가고 싶은 마음이 든 것은 그들의 모습을 우연히 엿본 프레이였다.

"저 남자는 누구지? 혹시 저 날개는……?"

게다가 그 남자가 지니고 있는 날개는 검푸른 날개였다. 검은 날개의 소유자가 그곳을 떠났을 때 그는 불쾌한 기분을 느꼈다. 당장이라도 뛰쳐나가 뭐라고 소리라도 치고 싶었지만 그는 꾹 참고 그녀가 자기 쪽으로 오기를 기다렸다. 그리고 궁전에 있을 때는 잘 보여주지 않는 행복한 표정의 그녀가 자기가 있는 쪽으로 걸어왔을 때 그는 그녀의 앞에 섰다.

"바나 에이아……!"

에이아는 갑작스럽게 나타난 프레이의 모습에 깜짝 놀라 그 자리에 우뚝 서고 말았다.

"바나 프레이? 어째서 당신이 이런 곳에……?"

"아까 그 남자는 누구입니까?"

프레이의 분노 섞인 목소리와 함께 그의 금발이 출렁 흔들렸다. 호수처럼 푸른 눈동자가 에이아에게 진실을 요구하고 있었지만 에이아는 그 동요로 인해서 지금까지의 좋았던 기분을 깨고 싶지 않았다. 그리고 그럴 이유가 없다고 생각했다.

"당신이 제 사생활에 간섭할 이유는 없다고 생각하는데요."

하지만 에이아는 그의 마음을 느낄 수 있었다. 그것은 분노와 배신감이 교차했던 감정이 억눌려 있다가 순간의 감정 변화로 폭발하려고 하는 것 같았다. 에이아는 순간적으로 그가 두렵다고 생각했다.

"아까의 그 남자는 혹시 인간의 부류인 로크 족이 아닙니까? 군복을 입고 있는 것으로 보아 군대 소속의 인간인 모양이로군, 그 로크 족은!"

그는 거칠게 에이아의 어깨를 잡고 흔들며 소리쳤다.

"그와는 아무런 상관 없는 일이에요!"

에이아는 몸을 뒤로 뺐지만 프레이는 참을 수 없다는 듯이 그녀의 몸을 더욱 세차게 흔들었다.

"그, 그라고? 그런 하찮고 보잘것없는 인간 나부랭이가 고귀한 피가 흐르는 바나 인인 당신과 어울릴 자격이 있다고 생각하는 겁니까?! 혹시 그 인간 때문에 나를……!"

"그는 하찮은 인간이 아니에요! 전 돌아가겠어요, 바나 프레이. 시구르드가 기다릴 테니까요."

에이아는 호리호리해 보이지만 남자이기 때문에 억센 그의 팔을 외면하고는 뒤로 고개를 돌렸다. 그런 에이아의 행동은 프레이에겐 더욱더 분노를 살 뿐이었다. 그는 외곬수이고 아시르 인 중심적인 사상을 가지고 있는 자였기 때문에 에이아에게서 들은 그런 굴욕적인 말은 참을 수 없었다.

"그런 겁니까? 마검도 결국 당신의 외박을 눈감아준 모양이로군요."

"바나 프레이……."

에이아는 시구르드의 말이 나오자 급히 고개를 돌렸지만 프레이의 푸른 눈동자는 이글이글 타오르고 있었다. 그의 손이 에이아의 팔을 잡았다. 손목을 잡고 더 이상 갈 수 없을 정도로 꽉 붙잡았다.

"인정할 수 없습니다!"

"이 손을 놔요!"

에이아는 그의 손을 뿌리치려고 했지만 그의 손을 뿌리치기는 힘들었다. 화가 날 대로 난 프레이의 손 안에서 빠져나가는 것은 어림없는 일이었으며, 그는 힘으로 강하게 에이아의 몸을 끌어당기고 있었다.

"인간인 저 녀석은 괜찮고, 아시르 중 최고의 혈족인 이 바나 프레이가 당신을 손대면 안 되는 모양이군요!"

"바나 프레이!"

에이아는 그만두라고 소리치려고 했지만 그의 입이 그녀의 입을 막아버렸기 때문에 더 이상 어떤 말도 할 수 없었다.

"이 나는 용서할 수 없습니다, 바나 에이아."

프레이의 손이 에이아의 옷을 끌어당겼다. 에이아는 그런 강제적인 그를 노려보았다. 에이아의 푸른 머리카락이 땅에 맞닿았고 에이아의 시야엔 이제 밝아오는 하늘이 보였다.

*　　　*　　　*

불안했다. 굉장히.

에이아에게 무슨 일이라도 생긴 것일까? 그는 다시 돌아가고 싶은 충동을 느꼈다. 에이아라면 잘 돌아갔을 테지만 그래도 이상하게 엄습해 오는 불안한 기분은 떨칠 수가 없었다. 그는 걸어서 자신의 숙소까지 다다랐지만 지금이라도 다시 에이아의 체온이 남아 있는 그곳에 돌아가고 싶었다. 만일 누군가 그곳에서 그의 이름을 부르지 않았더라면 그는 금방이라도 다시 달려갔을지도 모른다.

"미트!"

그곳에서 그를 부른 것은 함께 군에 들어온 동료였다. 그는 현재 미나트와 같은 계급에 있는 남자로, 친구라고 할 수 있는 아트였다. 주근깨가 가득한 얼굴의 아트는 급한 사람처럼 헐레벌떡 달려왔다.

"……?"

"대체 지금 왜 여기 있는 거야?! 대장님께서 네가 사라져서 화가 나셨다고. 밤에 어딜 쏘다니는 거야?!"

그가 질책하듯이 외치자 그는 에이아의 일이 걱정되었음에도 불구하고 그 자리를 떠날 수 없게 되었다.

"……"

아트는 빨리 대장에게 가지 않으면 그녀가 해고할 것이라는 둥 그를 재촉하고 있었다. 아트가 당황하면서 그렇게 말하는 바람에 대장에게로 가야 한다는 생각에 그도 발걸음을 옮기려던 찰나였다. 바로 그때 미나트는 갑자기 주위에 냉기가 감도는 것을 느꼈다.

"설마, 이건… 마검의 힘?"

미나트와 똑같이 그것을 느낀 아트는 눈을 크게 뜨고 서 있던 자리에서 뒤로 물러섰다. 마검이 이곳을 찾는 일은 없는데……! 미나트는 그렇게 생각하면서 힘이 발산되고 있는 쪽으로 고개를 돌렸다. 의외로 가까운 곳에 짧은 회색 머리카락의 남자, 시구르드가 서 있었다.

"시구르드!"

마검은 원하는 공간이면 어디라도 갈 수 있는 능력이 있다고 들었는데, 시구르드 역시 마찬가지였던 것 같다.

아트는 갑자기 나타난 마검에게 겁을 먹고 뭐라고 말해야 할지 모르겠다는 듯 겁먹은 채로 떨고 있었는데, 그런 그를 보던 시구르드가 무뚝뚝하게 먼저 입을 열었다.

"바나 인과 관계된 일이다. 미트와 잠깐 할 말이 있다."

"알겠습니다, 마검."

아트도 그의 이름이 시구르드라는 것은 알고 있었다. 그는 독룡을 해치운 영웅의 검이라고 알려져 있는 유명한 마검이니까. 아트는 시구르드의 말을 듣고 그곳에서 발을 뗐고, 시구르드는 주위에 누가 있는지 샅샅이 살피면서 미나트를 할 말이 있다면서 한적한 곳으로 데리고 갔다.

"무슨 일인 거지? 당신이 어째서 이런 곳에……."

"에이아 아가씨에 대한 일이다. 지금 그분을 모셔가지 않으면 영영 만날 수 없을지도 몰라."

"설마, 에이아에게 무슨 일이라도?!"

아까 헤어진 에이아에게 무슨 일이 있다니! 미나트에겐 믿을 수 없는 일이었다. 시구르드의 말을 들은 그는 아까 보았던 에이아의 웃는 얼굴이 떠오르자 하마터면 크게 소리칠 뻔했다.

"바나 프레이를 만만한 사람으로 보아선 안 돼. 그는 너의 존재를 이미 이전부터 알고 있었던 것 같으니까."

"바나 프레이……?"

프레이라면 그녀의 배우자가 되기로 약조되어 있던 바나 인을 말하는 것일까.

아무리 미나트라고 해도 그에 대한 것은 이미 들어서 알고 있는 바였다.

"에이아님을 모시고 오면 미나트, 당신은 그녀를 데리고 이다 평원으로 가도록 해. 그곳에 아르스리르님이 계시니까."

시구르드의 행동은 정말로 의외였다. 시구르드는 전적으로 에이아를 돕고 있었고 미나트는 그런 그의 행동에 당황할 수밖에 없었다.

"그렇다면 당신은?"

그렇다면 시구르드는 자신에게 에이아를 맡기고 이곳에 남겠다는 말인가.

"상황은 그렇게까지 쉽지 않아. 난 내 손으로 검신을 잡을 수 없어. 나의 주인은 바나 바르하시온이야."

그는 쓸쓸하게 미소를 지었다.

마검은 주인에게 남는다. 주인이 시키지 않은 일은 할 수 없고 그의 주인이 원하는 곳에서만 살 수 있는 것이다.

*   *   *

황금 빛으로 빛나는 태양이 하얀 구름과 함께 푸르디푸른 하늘의 중간에 드리워졌다. 그러나 빛나는 태양을 보고 있자니 그는 오히려 마음이 착잡해져서 일이 손에 잡히지 않았다. 동시에 하늘은 밝은 푸른색과 금색의 조화를 이루어 오늘 아침에 보았던 그 눈동자를 잊지 않게 했다.

"왜 난 더 이상 손을 댈 수 없었던 거지?"

그는 혼잣말을 하면서 일이 더 이상 손에 잡히지 않는지 의자에서 몸을 일으켰다. 집무실은 결벽증이 있는 사람처럼 깨끗하고 먼지 하나 없는 상태였으며, 그곳의 분위기처럼 프레이드의 늘어뜨린 옅은 금발은 여전히 단정했다. 그러나 그 푸른 눈동자는 아직 충격에서 헤어나지 못한 어린아이처럼 흔들리고 있었다.

똑똑!

노크 소리가 들리자 프레이는 그 소리의 장본인을 들어오도록 허가했다. 언제나 그를 보좌하는 아시르 인 남성이 들어와 그의 앞에서 머리를 숙였다.

"바나 프레이, 어째서 바나 에이아를……."

이미 그런 이야기가 그의 입에서 나올 것임을 알고 있던 프레이는 눈을 내리깔며 긴 속눈썹을 길게 드리우면서 딱딱하고도 쓸쓸하게 대답했다.

"저에게 그녀를 구속할 권리가 없다는 것은 이 저도 알고 있습니다. 하지만 지금은 어쩔 수 없습니다. 제 방침대로 하도록 내버려 둬주세요."

바나 바르하시온의 딸인 그녀를 마음대로 구속할 권리가 그에게는 없었다. 오늘, 아니, 최근 요 며칠 간 언제나 자신의 종족에 대한 우월감에 가득 차 있던 그의 행동이 평소와는 달랐다. 그는 바나 인에 대해서 실망을 느낀 것처럼 허망한 얼굴로 앉아 있는 일이 많았는데, 그 상태가 지금은 고조에 이르고 있었다. 하지만 프레이의 심성을 잘 알고 있는 눈앞의 남자는 그저 그의 말에 따르기로 마음먹었다.

"알겠습니다, 바나 프레이. 당신의 명대로 하겠습니다."

그리고 자신의 입버릇처럼 대단한 바나 인 프레이, 그의 말대로 해서 잘못된 일은 없었으니까. 그 아시르 인은 그렇게 생각하면서 거리낌없이 그 자리에서 일어섰다.

　　　　　*　　　　　　*　　　　　*

　푸른 하늘을 겨우 볼 수 있을 정도의 작은 창이 있는 탑이었다.

　에이아는 자신의 방과는 조금 더 동떨어진 곳에 감금되어 있었다. 그것은 자신에게 아무런 짓도 하지 않은 대신 바나 프레이가 결정한 처사이기도 했다. 그녀가 걱정하는 시구르드의 검신은 그곳이 아닌 다른 곳에 안치되어 있었는데, 인간의 생각과 감정조차 읽는 에이아가 시구르드가 있는 곳이 어디인지 아는 것은 어려운 것이 아니었다.

　시구르드는 그녀를 위해 이곳에 올 것이다. 에이아는 누구보다도 자신을 사랑해 주고 있는 시구르드의 마음을 잘 알고 있었기 때문에 그를 믿고 있는 것이다. 그녀에게 있어서 마검이라는 존재는 고귀한 척하지만 결국 감정이 흔들리는 아시르 인보다도 더 믿을 만한 존재였다. 그래서 그녀는 시구르드를 자신의 곁에 둘 수 있었던 것이다.

　그녀의 결혼 상대였던 바나 프레이는 결국 자신에게 심한 짓은 하지 않았지만, 에이아보다 오히려 그가 바나 인으로서의 자긍심에 상처를 입은 것 같았다. 그 점에 있어서 에이아도 미안한 생각이 들었지만 그런 걱정보다 미나트의 일이 더 걱정되는 그녀였다. 얼마 있지 않아서 시구르드가 그를 찾아올 것이다. 그가 오면 미나트의 일을 먼저 물어볼 생각이었다. 혹시 바나 프레이가 그에게 어떤 처벌을 내렸을지도 모르니까.

　그녀의 예상은 틀리지 않았다. 마검, 절대적인 무기인 시구르드는 그곳에 유령처럼 나타나는 것도 어려운 일이 아니었으며, 사람들의 눈을 피하는 것도 어려운 것이 아니었다. 물론 프레이도 그 점을 간과하고 있었던 것은 아니지만 바나 바르하시온을 섬기고 있는 시구르드가 설마 바나 바르하시온의 명령을 저버릴 것이라고는 생각하지 않았다. 주인의 명령을 따르지 않는 마검은 굉장한 고통을 느끼게 되고 얼마 지나지 않아서 소멸되리라는 것을 바나 프레이도 마검을 가지고 있기 때문에 잘 알고 있었다.

"어디 다친 데는 없으십니까, 에이아 아가씨?"

"난 괜찮아, 시구르드. 그보다 미나트는?"

"이곳에 오기 전에 제가 그를 안전한 곳으로 대피시켜 두었습니다."

"정말 다행이다."

에이아는 길게 안도의 한숨을 내쉬면서 얼굴에 미소를 띠었다. 그러나 시구르드의 얼굴 표정은 전혀 변하지 않았다.

"바나 프레이가 당신께 아무 일도 하지 않아서 다행입니다, 아가씨."

"시구르드는 알고 있었잖아. 그가 나에게 손을 대지 못한다는 걸."

"그는 정도를 걸어온 자긍심 높은 바나 인이니까요."

시구르드는 두말하지 않고 에이아를 데리고 그 탑에서 빠져나왔다. 그에게 그 정도의 일은 간단한 일이었다. 빙(氷) 계열의 힘을 가지고 있는 그는 소리없이 문을 부수는 일도 간단히 할 수 있었다. 문이 열리고, 밖에서 감시하고 있던 아시르 인이 잠들어 있는 것이 보였다. 이미 시구르드가 손을 써둔 듯했다.

"고마워, 시구르드."

"아닙니다. 전 응당 해야 할 일을 했으니까요."

　시구르드가 미나트에게 기다리게 한 곳은 에이아도 잘 알고 있
는 곳이었다. 그리고 시구르드의 도움으로 그녀는 성을 빠져나올
수 있었지만 시구르드의 검신을 가지고 오지 못한 것이 매우 마음
에 걸렸다. 시구르드는 그녀의 아버지인 바르하시온의 마검이기
때문에 그녀와 함께 갈 수 없다는 것을 에이아도 잘 알고 있었다.
그러나 헤어져야만 하는 숲의 갈림길에 섰을 때 에이아는 그대로
그를 내버려 두고 가고 싶지 않다고 생각했다.

　시구르드는 갈림길에 서서 그녀가 미나트가 기다리고 있는 곳
으로 걸어가는 모습을 지켜보고 있다. 에이아는 그에게 고개를 돌
렸다. 언제나 무표정했던 시구르드의 눈가에 슬픔이 묻어나고 있
었다. 곧 이어 에이아의 푸른 머리카락이 바람에 날렸고 동시에
시구르드의 가슴에 따뜻한 그녀의 온기가 느껴졌다.

　"같이 가고 싶어, 시구르드."

　어렸을 적부터 함께 있었던 어머니와도 같은 사람, 그와 떨어지
고 싶지 않았다. 그녀를 그가 어린애 같다고 해도 좋았다. 시구르
드를 이곳에 남겨두게 된다면 아버지는 그에게 벌을 내릴 것이다.
그런 것은 싫었다.

　"당신이 원한다면 함께 가겠습니다, 에이아 아가씨."

　시구르드는 아직 어린 자신이 돌보아오던 아가씨를 내려다보고
희미한 미소를 입가에 띠었다. 그녀는 이렇게나 사랑스러운 존재
인데……! 그대로 떨어지는 것은 그 역시 바라던 바가 아니었다.
미나트, 로크 족의 생존자가 소중한 에이아를 기다리고 있을 것이
다. 그리고 시구르드가 에이아를 빼돌렸다는 것을 프레이도 곧 알
게 될 것이다.

　"어서 그를 만나는 것이 좋겠습니다, 아가씨. 이런 곳에선 오래

지체할수록 위험하니까요."

에이아는 그가 동행한다는 것이 기뻐서 표정의 변화가 거의 드러나지 않는 시구르드의 목을 끌어안았다.

"미나트는 괜찮겠지?"

"조금 걸리는 것이 있긴 합니다만 아직까진 괜찮을 것으로 보입니다."

시구르드의 표정은 그다지 밝지 않았지만 에이아에게 내색은 하지 않았다. 시구르드가 에이아를 미나트가 있는 곳으로 안내했고, 그곳에서 걱정스러운 모습으로 기다리고 있는 미나트를 만날 수 있었다.

에이아는 미나트의 따스한 체온을 느끼며 재회의 기쁨을 나눴다. 두려움보다도 함께 갈 수 있다는 기쁨이 젊은 두 사람에게 다가오고 있었다. 비록 그들의 앞에 기다리고 있는 것은 불안한 미래뿐이었지만 그들은 함께 떠날 준비가 되어 있었다.

그러나 여행이 순조로운 것만은 아니었다. 미나트가 날 수 있다고는 하지만 에이아를 데리고 장시간의 비행을 하는 것은 무리였기 때문에 도보와 짐마차를 얻어 타는 것 이외엔 다른 방법이 없었다. 게다가 미나트는 급하게 아무것도 없이 단신으로 자신의 터전을 떠나왔기 때문에 여행할 비용조차 적당히 가지고 있지 않았다. 또한 그들이 가고자 하는 에이아의 동생 아르스리르가 머물고 있는 나라는 이다 평원에 위치한 작은 나라였기에 길도 잘 닦여 있지 않아서 가는 데 오랜 시간이 지체되었다.

"날아서 도망치는 것은 불가능해. 어딜 가더라도 에이아 아가씨는 바나 인이라는 것이 티가 날 거야. 그러니까 이 여행에 대해서 나와 너는 주의를 기울여야만 해."

시구르드의 말대로 바나 인인 그녀가 많은 사람들이 다니는 곳을 여행하면 눈에 띌 것이 뻔했다. 때문에 에이아는 얼굴을 가리고 여행을 계속할 수밖에 없었다. 도보나 노숙이 허다했지만 언제나 웃음을 잃지 않는 에이아 덕분에 미나트도 희망을 잃지 않을 수 있었다. 어려우면 어려울수록 에이아는 미나트에게 의지했고 미나트는 에이아를 정신적인 지주로 삼았다. 그리고 그 둘을 인도하는 것이 누구보다도 경험이 많은 시구르드였기에 그들은 더 안심할 수 있었던 것인지도 모른다.

몇 날 며칠이 흘러갔다. 바나 프레이가 에이아를 찾고 있다는 소문은 들었지만 그들과 직접으로 만난 일은 없었다. 미나트는 어쩌면 그들에게서 아예 멀어질 수 있을지도 모른다고 생각했다. 그렇다면 에이아의 말대로 현실과 동떨어진 곳에서 행복하게 살 수 있을 것이다. 그녀의 약속대로 자식을 낳고 가정을 만든다면 그것이야말로 삶의 진정한 보람이 될 것이라고 미나트는 생각했다. 그러나 행복을 잡기 위해서는 그들에게서 가능한 한 멀리 떨어지는 것이 먼저였다.

그날 밤은 모닥불을 피우고 저녁 식사를 마친 후였다. 에이아는 미나트의 옆에서 기댄 채 잠이 들었고, 아직 주위의 상황에 안심할 수 없는 미나트는 시구르드와 함께 고요한 밤의 적막을 응시하고 있었다. 오랜 여행으로 미나트의 심신도 에이아처럼 지쳐 있는 상태였다.

오늘 밤은 에이아가 성인식을 마친 후에 미나트와 에이아가 함께 지새웠던 밤과 마찬가지로 별은 여전히 빛나고 아름다웠다. 모닥불에서 탁탁 불꽃이 튀며 마른 나뭇가지가 타는 소리를 냈다.

모닥불이 발산하는 은은한 불꽃이 그들의 주위를 밝혀주었다. 시구르드도 미나트의 정면에 앉아서 말없이 나뭇가지를 태우다가 에이아가 잠자는 모습을 바라보고 있는 그에게 말을 건네기 시작했다.

"이제 얼마 지나지 않으면 이다 평원의 인간의 나라가 나온다."

"인간의 나라라……."

인간의 나라는 아르스리르가 일부러 선택한 나라라고 들었다. 그곳으로 가면 아르스리르를 만날 수 있을 테고, 그렇게 되면 뭔가 뾰족한 수가 생길지도 모른다고 생각하고 있었다. 미나트와 시구르드는 오랜 세월을 사귀어온 것은 아니지만 그 둘 사이에는 에이아를 둘러싼 깊은 유대감이 형성되어 있었다. 그들은 마치 친구처럼, 그리고 형과 동생처럼 서로를 믿고 따르고 있었다. 그 둘 사이에는 잠시 동안 침묵이 오갔다. 그러나 먼저 침묵을 깬 것은 말이 별로 없는 시구르드 쪽이었다.

"바나 바르하시온, 그가 원하는 것을 알고 있어? 너와 에이아 아가씨를 보니 그녀의 어머니가 생각나는군."

"에이아의 어머니?"

그다지 긴 이야기를 하지 않는 시구르드가 사적인 이야기를 하는 것은 처음이었기 때문에 미나트는 눈을 둥글게 떴다. 의외의 일이었다.

"그녀의 어머니의 이름은 엘시드라. 그녀는 바르하시온의 배우자였지. 매우 아름다운 분이셨어."

"그래?"

천사처럼 잠들어 있는 에이아를 바라보면서 에이아의 어머니라면 반드시 아름다웠을 것이라고 그는 확신했다. 많이 고생했고 힘

들었을 텐데도 곱기만 한 에이아를 보며 그는 자기도 모르는 사이
에 입가에 따스한 미소를 지었다.

"그녀는 바르하시온을 사랑하지 않았지만 혈족을 위해 희생되
었어. 바나 프레이와 혼인하려던 에이아님과 마찬가지였다. 그러나
바르하시온에게 마음이 없던 그녀는 바나 바르하시온의 마검과
사랑에 빠져 버렸다."

"아시르 인이 마검을……?"

마검과 인간이 사랑한 예가 그렇게 적은 것은 아니었지만 그것
은 아시르 인과 인간이 결혼하거나 라그나와 아시르 인이 혼인한
다거나 하는 일보다도 더 금기인 일이었다. 마검과 인간의 사이에
서는 자손을 남길 수 없으며, 또 명망 높고 긍지 높은 아시르 인이
나 바나 인의 가문에서 그런 일이 일어나면 수치스러운 일이기 때
문에 마검 쪽을 극형에 처했다고 책에서 읽은 일이 있었다.

"마검을 사랑한 그녀는 나의 주인의 눈을 피해서 그를 데리고
먼 곳으로.도망쳐 버렸지."

"그래서 에이아에게 어머니가 계시지 않았던 거였나?"

마검과의 사랑으로 인해 도망간 그녀와 로크 족인 미나트와 에
이아는 어쩌면 똑같은 길을 걷고 있는 것인지도 모른다. 그래서
시구르드가 그녀의 일을 화두에 삼았는지도 모른다고 미나트는
생각했다.

"……."

그러나 시구르드는 잠시 말이 없었다. 하지만 미나트는 그의 그
청회색의 차가워 보이는 눈동자가 흐릿하게 흔들린 것을 포착해
냈다. 그는 동요하고 있었다.

"아니, 그녀는 돌아왔어. 마검 파프니르는 바나 바르하시온의 명

령을 끝까지 지켰어. 마검은 주인의 말을 절대적으로 지켜야만 하는 그런 존재니까."

그는 더 이상 말을 하고 싶지 않은 듯 입을 다물어 버렸는데 무엇이 그를 그토록 동요하도록 만들었는지 미나트는 알 수 없었다.

"흐음."

마검과 그 주인 간의 관계 때문이 아닐까 하고 미나트는 넘겨짚어 보았지만 그는 더 이상 그 이야기를 꺼내지 않았다. 마검이 주인의 명령을 따르지 않는다면 고통을 받는다는 말을 들은 일이 있다. 시구르드는 그런 고통을 느끼고 있지 않은 것 같았지만 그 때문에 은근히 불안해지는 미나트였다.

언젠가 이대로 함께 갈 수 없게 될지도 모른다. 그는 바나 인 바르하시온의 마검이고, 결국 주인인 바르하시온의 명령에 따른 마검 파프니르처럼 주인에게 돌아가야 할 운명인 것이다.

그러나 지금 이대로라면 그래도 아직까지는 만족할 수 있지 않을까 하고 그는 생각했다.

"그건 그렇고, 이젠 내일이면 아르스리르님을 만날 수 있게 될지도 모르겠군."

시구르드가 화제를 바꾸었고 그것에 미나트도 동조했다.

"갑자기 찾아가도 상관없을까?"

"괜찮다. 리르님은 앞을 내다보는 힘을 가지고 있으니까."

아르스리르, 그는 드물게 예지의 힘을 가지고 있었던 것이다. 예지의 힘을 가진 것은 바나 인 중에서도 극히 드문 케이스였는데 에이아의 말에 따르면 아르스리르처럼 어렸을 때 성별이 없이 태어난 경우에 예지력이 나타날 확률이 높다고 했다. 어렸을 때는 예지의 힘을 가지고 있다가도 성인식을 치르고 나면 사라지는 경

우도 많아서 예언의 신관은 성인식을 치르지 않은 나이 어린 바나
의 아이들이 도맡는 경우도 많았다고 전해진다.

"흐응……."

미나트는 돌연 바나나 아시르라는 것도 생각보다 힘든 것이로
구나라고 생각했다. 자신의 의지가 아닌 선천적인 것이라면 앞을
내다보는 힘과 남의 마음을 느낄 수 있는 힘은 어린 나이였던 그
들에게 있어 참기 힘든 고통이었을 테지.

"그런데 아르스리르는 왜 그런 작은 영지에 가 있는 거지?"

"그분의 의지였어. 나도 잘 모르지만."

그가 그곳을 선택한 것이라면 무슨 뜻이 있었을 것이다. 미나트
는 어렸음에도 불구하고 침착하던 리르의 일을 기억해 내면서 고
개를 끄덕였다. 미나트는 아르스리르가 간 나라의 이름을 알아두
어야 한다는 생각에 그에게 되물었다.

"그럼 우리가 갈 영지의 이름은?"

"알타크나다."

모닥불의 불씨를 키우면서 시구르드는 그 이름을 읊조렸다. 알
타크나, 미나트는 그 이름을 기억에 담아두었다. 어쩌면 자신이 에
이아와 함께 나갈 수 있는 길을 열어줄지도 모르는 나라의 이름이
니까.

＊　　　　＊　　　　＊

알타크나는 인간이 다스리는 몇 되지 않는 영지의 이름이었다.
아시르 인에게 조공을 바치는 형태로 크고 작은 나라들이 존속되
고 있는데 그 왕가의 대부분은 아시르 인이거나 라그나의 나라에

선 라그나이곤 했다. 그렇기 때문에 인간이 다스리는 나라는 흔치 않았다. 그러나 예외적으로 인간 중에서도 특별히 강한 힘을 가진 이가 있다고 판명되었기 때문에, 인간들 가운데서 가장 뛰어난 힘과 아름다움을 가지고 있는 옐 족에게 그 통치권을 준 곳이 바로 이 알타크나라고 시구르드로부터 들었다.

"정말 듣던 대로군. 아시르 인들이 사는 곳과는 천지 차이지만."

그 나라는 매우 아름다운 나라였다. 아직 작지만 그 때문에 더 활기 찼다. 바나 프레이가 있던 바나의 나라와 비교해 볼 때 문명도 아직 발달되어 있지 않고, 또 이렇다 할 마검도 없는 초라한 곳이긴 하지만, 그 나라는 노력하고자 하는 힘이 넘쳤고 사람들의 웃음이 끊이지 않는 곳이었다.

원래 집 밖으로는 거의 나가본 일이 없는 에이아는 너무 신기해 하면서 후드로 얼굴을 가린 채 이곳저곳으로 눈을 굴리며 토끼처럼 방방 뛰어다녔다.

"정말 생기있는 곳이야. 내가 살아왔던 곳과는 너무나 다른 곳인 것 같아."

에이아의 즐거운 모습을 보니 미나트도 기분이 좋아졌다. 그것은 미나트뿐만이 아니라 시구르드도 같은 생각이었을 것이다. 그들은 모두 의식과 명성, 명예와 규율에 신경 쓰고 있는 아시르 인의 신전이나 궁전보다 활기 찬 곳이 에이아의 밝은 성격과 어울린다고 생각했다. 시구르드가 왕궁에서 리르에 대해서 알아보기 위해 잠시 자리를 비운 사이에 그들은 상자를 쌓아 올려둔 구석에 걸터앉아 있었다. 장이 열리는 날이라서 그런지 여기저기 천막이 들어서서 과일이며, 옷이며, 비단이며 잔뜩 내놓고 사고팔고 있었다.

　"내가 살았던 곳과도 비슷한 곳이지. 난 이런 부락 같은 곳에서 살았어. 특별한 계급 같은 것은 없었어."

　미나트도 이곳을 보니 고향에 대한 생각이 나서 콧잔등이 시큰해졌다. 어린 자신을 돌보아주었던 라크트, 강인했던 어머니와 형님들, 그리고 얄미웠지만 사랑했던 동생들의 일이 새록새록 떠오르자 또다시 마음이 약해질 것 같아서 다시 한 번 주먹을 꽉 쥐었다.

　"그렇구나. 그런 미나트의 고향을 나의 아버지는 망가뜨린 거로구나."

　미나트의 이야기를 들은 에이아의 얼굴이 침울해졌다. 다른 사람의 감정을 읽을 수 있는 그녀에게는 당연한 일이었지만 미나트는 그녀가 우울해지면 자기 때문이라는 생각에 그녀에게 미안해서 어쩔 줄 모르기가 일쑤였다.

　"괜찮아, 에이아. 이미 지나간 일이야. 우리 어머니가 말씀하시길 앞만 보고 달리라고 하셨어. 결코 뒤를 보아선 안 된다고 말씀하셨지."

　"그래, 앞으로 해야 할 일을 보는 것이 좋으니까."

　에이아는 자신을 위로하는 미나트에게 방긋 웃어 보였다. 자신이 위로해 주려다가 미나트는 에이아에게 오히려 위로받는 기분이었다. 그래도 작지만 활기 찬 도시 때문에 그는 마음이 들떴다. 에이아를 위해 무언가를 해주고 싶었다.

　"거기 젊은 부부, 여기서 예쁜 것 좀 골라봐요. 아내를 위해서 선물을 해줘야 하잖아요."

　길가에서 여성들을 위한 액세서리를 팔고 있던 할아버지의 말이었다. 미나트는 노인의 말에 귀밑까지 얼굴이 새빨개졌지만 에이아는 기분이 좋아졌는지 방긋 웃었다.

"우리더러 부부래, 미나트. 그렇게 보이나 봐. 미나트, 우리 한번 구경하자!"

"하지만 돈이……."

없는데… 라고 생각하며 난처한 표정을 지으면서도 그는 그녀의 손에 이끌려 갔다.

"와아! 예쁘다!"

아시르 인의 궁에서 온갖 금은보화를 보아왔을 그녀가 이런 곳에서 초라한 인간들의 장신구를 보고 있다니, 미나트는 어쩐지 가슴 한구석이 찔리는 것을 느꼈지만 에이아는 밝기만 했다.

"이 반지 좀 봐! 미나트의 눈과 똑같은 색이야!"

초록이 감도는 돌로 만든 반지였다. 가격은 대체적으로 싼 편이어서 미나트도 지불할 수 있을 정도의 금액이었다. 미나트는 성인식 때도 아무것도 해주지 못한 것이 생각나 그것을 사서 그녀에게 주었다.

에이아의 하얀 손에도 녹색 돌로 만든 그것은 아주 잘 어울렸다. 여유 자금이 없어서 더 좋은 것은 사 줄 수 없었지만 그것만으로도 기뻐하는 에이아의 얼굴을 보니 너무나 기뻤다.

시구르드를 기다리기로 약속한 곳에 에이야가 미나트와 함께 서서 손가락 사이에 반짝이는 것을 보고 즐거워하며 콧노래를 흥얼거리고 있을 때, 미나트는 누군가가 자신들 쪽으로 달려오는 것을 느꼈다.

"누님!"

백발에 가까운 새하얀 머리카락, 햇빛에 반사되어 은빛으로 반짝이는 백 토끼 같은 소년이 그녀를 알아보고 달려왔다.

“리르!”

리르는 에이아를 만나 그녀의 품 안에 안겼다. 리르도 많이 자랐고 성별이 없던 이전보다는 많이 남성스러워져 있었다. 에이아 정도로 키가 자라서 이젠 제법 소년 티가 났다. 그들이 해후를 하면서 서로의 안부를 물었다. 미나트와 리르도 서로 악수를 하면서 회포를 풀었다.

“다행이에요. 기다리고 있었어요.”

“아르스리르……!”

“다행히도 리르님은 알고 계셨습니다.”

예의 그 능력 때문이겠지라고 미나트는 생각했다. 리르와 함께 온 것은 시구르드뿐이 아니었다. 검은 머리카락을 어깨까지 늘어뜨린 리르와 비슷한 또래의 소년이 서 있었다.

“누님이 이곳까지 올 수 있었던 것은 시구르드가 다 잘해준 덕분입니다. 이쪽은 저에게 협력해 준 친구입니다.”

아르스리르는 자신과 함께 온 그 소년을 소개했다. 인간인 것 같았지만 아름다움을 지니고 있는 옐 족, 간간이 군대에서도 강한 옐 족을 볼 수 있었기 때문에 미나트는 종족을 알아보았다.

“옐 족?”

미나트는 소년에게 물었지만 그 소년은 대답 대신 방긋 웃으면서 인사를 했다.

“사카디은이라고 합니다, 바나 에이아, 그리고 미나트님.”

사카디은이라고?

미나트는 고개를 갸웃거렸다.

그들은 옐 족이 다스리는 나라인 알타크나의 후계자, 사카디은 알타크를 만났다.

          *   *   *

  새하얀 비둘기들 몇 마리가 하늘로 날아오르면서 동시에 푸른
하늘이 펼쳐져 보인다. 푸른 하늘과 함께 백색의 성이 조화를 이
루어 산뜻한 아름다움을 자랑하고 있었다. 특히 장인의 숨결이 깃
들어 있는 유리로 정교하게 세공되어진 스테인드글라스의 뒤로
프레이가 초조한 듯 발을 옮기는 것을 발견할 수 있었다. 현재 그
는 평소와는 달리 다소 경직된 모습으로 고민에 잠겨 있었다. 그
곳은 바나 프레이의 집무실이었으며, 그는 지금 심각한 고민에 빠
져 있는 것 같았다.
  달칵.
  문이 열리는 소리와 함께 조용하게 남자들이 그곳으로 들어왔다.
  "잘 오셨습니다, 바나 바르하시온, 라하 인 아시르 크라겐, 그런
데 바나 에이아의 일은……."
  그들은 일단 안내되어 긴 의자에 걸터앉았다. 본래대로라면 예
의를 갖추는 것이 당연한 일이었지만 위급 상황인 지금 프레이는
물불 가릴 때가 아니었다.
  바나 바르하시온이라고 불린 짧은 머리카락의 남자는 마치 모
든 것을 알고 있다는 듯이 나지막이 기분 나쁜 웃는 소리를 내고
있었다.
  "후후후."
  그의 웃음소리를 들은 프레이는 초조한 얼굴로 바나 바르하시
온에게 입을 열려고 했다. 그러나 그런 그의 행동을 저지한 것은
바르하시온 수하의 아시르 인인 크라겐이었다.

“바나 프레이, 바나 바르하시온은 이미 알고 계십니다.”

바나 인인 바르하시온이 딸인 에이아의 행동을 꿰뚫어 보는 것은 당연한 일일지도 모른다. 프레이는 그가 알고 있다는 사실에 한숨 돌렸다.

“그렇다면 그들이 어디로 가고 있는지 당신은 알고 계십니까?”

“아는 것은 어렵지 않습니다. 이분은 바나 바르하시온이시니까요.”

크라겐은 자신만만한 표정이었다.

“어차피 이전에 있었던 일과 똑같은 일이다. 후후후.”

바르하시온의 음침한 얼굴은 검은 그림자로 뒤덮여 있었고 특별한 표정의 변화는 없었지만, 프레이는 순간 오싹함을 느꼈다.

“바나 바르하시온……”

순간 그는 바르하시온이 겪었던 일이 기억나서 눈썹을 찡그리고 조심스레 입을 열었다.

“바나 엘시드라의 일 말입니까?”

프레이는 마검과 함께 떠나 버림으로써 바르하시온의 옆 자리를 거부했던 그의 아름다운 아내, 엘시드라의 일이 마음에 걸려왔지만 바르하시온은 그의 질문에도 전혀 동요가 없었다.

“이젠 아무래도 좋다. 계획을 감행하자, 크라겐.”

“알았습니다, 바나 바르하시온. 바나 프레이, 당신에게 부탁이 있습니다. 마검 시구르드, 마검의 검신이 있는 곳으로 저희를 안내해 주십시오.”

프레이의 푸른 눈동자는 잠시 흔들렸지만 동요하지 않고 자신도 일어섰다.

창밖에선 푸드덕 소리를 내며 비둘기들이 날아가 버렸고 하늘

저편에서 비를 실은 구름이 나타나고 있었다.

＊　　　　　＊　　　　　＊

푸른 하늘 아래 초록의 대지 위에 세워진 알타크나의 성은 작은 영지를 통치하는 성주의 성답게 작았다. 물론 보통 평민에 비할 바는 아니었지만 그것은 규모가 작았다. 그러나 에이아가 지금까지 보아온 성들보다 훨씬 느낌이 좋은 곳이었다.

사카디은 알타크, 아르스리르의 안내에 따라 미나트와 에이아는 색다른 경험을 하고 있었다. 왕궁 생활을 겪어보지 못한 미나트와 화려한 생활을 해온 에이아에게 그곳은 똑같이 신선한 곳이었다. 마음을 읽는 능력을 가지고 있는 에이아는 사카디은이라는 소년에게 신뢰가 갔다.

"이곳은 활기 찬 곳이로군."

밝다. 항상 사람이 많아도 어둡기만 했던 바나 바르하시온의 나라나 엄숙하기만 했던 프레이의 나라의 성보다 이 성안의 사람들은 활기 찼다. 특별히 에이아나 미나트에 대해서 격식을 차리기보단 경쾌한 성의 분위기를 즐기는 일꾼들이 많았다. 그런 인간들의 모습이 에이아에게는 조화롭게 보여서 기분이 좋았다.

곧 그들은 성안에 들어섰고, 그 안에서 느낀 차분하지만 명랑한 성의 분위기가 흡족하던 찰나였다. 게다가 잠시만이라도 쉴 수 있다는 것이 가장 다행스럽게 느껴지던 차였다.

"어서 와요, 누님. 이곳이 바로 제가 공부하기 위해서 선택한 나라입니다."

"리르, 이곳은 참 마음에 드는 곳이야. 나도 이런 곳을 선택할 수 있었다면 좋았을 텐데……. 하지만 후회하지 않아. 그곳에서 미나트를 만날 수 있었으니까."

에이아가 아르스리르의 침착한 얼굴 앞에서 미소를 지었다. 그녀도 직접 이곳의 땅을 밟아보니 아르스리르가 이곳을 선택한 이유를 알 수 있을 것 같았다. 게다가 리르는 사카디은이라고 하는 좋은 친구를 사귀지 않았던가.

"그렇게 말씀하시니 다행이라고 생각합니다, 에이아 아가씨."

시구르드는 안심했다는 듯 에이아에게 속삭이듯이 말했다. 그에게 답례하듯이 에이아의 얼굴은 밝아졌다.

그들은 응접실로 안내되었고 너무 소박하지도 화려하지도 않은 깨끗한 방에서 이야기를 나눌 수 있었다. 지금까지 힘들게 여행해 왔던 터라 이렇게 편한 기분이 된 것은 간만이었다.

"아무도 우리가 이곳에 왔다는 것을 모르도록 조치를 취해두었습니다. 바나 에이아와 미나트님의 일이라면 보호해 드리도록 노력하겠습니다."

"감사합니다, 사……."

"라하 인이라고 부르시면 됩니다, 바나 에이아. 전 아시르 인은 아니니까요."

"알겠습니다, 라하 인 사카디은."

라하 인은 인간을 가장 높여서 부른 인간으로서는 최고의 호칭이 되지만 아시르 인에게 미치지 못하는 것도 사실이었다. 그런 사실을 사카디은은 잘 알고 있었고 리르도, 사카디은도 그런 일엔 신경 쓰지 않는 듯했다.

잠시 후에 아르스리르는 정리해야 할 것이 있다는 이유로 미나트와 에이아가 있던 방을 나섰다. 에이아는 자신들을 배려해 주는 리르와 사카디은이 고마워서 어쩔 줄 몰랐다.

"정말 다행이야, 미나트."

미나트는 오랜만에 더욱더 밝게 웃는 아름다운 에이아의 미소에 기분이 좋아졌다. 반지를 사 줬을 때와는 다른 안심이 되는 미소였기에 그도 함께 웃어버리고 말았다.

"미나트님, 오늘 묵을 방을 안내해 드리겠습니다. 절 따라와 주세요. 바나 에이아와 빙마검 시구르드님은 이 방에서 편히 쉬어주세요."

미나트와 함께 사카디은이 방 안을 나서자 에이아가 밝은 얼굴로 시구르드에게 자신의 낙관적인 의견에 동의를 구했다.

"다행이야. 리르가 우리가 이곳에 올 것을 이미 예측하고 있어서."

"하지만 이곳에 오래 있을 수는 없습니다, 에이아 아가씨. 저희들 때문에 이곳이 피해를 입게 됩니다."

그 낙관적인 의견에 찬물을 끼얹는 시구르드의 냉정한 목소리에 에이아는 오히려 당황하게 되었다.

"에에… 으응, 그건 물론 알고 있는 사실이기는 하지만……."

에이아가 시구르드에게 난처한 표정을 지어보지만 시구르드의 표정엔 변화가 없었다. 그는 단도직입적으로 그런 그녀의 말조차 끊었다.

"바나 인을 외부로 데리고 나갔다는 것만으로도 미나트에겐 중죄가 되는 겁니다. 그런 죄인을 숨겨준 이 나라는 어떻게 되겠습니까?"

"하지만……!"

"그것이 에이아님의 의지였다고 해도 사실은 변하지 않기 마련

입니다. 나의 에이아님, 그러니까 이곳에서 벗어나야만 합니다. 당
신의 아버지는 절대로 미나트를 놓치려고 하지 않을 겁니다.”

“그렇지만…….”

미나트에게 해를 끼치거나 그런 것은 싫었다. 그리고 시구르드
와 미나트와 함께라면 어디에 있어도 행복할 수 있다고 생각했었
는데……. 자신의 생각이 너무 안이했다는 것을 깨달은 에이아의
얼굴이 어두워졌다.

“제가 바라는 것은 당신의 행복뿐입니다. 저는 반드시 당신이
후회하지 않도록 힘쓰겠습니다, 에이아 아가씨.”

무슨 일이 있어도 에이아의 행복을 지키고 싶었던 시구르드는
어두운 표정으로 시무룩해진 그녀를 위로했다.

“시구르드…….”

그리고 그의 그런 마음을 잘 알고 있기 때문에 에이아는 그를
더 믿을 수 있는 것이었다. 그래서 말은 없어도 솔직하게 자신을
표현하는 그가 좋았던 것이다.

사카디은은 아르스리르처럼 침착하긴 했지만 아르스리르와는
다른 일면이 있는 인간이었다. 아르스리르에게 한없는 부드러움을
느낄 수 있다고 한다면 사카디은에게는 인간으로서 그치기에 아
까운 카리스마성을 가지고 있었다. 아직은 그가 소년이기 때문에
잘 드러나지 않았지만 보통의 엘 족 특성과는 다른 것이 그에게는
있었다.

미나트는 그런 그가 앞으로 이 알타크나를 짊어지게 될 것이라
고 예상했고, 그래서 이 활기 찬 나라가 좋았다. 비록 아시르 인의
한 영지에 불과했지만 인간으로서 이 정도의 위치에 오른 것은 사

카디은의 아버지가 뛰어나다는 증거이기도 했다.

"이곳은 정말 활기 찬 곳이로군요. 마치 고향이었던 로크 족의 마을을 보는 것 같은 느낌이 듭니다."

"그렇게 말씀해 주시니 감사합니다. 하지만… 그다지 좋은 상황은 아닙니다. 이 영지는 작습니다. 그리고 우리들은 어쩌면 너무 의지하고 있는 것인지도 모른다고 생각합니다."

사카디은은 복도를 또각또각 걸으면서 힘있는 의지가 가득한 눈빛을 숨기지 않았다. 그의 호박색 눈은 청아했지만 그의 가슴은 열정이라는 불꽃을 지니고 있었다.

"……?"

그런 그의 의도를 처음에는 잘 알아차리지 못한 미나트는 어리둥절했지만 사카디은은 같은 인간인 미나트에게 자신의 의지를 숨기지 않았다.

"확실히 리르는 굉장한 힘을 가지고 있습니다. 저도 인간이긴 하지만 보통의 인간이 아니라고 생각하고 있고요. 그런데 소수의 힘을 가진 종족이 인간을 다스릴 권리는 없다고 생각하니까요."

"헤에……?"

미나트의 발걸음이 멈췄다. 사카디은은 자신보다 조금 어린 소년이었음에도 미나트와는 다른 뚜렷한 신념을 가지고 있었다.

"저의 목표는 인간들의 세상을 만드는 것이죠. 이기적일지도 모르지만."

인간들의 나라.

그가 바라는 것은 알타크나와 같이 인간에 의해서 통치되어지는 나라의 확립인 듯했다. 의술에 강하고 마법이라는 특이한 능력을 가진 아시르 인이나 라그나에게 의지하지 않는 나라를 만드는 것, 그것이 그가 원하는 것이었다.

"……"

인간들의 세상이라……. 미나트도 생각해 보지 않은 것은 아니
었다. 로크나 옐 족, 라쉬엘 족은 보통 인간들보다 강했지만 그 수
도 적었고, 그것은 라그나와 아시르도 상대적으로 마찬가지였던
것이다.

지금 뚜렷이 그의 말에 동조할 수 있는 상황은 아니었다. 하지
만 사카디은의 생각은 미나트도 언젠가 한번 생각해 보았던 것이
기도 했기에 그를 이해할 수 있었다. 특별히 입 밖으로 내뱉지는
않았지만 미나트는 사카디은의 생각에 동의했다.

이 세상의 나라가 알타크나와 같은 나라가 된다면 자신이 에이
아와 함께 있어도 별다른 구속을 받지 않게 될 것이다. 그리고 자
신의 종족인 로크 족과 같이 참담한 일은 일어나지 않게 되겠지.

"시대는 흐르고 있습니다. 인간의 몸으로 저희 아버지는 이곳의
성주가 되셨습니다. 언제까지 이곳이 작은 나라로 있지는 않을 겁
니다. 그것이 저의 바램이니까요."

"잘은 모르지만… 잘되길 바라고 있겠습니다, 라하 인 사카디
은."

미나트는 아직은 어리지만 신념이 굳은 사카디은의 말에 진심
으로 격려를 보냈다.

"그냥 사카디은이라고 불러주세요, 미나트 씨."

그런 미나트의 마음을 눈치 챘는지 사카디은도 샤프한 이미지
가 풍기는 얼굴에 다정한 미소를 띠었다.

알타크나의 저녁도 다른 어느 곳의 저녁과 다를 바 없었다. 그

러나 에이아와 미나트에게는 새로움을 알리는 저녁이었다. 오랜만에 저녁 식사를 성대하게 한 후 에이아는 동생인 아르스리르와 둘만의 시간을 가졌다.

그러나 행복한 시간이 계속될수록 에이아는 불안한 느낌을 받았다. 에이아는 어렴풋이 느끼고 있었고, 그렇기 때문에 아름다운 동생에게 의지하고 싶었던 것인지도 모른다.

"누님, 어디 아픈 곳은 없으세요? 이곳에 누님이 오리라는 걸 이미 알고는 있었습니다만……."

"아무리 리르라도 아버지의 눈 때문에 날 직접적으로 도울 순 없을 거야."

에이아도 그에게서 도망치는 것은 불가능한 것이라고 생각했던 일면을 리르에게 털어놓았다. 미래를 볼 수 있는 능력을 가지고 있는 리르라면 자신들의 앞일을 알고 있을 것이다.

"……."

"난 가끔 두려워져. 앞으로의 일이 어두운 것이 아닌가 하는 생각을 하게 되거든. 나는 내가 자신의 틀 속에서 헤어 나오지 못한 새장 속의 새와 같았다는 것도 잘 알고 있어. 하지만… 지금의 생활에 대해서 후회하고 있지는 않아."

그렇게 말하는 에이아의 표정은 어두웠다. 지금 그녀는 후회는 하지 않지만 더 행복해졌으면 좋겠다고 소망하고 있었다. 미나트와 함께 자유롭게 살고 싶었다.

"누님……."

리르는 에이아가 초조해져서 더 심장이 빨리 뛰는 것을 느꼈다.

"알고 있잖아. 리르는 알고 있잖아. 미래와 아버지가 원하는 것, 그리고 미나트가 앞으로 어떻게 될지 알고 있잖아."

"누님……."

"내게 가르쳐 줘. 미나트와 나에게 어떤 일이 닥쳐 올지 알고 싶어. 난 겨우 잡은 행복을 놓치고 싶지 않아. 바나 프레이의 궁에 있을 때 즐거웠던 것은 그를 만났던 일뿐이라고."

에이아의 눈에는 빛이 반짝였고, 그것은 액체가 되어 눈가에 맺혔다.

"에이아……."

"가르쳐 줘. 난, 난 두려워. 이대로 누군가가 다치게 되는 것은 아닐까 하고……."

에이아는 그동안 내색하지 않고 있었던 것을 아직은 어린, 성인식도 치르지 않은 리르에게 털어놓으며 매달렸다.

"……."

"참을 수 없을 거야. 시구르드도, 미나트도, 리르도 무슨 일이 생긴다면 나는, 나는……."

잠시 동안 리르는 말을 하지 않았다. 그런 누나의 마음을 이해할 수 있었기 때문에 오히려 아무 말도 할 수 없었던 것이다. 그는 에이아가 조금이라도 더 진정되길 기다렸고, 그녀가 자신의 옷을 쥐고 있던 힘이 약해졌을 때 그는 비로소 입을 열었다.

"모든 미래시(未來視)들이 그랬겠죠. 입 밖으로 미래에 대해 말하는 것을 꺼려하고 있을 거예요. 왜냐면 미래를 말함으로써 그 미래가 바뀌고, 그로 인해 같은 결과를 낳으니까 그것이 더 두려운 것인지도 몰라요."

알고 있었다. 자신의 동생의 일이었기 때문에 그녀는 더욱더 잘 알고 있었다. 에이아는 한순간 흥분했었던 자신이 어리석었다고 생각하고 고개를 숙였다.

"그래, 그렇겠지. 내가 너무 어리석었어. 미안해."

"아니에요. 저도 누나가 행복했으면 좋겠어요."

오히려 자신을 위로해 주는 리르에게 너무나 미안해 에이아는 밝게 보이기 위해 흐르던 눈물을 손등으로 훔쳐 내고 억지로 방긋 웃었다. 그리고 나서 그녀는 리르를 껴안았다.

"난 예쁜 아이를 낳고 싶었어. 그래서 나처럼 자라지 않게 하고 싶었던 거야."

그때 아르스리르는 눈썹을 약간 찡그렸지만 에이아는 그것을 전혀 눈치 채지 못했다.

"미나트와 에이아 누님의 아이는 틀림없이 예쁠 거예요. 그래, 이름은 정했나요?"

리르는 에이아가 무엇이든 생기기 전에 이름을 지어놓는 버릇을 잘 알고 있었다. 그래서 그녀에게 반문했는데 에이아는 그 질문이 기뻤던 모양인지 빙그레 미소 지었다.

"응. 강한 마음을 가진 아이, 카티스라고."

"카티스?"

잠시 눈을 찌푸렸다. 강한 마음을 가진 것을 동경해 왔던 에이아는 그런 이름을 짓고 싶어할 것이다. 그러나 이전에 자기 수명을 다 살다 간 검은 개의 이름이기도 했기 때문에 리르는 눈살을 찌푸리지 않을 수 없었다.

"그래, 카티스!"

하지만 그도 역시 그 이름을 좋아했기 때문에 그녀의 말에 흔쾌히 동의해 주었다.

"잘될 거예요, 언젠가는."

리르는 그녀를 껴안았다. 그녀를 껴안았을 때, 아르스리르는 현기증을 느꼈다. 현기증이라기보다는 강한 두통과 같은 것이었다. 그것은 그의 머리 속에 가까운 미래의 일이 짤막하게 나타날 때의 현상이기도 했다. 그에게 먼 미래의 일이라면 꿈의 형태로 나타나지만 가까운 미래의 일은 이렇게 나타났기도 했다.

마치 백지장처럼 눈앞이 새하얗게 변해 버렸고, 그의 머리에 미래에 일어날 일이 주마등처럼 스쳐 지나갔다. 그는 그 사실을 에이아에게 알려야 한다고 생각하고 성급히 입을 열었다.

"누님, 곧 이곳은 위험할 것 같아요. 아무래도 아버지의 눈을 피할 수는 없어요. 시구르드가……"

시구르드는 바르하시온의 마검이기 때문에 그의 손아귀를 벗어날 수 없다는 것을 리르가 설명하려고 했지만 에이아는 고개를 저었다.

"알고 있어. 하지만 난 그를 데리고 갈 거야. 그는 나의 어머니보다도 더 어머니 같고 아버지보다도 더 아버지 같은 사람이야. 난 그가 옆에 있어주길 원하는걸?"

"알고 있어요, 에이아 누님. 그렇기 때문에 전……"

그는 언젠가 유리 조각처럼 산산이 부서져 버려서 공기 중에 스며들 것 같은 에이아의 푸른 머리카락에 손을 뻗어보았다. 그러나 눈부시게 하얀 그녀의 몸은 멀어져 갔다. 리르는 전신이 떨려옴을 느꼈다. 그의 혈육인 에이아는 자신에게서 멀어져 갔고 투명하게 공기 중으로 사라지는 것 같았다.

"사랑해, 리르. 그러니까 다시 보자."

"에이아… 누님."

언젠가 후회라는 두 글자가 리르의 가슴에 아로새겨질 것이다. 에이아도 그것을 알고 있었기 때문에 미소를 지었던 것이다.

"무엇보다도 자신을 믿는 힘이 너에게 있길 바라고 있어."

에이아는 그런 말을 남기고 미나트가 거처하고 있는 곳으로 달려갔다. 리르는 벽을 손으로 짚은 채 벽에 체중을 실어 몸을 지탱했다. 벽에 걸린 호롱불에서 펼쳐진 빛이 하얗다 못해 창백한 그의 얼굴을 은은하게 비쳐 주었다. 그는 입술을 깨물었다.

그녀의 말처럼 자신의 믿는 힘이 가장 필요한 때였다.

에이아는 아르스리르의 말이 사실이라는 것을 곧 알 수 있었다. 그들은 사카디은이 안내해 준 뒷문을 통해서 그곳에서 빠져나왔다. 그리고 나서 얼마 지나지 않아 프레이의 문장을 어깨에 단 여러 명의 군인들이 알타크나의 성으로 향하는 것을 볼 수 있었다. 그 모습을 보면서 시구르드는 에이아와 미나트에게 서둘러서 그곳을 마저 빠져나갈 것을 요구했다.

그의 말대로 에이아와 미나트는 알타크나와 반대되는 곳으로 향했고, 다행히도 프레이의 군대를 만나지 않았다. 그들이 간신히 한숨 돌릴 수 있었던 곳은 언덕이었다. 안개가 자욱해서 한 치 앞도 내다볼 수 없는 이다 평원의 신비로운 곳이기도 했다. 아름다운 대지에 서서 그들은 무지개빛 안개를 보고 한숨을 쉬었다.

"이제 빠져나온 건가?"

아름다운 장소, 생전 처음 보는 아름다움에 도취되어 에이아는 피곤함을 잊었다. 며칠에 걸친 강행군이었음에도 불구하고 한마디의 불평도 하지 않았던 그녀가 얼마나 힘들었을 것인지 미나트도 잘 알고 있었다. 그럼에도 불구하고 아무런 불평 없이 잘 따라와 준 그녀에게 감사했다.

아름다운 언덕에 서서 에이아는 깊은 숨을 내쉬었다. 대지, 멀리 펼쳐진 하늘과 맞닿은 곳. 비록 안개 때문에 잘 보이지는 않았지만 저 대지 끝에는 하늘과 맞닿은 새로운 나라가 있을 것 같았다. 에이아가 원하는 자유로운 공간, 틀이라는 것에서 벗어나 자유롭게 커다란 날개를 펴고 하늘을 날 수 있는 미나트와 자신을 위한 곳, 그녀는 그렇게 믿고 싶었다.

"그런 셈이지만 그렇지 않을 수도 있어."

"그게 무슨 소리지?"

시구르드의 퉁명스러운 말에 미나트는 불안해졌다. 매우 아름다운 공간이었음에도 시구르드가 서 있는 곳에 흐르는 작은 물방울은 그의 눈동자에 서려 있는 슬픔을 한층 더하고 있었다.

"이를테면 아무리 가도 소용이 없다는 소리지. 바르하시온이 나의 주인인 이상……."

에이아는 시구르드의 냉정한 말에 고개를 돌렸다.

"시구르드, 그렇다는 것은……."

시구르드는 에이아를 보았다. 하늘과 가까운 곳에는 금색의 태양이 떠오를 것이다. 그는 금색의 태양과도 같은 그녀의 눈동자와 하늘빛의 머리카락을 다정한 눈으로 바라보았다.

"에이아 아가씨."

그의 눈길이 에이아의 눈길과 맞부딪쳤을 때 그녀는 눈이 감겨지고 있는 것을 느꼈다. 몸이 무거워지고 점점 깊은 잠으로 빨려들어갈 것 같았다. 시구르드는 쓰러지는 그녀를 가볍게 받았다.

"무슨 짓을 하는 거야, 시구르드!"

갑자기 정신을 잃고 쓰러진 에이아를 보고 놀라 미나트는 시구르드를 향해서 힐난의 눈길을 보냈다. 그러나 그는 미나트의 눈을 피하지 않았다.

"잠시 정신을 잃게 한 것뿐이다. 얼마 지나지 않아서 깨어날 거야, 그녀는."

"하지만!"

불길한 기분이 미나트를 엄습해 왔다. 그의 주위에 흐르는 금빛 물방울들이 점차로 늘어나서 그의 주위에 금빛의 빛밖에는 보이지 않게 되어버렸다. 그런 시구르드의 주위에 물방울이 점차 늘어나 안개를 형성하고 있는 것을 보면 그는 필시 어떠한 생각을 하고 있다는 것을 미나트는 눈치 챌 수 있었다. 마지막으로 보았던 시구르드의 슬픈 눈길, 그는 자신의 팔 안에 안겨 있는 에이아의 몸을 미나트에게 건네주었다. 에이아는 평안해 보이는 얼굴을 하고 깊은 잠에 빠져 있었다.

"미나트, 넌 아직 어리지만 에이아 아가씨를 지킬 수 있는가? 그녀를 행복하게 해줄 수 있다고 생각하고 있나?"

"행복이라… 물론 그렇게 해주고 싶어. 난 에이아에게 많은 것을 받았지만 그녀에게 갚지는 못했어. 무슨 일이 있어도 그녀를 행복하게 해주고 싶어."

미나트는 에이아를 바라보면서 당연하다는 듯이, 그리고 진지하게 그의 질문에 답했다.

"안심했다."

시구르드는 만족한 듯 고개를 들었다. 그가 고개를 들자 동시에 안개는 더 늘어나 하늘을 뒤덮었고, 그는 손가락을 들어 태양이 있는 곳을 가리켰다.

"그녀의 어머니인 바나 엘시드라는 마검 파프니르와 사라져 버렸어. 마치 너와 에이아님과 비슷한 상황이라고 봐도 무방해. 에이아님이 의지대로 행동한 것처럼 그것도 그녀의 의지대로 행동했

어. 하지만 마검이란 존재는 주인의 명령을 따르지 않으면 안 돼
는 피조물이었던 거야."

"시구르드……."

그러나 그는 마치 혼잣말처럼 자신의 이야기를 계속했다.

"파프니르, 그 역시 그녀를 사랑했을지도 몰라. 하지만 마검 파
프니르는 돌아오라는 주인의 명령을 받았다. 파프니르는 엘시드라
를 죽이면서까지 주인의 명령을 지켰어. 그리고 그는 그녀의 싸늘
한 시신과 함께 바르하시온에게 돌아오게 되었지."

시구르드는 아름다운 에이아의 어머니 엘시드라에 대해 생각하
고 있는 것 같았다. 자신의 자유를 찾아 그녀는 파프니르와 함께
떠났고, 융통성없이 주인의 명령을 따라야만 했던 마검 파프니르
는 그녀를 죽이고 바르하시온에게 돌아왔던 것이다.

"주군인 바르하시온은 겉으로 나타내지는 않았었지만 자신의
사랑하는 아내를 죽인 파프니르를 어떻게 생각했을 것 같나?"

"그야……."

미나트는 자신 같았어도 화냈을 것이라고 생각했다. 그는 미나
트의 대답을 듣지 않고 당연한 듯이 말을 이었다.

"그래, 바르하시온은 또 다른 그의 마검이었던 내게 파프니르를
죽일 것을 명했고, 나는 그 마검 파프니르의 생명을 마시고 말았
어."

"그런……!"

자신의 친구를 죽였다는 죄책감이 그의 마음을 옭아매고 있었
던 것이다. 그는 평생 그 일에 대한 죄책감에서 헤어나지 못했던
것이다. 그것은 아마도 비단 그만이 아니라 다른 마검들도 한번씩
은 겪어보았을지도 모르는 일이었다.

시구르드는 엘시드라가 행복하길 바랬었다. 그리고 그는 그녀가 바르하시온의 마검인 파프니르를 정략결혼을 했던 바르하시온보다 사랑하고 있다는 것을 알고 있었다. 그리고 파프니르가 그런 그녀를 거두어주길 바랬지만 그 융통성없고 충성심 강한 친구는 엘시드라의 시신을 짊어진 채 바르하시온에게 돌아왔던 것이다.

"그래서 나는 에이아 아가씨의 행복을 더욱더 바라고 있는 것인지도 모른다."

그는 잠시도 숨을 쉬지 않았다. 그는 자신 때문에 에이아가 그녀의 어머니인 엘시드라와 똑같은 길을 걸을지도 모른다고 생각했다. 그래도 에이아의 행복한 얼굴을 보면 좋았다. 그래서 파프니르와 같은, 자신과 비슷한 엘시드라처럼 슬픈 결말을 맺지 않길 바랬던 것이다.

"바르하시온이 실험하고 있는 것은 마검이야. 그는 인위적으로 마검을 만들고 있어. 오래전부터 그는 마검에 대한 연구를 계속하고 있지. 바나 엘시드라가 시체가 되어 돌아온 그날부터 마치 미친 사람처럼 그는 연구에 파고들었지."

바르하시온이 어떤 마검을 만들고 있는지 시구르드는 알고 있었다. 그러나 마검을 만들고 있음에도 바르하시온은 자신의 마검을 믿지 않았다. 그토록 충성심 강한 파프니르에게서 사랑하는 아내를 잃은 그는 자신의 명령으로 친구를 죽여야만 했던 시구르드마저 믿지 않았던 것이다. 그래서 시구르드는 짐작만 할 뿐 그가 어떤 일을 행하고 싶어하는지 제대로 알 수 없었다.

"그가 너를 이용해서 무엇을 하려고 하는지는 알 수 없지만, 아직도 넌 그의 실험의 중심에 서 있는 존재야. 중심에 서 있는 너 때문에 에이아님은 좀 더 위험하다는 것을 잘 알고 있어야만 해."

　그러나 그는 에이아의 행복을 위해서 자신보다 미나트가 더 곁에 있어야 한다는 걸 알고 있었다. 그는 고개를 돌렸다.

　"나에게 미래시의 능력은 없다. 난 아시르 인도 아니고 너처럼 인간도 아니니까. 하지만 그런 나도 나의 미래 정도는 알고 있다."

　"무슨 소리를 하는 거지?"

　미나트도 알고 있었을지 모른다. 시구르드, 그가 하려는 일을. 시구르드는 회색 빛 머리카락을 들어 더 많은 안개를 생성했다.

　"내가 함께 있으면 바르하시온은 당신과 아가씨가 있는 곳을 알아차릴 수 있을 거야."

　"시구르드!"

　미나트는 저벅저벅 앞으로 걸어나가는 시구르드를 보고 소리쳤다. 그를 잡아야만 할 것 같았다.

　"너도 남자라면 그녀를 지켜야 하지 않겠나?"

　"……."

　미나트는 에이아를 위해서 떠나는 시구르드를 잡을 수가 없었다. 그는 고개를 돌렸다. 안개가 심해져서 거의 그의 형상이 보이지 않게 되었지만 그가 공손히 고개를 숙여 미나트에게 인사하는 것은 알 수 있었다.

　"로크 족의 미나트, 부탁드립니다, 나의 에이아를."

　그는 공손하게 미나트의 면전에 대고 고개를 숙였던 것이다. 미나트는 그것을 알아차리곤 입술을 깨물어 슬픔을 감춘 채 에이아의 몸을 부드럽게 안고 날개를 폈다. 안개 속에서도 금색의 태양이 있는 빛을 향해 그는 날았다.

＊　　　　＊　　　　＊

에이아가 떠난 후 얼마 지나지 않아서의 일이었다. 아르스리르는 테이블 위에서 은은한 빛을 발하는 호롱불을 앞에 둔 채 쓴웃음을 지었다. 그의 앞에는 검은 머리카락인 리르의 부드러운 이미지와는 반대된 샤프한 이미지의 사카디은이 그와 같은 것을 바라보고 있었다.

"어쩌면 운명이었을지도 몰라. 누님이 미나트를 만난 것은 원래 처음부터 정해져 있는 길이었을지도 몰라. 난 어렸을 적에 날개를 달고 있는 그를 꿈의 형태로 보았지. 처음에는 눈처럼 새하얀 날개였어. 그런데 어느 순간인가 검푸른 색으로 물들어 버린 것을 보았어. 누님은 그에게 다가가 그런 그를 어루만져 주었지."

"리르……."

아르스리르는 깍지 낀 손을 꽉 쥐었다. 슬픔을 참을 때의 그의 버릇이었다.

"시야에 어른거리는 그들의 모습을 볼 때 나는 막고 싶어졌어. 그렇게 될 것을 뻔히 알면서… 나는 그들을 보내고 싶지 않았어. 시구르드… 우리를 사랑해 준 그를 생각하면 절대로 보내고 싶지 않았어."

"리르, 넌 여전히 그런 허상에서 벗어나지 못하는 건가?"

사카디은의 말에 아르스리르는 고개를 끄덕였다. 석양 진 하늘은 곧 어두워졌고 마치 비라도 내릴 듯이 먹구름이 끼어 있었기 때문에 달조차 보이지 않았다.

"사카디은, 어린 시절의 나는 정말 싫었어. 그런 미래를 보는 것은 죽기보다도 더 괴로웠지. 성별이 생기긴 했지만 난 아직 성인식도 치르지 않은 어린애에 불과할지도 몰라."

“……”

그는 리르의 마음을 완전히 이해하기는 힘들었다. 그러나 그의 그런 아픔에 대해서는 어렴풋이 이해하고 있었다.

“난 누님을 막고 싶었어. 하지만 나의 사랑하는 누님은 결국 그 길을 걷게 될 테지. 미나트도 마찬가지야. 그 불쌍한 사람은……. 난 아무것도 할 수 없는 내 자신이 한심해서 미칠 것 같아.”

괴로워하는 리르의 모습을 본 것은 이번이 처음은 아니었다. 그렇지만 이번 일은 특히 리르를 약하게 만들었다. 에이아의 말대로 그에게는 자신을 믿는 힘이 필요할 때였기에 그는 가냘픈 어깨를 들썩이면서도 슬픔을 참고 있었다.

“그건 너도 마찬가지가 아닌가, 리르?”

흔들리는 호롱불을 바라보면서 사카디은이 퉁명스레 말했다.

“사카디은?”

퉁명스러운 분위기의 사카디은의 목소리에 리르는 그 은빛의 눈을 크게 뜨면서 그를 바라보았다.

“나의 미래도 바나 인인 너에겐 보이겠지. 그것이 꿈의 형태로 나타나거나 허상의 형태로 나타나서 너를 괴롭힌다고 해도 그건 결국 이미 정해져 있는 거야. 난 어떻게 된다고 해도 결코 후회하지 않는 삶을 살 거야. 그건 너도 그렇겠지. 그렇지 않은가?”

“……”

사카디은, 그의 말대로였다. 리르가 알고 있는 것은 에이아의 미래만이 아니었다. 자신의 곁에 있는 친구 사카디은도, 심지어는 자신의 일도 모두 알 수 있었다. 그리고 사카디은과 마찬가지로 에이아는 말했다. 자신이 한 일에 대해서 후회는 없다고. 그런 기분을 그도 모르는 것이 아니었기 때문에 사카디은의 말을 이해할 수 있었다.

"너의 누나, 바나 에이아는 절대 후회하지 않는 삶을 살 거야."

사카디은이 단정 지으며 자리에서 일어섰다.

"그래, 그렇구나."

리르는 그제야 흔들리는 눈을 감았다. 알고 있었다, 그들이 후회하지 않는 삶을 살 것이라는 것을.

"그래, 그렇다면 다행이야. 시구르드도 후회하지 않는 삶을 살게 되겠지. 미나트, 미드가르드도……."

가슴이 저려왔지만 그래도 슬픔과 아픔을 잃어버려야 할 때였다.

*　　　　*　　　　*

이다 평원의 언덕은 하얀 안개로 뒤덮여 있었다. 안개로 뒤덮였지만 검은 머리카락의 바르하시온이 시구르드의 위치를 아는 것은 어렵지 않았다. 그의 손 안에는 빙마검 시구르드가 들려 있었고 그의 검신은 그의 본신이 있는 곳으로 자석처럼 이끌리고 있었기 때문이다.

평원 위의 안개 속에서 시구르드가 자신을 기다리고 있었다는 것을 알아차린 바르하시온은 떠오르는 웃음을 숨기지 못했다. 시구르드는 이미 크라겐과 바르하시온이 그곳에 도착했다는 것을 알고 굳게 다물었던 입을 열었다.

"오랜만입니다. 이렇게 직접 면전에서 뵙기는 또 오랜만인 것 같습니다, 나의 로드 바르하시온."

"충성스러운 마검으로서 나에게 돌아온 것인가, 시구르드?"

　바르하시온의 입가에 냉소가 떠올랐다. 그러나 시구르드는 절대 굽힐 생각이 없었던지 그의 앞에 꼿꼿이 서서 흔들림없이 또박또박 말을 건넸다.

　"충성스러운 마검이라……. 전 파프니르를 죽이고 명성을 얻었습니다. 진정으로 그런 것을 충성이라고 여길 수 있을지는 모르겠습니다. 나의 주인이시여, 결국 저는 제 무덤을 파고 말았습니다."

　"오랜만에 만나서 말이 많아졌군, 시구르드. 그래서 그 로크 족의 꼬마는 어디에 있지?"

　크라겐이 직접 나서기 전에 바르하시온은 시구르드를 힐난하는 눈길을 보내며 질문했다.

　"로크 족의 꼬마라고 한다면 호니르의 아들, 미나트를 말씀하시는 겁니까?"

　"그 꼬마는 어디 있지? 나의 용무는 그것뿐이다."

　증오를 감추지 못하면서 바르하시온은 살기가 가득한 눈길을 시구르드에게 보내고 있었다. 시구르드는 그의 살기를 받아내면서도 오히려 바르하시온에게 냉소를 보냈다.

　"당신에겐 에이아님도, 리르님의 일도 보이지 않으시는 모양이로군요. 그렇게 증오라는 감정이 모든 것을 닫아버린 것입니까?"

　"너에게 그런 말 할 권리라는 것은 없다고 생각하는데, 시구르드?"

　"권리란 것은 원래 만들어야 했던 것인지도 모릅니다. 마검의 쇠망의 길도 다 그 때문에 걸어온 것이니까요."

　바르하시온의 눈은 시구르드의 한마디 한마디로 점점 타올랐다. 그의 침착한 행동은 여전했지만 자신도 모르게 손이 떨리고 있는 것으로 보아 바르하시온은 시구르드에 대한 증오심이 사라지지 않는 듯했다.

"쓸데없는 말을 많이 하는군."

그러나 시구르드는 결코 입을 다물지 않았다. 그는 자신이 마검이라는 것을 증오하고 있었다는 것을 깨닫고 있었다. 마검은 언제나 주인의 부당한 처사에도 그 지시를 따라야 한다는 것은 이해할 수 없는 법칙이었다.

"마검은 어리석은 존재인지도 모릅니다. 전 파프니르의 눈빛을 잊지 못합니다. 사랑하면서도 명령을 지키기 위해 그녀를 죽이고 결국 당신께 돌아왔지만, 동생이었고 친구였던 나에게 죽임을 당하게 되었으니까요. 그로 인해 얻은 저의 명성 따위는 휴지 조각만도 못한 것이었습니다."

자신이 바르하시온의 명령을 받아 파프니르의 생명력을 거두어 들일 때 파프니르는 자신을 원망하지 않았다. 차라리 그가 원망의 눈길을 시구르드에게 건넸다면 시구르드는 이렇게 가슴 아프거나 하지는 않았을 것이라고 생각했다. 바르하시온의 손 안에 있던 시구르드의 검신이 새파랗게 빛났다.

"에이아 아가씨, 당신과의 약속은 더 이상 지킬 수가 없습니다."

그는 누구에게 보이기 위해서인지 알 수 없는 환한 미소를 지으면서 양손을 가볍게 들었다. 안개가 더욱 농후해지는 바람에 바르하시온과 함께 온 크라겐을 비롯한 아시르 인들이 당황하기 시작했다.

"빙마검 시구르드, 이곳을 나의 무덤으로 삼겠다."

에이아, 그녀가 행복해질 수만 있다면……

에이아를 위해서라면… 죽어버린 파프니르의 환상에서 헤어 나오기 위해서 이런 선택을 하는 자신에게 후회란 없었다. 그저 원하는 것이었다. 마검이라는 굴레에서 벗어나 그는 자유를 향하고 있었다.

"위험합니다, 바나 바르하시온. 이곳에서 떠나는 것이!"

크라겐이 바르하시온에게 안전한 곳으로의 피신을 요구했지만 바르하시온은 한 발자국도 움직이지 않았다. 안개는 마치 빠른 속도로 구름이 퍼져 나가듯이 넓은 대지를 뒤덮었고 자신의 최후를 맞이하기 위해서 시구르드는 눈을 감았다. 그는 자신에게서 힘이 빠져나가는 것을 느꼈다.

"마검이란 원래부터 쇠망의 길을 걸어야 하는 족속들이다."

"바르하시온!"

바르하시온의 눈은 마검 시구르드가 내뿜은 빛을 바라보고 있었다. 시구르드의 몸이 산산이 부서져 대지에 흩뿌려졌고 서서히 공기 중으로 사그라지고 있었다.

모든 것은 태어났을 때부터 정해져 있었던 것인지도 모른다. 마치 운명처럼 풀리지 않은 매듭처럼 얽혀 있다가 결국 같은 여로를 걸어야 할지도 모르는 법이다. 그러나 그는 비록 그런 일이 있더라도 후회는 하지 않았다.

그리고 그 대지에 폭우가 쏟아졌다.

＊　　　＊　　　＊

쏴아—!

맑았던 하늘에 비가 내리고 땅은 아직 어두움으로 뒤덮여 있었다. 미나트는 날개가 젖어버리는 바람에 더 이상 날 수 없어서 아래 펼쳐져 있던 숲으로 내려왔다. 에이아는 아직 잠들어 있는 상태였다. 그는 그녀가 비에 맞지 않게 하기 위해서 그녀의 몸을 날개로 부드럽게 감싸고 있어야만 했다. 얼마간의 시간이 지난 후 에이아의 눈이 조금씩 흔들리기 시작했다.

"에이아, 에이아, 눈을 떠."

"으응?"

에이아는 미나트의 목소리에 눈을 떴다. 그녀의 눈앞에 비에 젖어 생쥐와 같이 떨고 있는 미나트의 수척한 얼굴이 눈에 들어왔다. 그는 부드럽게 그녀를 향해 웃어주었다. 몸은 따뜻해서 그녀를 덮어주고 있었다.

"비가 오고 있어. 마치 얼음이 녹아서 흘러내린 것처럼 차가운 비야. 하지만 괜찮아. 내가 감싸줄게. 젖지 않도록 해줄게. 그러니까 울지 마."

차가운 비가 내리고 있다는 것, 그리고 그것이 시구르드의 마지막임을 알고 있기 때문에 에이아는 미나트의 가슴에 얼굴을 묻었다. 뜨거운 눈물이 나올 것 같았다.

"시구르드……."

자신을 위해서 모든 것을 버린 시구르드가 보고 싶었다. 그러나 그녀는 이를 악물었다. 눈물이 나오는 것을 꾹 참았다. 어차피 그를 다시 만날 수는 없다.

"울지 않아. 난 울지 않아. 시구르드가 말했어. 그가 바라는 것은 나의 행복이라고. 난 행복해져야만 해!"

"에이아……."

그런 그녀가 안쓰러워서 미나트는 부드럽게 그녀의 이마에 키스해 주었다. 에이아는 미나트를 끌어안았다. 비 때문에 젖은 에이아의 푸른 머리카락이 미나트의 입가에서 맴돌았다.

"미나트, 이대로 날 안아줘. 절대로 놓지 않을 거야. 미나트의 큰 날개에서 절대 빠져나가지 않을 거야."

"에이아……."

에이아를 미나트는 꼭 끌어안아 주었다. 따뜻한 그녀의 몸으로부터 체온이 전해졌다. 그는 자신이 살아 있음을 느꼈다.

"절대로 내 곁에서 떠나가지 않을 거지? 아니, 내가 절대 놓지 않을 거야. 시구르드처럼 놓치지 않을 거야."

"그래, 나도 놓치고 싶지 않으니까."

시구르드의 말대로 그녀를 지키고 싶었다. 아직 아무것도 못하는 약한 자신이 싫었지만 에이아만은 목숨을 버려서라도 지키겠다고 다짐했다.

"이대로 가자. 이대로 가서 살자. 멀리, 아주 멀리 날아서 아무에게도 닿지 않는 하늘로 날아가 버리는 거야. 그렇다면 자유로워지겠지. 슬픔 같은 것은 잊어버리고 날아가 버리자. 아무도 살지 않는 곳에서 사는 거야. 널 지켜줄 수 있는 곳에서……."

"미나트……."

에이아는 그를 안은 손을 놓지 않았다. 절대로 떨어지고 싶지 않았다. 세상은 둘만을 위해서 존재했고, 그들에게 얼음을 녹인 것과 같은 차가운 비가 내리고 있었다.

"절대 놓치지 않을 거야, 나의 작은 새."

시구르드는 그녀의 행복을 바라고 있었고 미나트 역시 그녀의 행복을 바라고 있었다. 일족의 일에 대한 복수심을 가지고 있는 것도 사실이었지만 그녀를 위해서라면 그런 것쯤은 버릴 수 있었다. 그녀의 정신적 지주였던 시구르드에 대한 일도 마음이 아팠지만 그녀의 행복을 위해서라면 그를 위해서 눈물을 흘리고 싶지 않았다. 오히려 그녀에게 미소를 짓고 싶었다. 그렇지 않으면 그 시간은 영영 돌아오지 않을 것 같았기 때문이었다.

"에이아, 이제 괜찮아?"

그녀가 미나트의 가슴에 얼굴을 묻고 있자 잠시 후에 미나트가 걱정스러운 얼굴로 그녀에게 말했다.

"응, 괜찮아."

이 비는 분명 얼음이 녹은 물일 것이다. 목숨을 불태워 천재지변을 일으킬 수 있는 것이 바로 마검의 힘. 그 힘을 미나트는 몸으로 절실히 느끼고 있었다. 에이아의 작은 몸이 그의 팔 안에서 추위로 인해 떨리고 있었지만 그럴수록 그는 그녀를 뼈가 으스러질 정도로 더 세게 끌어안았다.

"미나트, 두려워?"

"아니."

거짓말이었다. 두려웠다. 이젠 시구르드도 없었고 앞을 내다볼 수 있는 아르스리르도 옆에 없었다. 두려운 것은 에이아도 마찬가지였지만 그녀는 그런 내색을 하지 않았다.

"두려워하지 마. 내가 지켜줄게."

곧 이어 비가 멎었고 미나트는 다시 하늘을 향해 날갯짓했다. 그것은 자유를 향한 몸짓이었다. 날개는 아주 자연스럽게 펼쳐져 하늘을 감쌌다.

그 상황에서 그들은 약해질 수도 있었다. 비도 맞은 데다가 마음의 상처를 입고 있는 상태였다. 자신의 불안한 마음을 읽었을 텐데도 에이아는 아무런 내색 없이 미나트를 감싸주었다. 그녀를 지키기로 시구르드와 약속한 미나트는 오히려 에이아에게 위로받고 있는 느낌이 들었다.

미나트는 온 힘을 다해서 날았다.

그는 다른 사람들의 눈에 띄지 않는 곳까지 날고 싶었다. 에이아는 말없이 미나트의 행동에 따랐다. 그녀에게 무리한 여행인 것도 사실이었다. 아시르 인의 눈을 피한다는 것은 불가능한 일이었던 것인지도 모른다. 특별한 능력을 어려서부터 가지고 있던 리르와 같은 바나 인이 그들을 찾는 것은 어렵지 않을 것이다.

그러나 미나트는 그런 그의 시야에서 벗어나고 싶었다. 가능하지 않을 것을 알면서도 그는 한 가닥 희망의 실이 있다면 그거라도 놓치고 싶지 않았다.

그렇게 힘겹게 날아서 도착한 곳은 마을에서 떨어진 외딴 곳에 있는 오두막이었다. 예전에 사냥꾼이 썼을 것 같은 낡은 오두막이었지만 에이아에게 좀 더 편한 잠자리를 제공할 수만 있다면 그런 곳이라도 좋았다.

바람과 비를 막아줄 수 있는 그곳에서 일단 자리를 잡은 후 그는 여행으로 인해 몸이 좋지 않은 에이아를 조금 깨끗하게 치운 의자에 앉혔다. 에이아는 언제나 미안한 눈으로 미나트를 응시했지만 미나트는 기운이 없는 그녀에게 미소로써 답해 주었다.

"난 너에게 많은 것을 받았잖아. 이제부터 차근차근 너에게 갚아 나가고 싶어. 너에게 내가 받은 것들을 되돌려주고 싶어."

"고마워, 미나트. 그렇게 말해 주는 것만으로도 난 너무 기쁜걸."

푸른 머리카락의 에이아는 방긋 웃었다. 하지만 그 웃음에는 슬픔이 담겨 있었다.

"왜 그래, 어디 아파?"

예전보다 얼굴색도 좋지 않고 조금 더 초췌해진 것 같았다. 그러나 에이아는 조금이라도 미나트에게 폐를 끼치지 않으려고 미소를 지었다. 미나트는 그런 에이아와 함께 있는 것만으로도 행복하다고 생각했다.

"아니, 아냐. 기뻐서 그런 거야."

그건 에이아도 마찬가지였던 것 같다. 그녀는 미나트의 얼굴을 지그시 바라보며 안정되는 표정을 지었다.

"기쁘다니?"

미나트는 미소 짓는 그녀의 표정에 반문했다.

"나 말야……."

에이아는 조금 뜸을 들였다. 그녀는 미나트가 허리를 굽혀 자신을 바라보는 것을 보며 하얀 손을 그의 얼굴에 가져다 댔다. 조금 몸이 차갑지만 틀림없이 그녀의 체온이 손을 통해 전해져 왔다.

"에이아?"

"미나트의 아이가 내 안에 있는 것이 느껴져."

에이아가 미나트의 녹색 눈을 바라보면서 대답하자 미나트는 순간 혼란스러워졌다.

"에엑?!"

정확히 말하면 패닉 상태라고 해야 옳아서 머리가 정리되는 데만 해도 수분이 소요되었다. 그러나 당황하는 미나트의 표정을 보고도 에이아는 정말 행복해 보이는 미소를 그에게 지어 보였다.

"그래서 난 행복하다고 생각해. 내 선택을 절대 후회하지 않아. 드디어 난 미나트의 가족이 되는 거잖아."

"가족?"

그제야 겨우 진정이 되는지 미나트는 얼굴에 활짝 미소를 띠었다. 에이아의 말에 그녀가 너무 사랑스럽게 느껴져서 그녀를 번쩍 안아 들고 싶은 충동을 느꼈다. 아무리 숨기려고 해도 숨길 수 없을 정도로 그의 입가에는 미소가 감돌았다. 에이아가 그런 미나트를 보면서 미소를 짓고 있었다.

"에이아……."

솔직히 고마웠다. 로크 족이 전멸한 후 가족이라고 말할 수 있는 존재는 단 한 명도 없었다. 하지만 에이아는 그의 가족이 되어 주었다. 그리고 태어날 아이는 그런 둘을 하나로 결속하는 데 큰 역할을 하게 될 것이리라.

미나트가 무슨 말을 해야 할지 모르겠다고 생각하면서 그녀를 바라만 보고 있을 때, 에이아가 그런 미나트의 얼굴에 따스한 손을 가져다 대면서 말했다.

"나 너무 목이 말라, 미나트. 나에게 물을 찾아다 줄래?"

"물? 물이라고……."

그럴 만도 했다. 물을 마시지 않고서는 아시르 인도, 인간도 살 수가 없다. 그건 미나트도 마찬가지였다. 그런데 오랜 시간을 날아오느라 물은커녕 음식도 입에 대지 못했기에 에이아가 그런 반응을 보이는 것은 당연했다. 그도 에이아의 말을 듣고 나니 목이 심하게 타는 것을 느낄 수 있었다.

"금방 구해 올게. 조금만 기다려."

미나트는 자신을 믿으라는 듯 가슴을 치면서 그녀에게 허세를 부렸다. 극도로 피곤한 상태였지만 에이아에게 그런 말을 들으니 피로함이 사라져 버리는 것 같았다. 그녀의 부탁이라면 무엇이든 들어줄 수 있을 것 같은 상태였고 자신의 앞을 가로막는 그 어떤 장애도 뛰어넘을 수 있을 것 같았다. 미나트는 에이아의 이마에 키스를 한 후 곧 돌아올게라는 말을 남겼다.

“그래……”

미나트는 창백하고 투명해 금방이라도 등에서 날개가 솟아나 하늘로 날아가 버릴 것 같은 에이아의 모습에 눈을 비비고 다시 한 번 그녀를 바라보았다. 그녀는 약속대로 자신의 곁에 있어줄 것이다. 미나트는 그 사실을 믿어 의심치 않았다. 어서 물과 먹을 것을 구해 가지고 돌아오자.

“나와 에이아의 아이라니!”

지금의 상황은 물론 좋지 않았다. 하지만 동시에 어둠 속의 빛과 같이 즐거운 일도 있었다. 그녀를 위해서, 자신과 에이아의 아이를 위해서라면 어떤 어려움도 감수해 나갈 자신이 있었다. 이제 하나가 될 가족을 위해서라면.

에이아는 미나트가 나간 낡은 오두막의 문을 바라보고 약간의 한숨을 길게 쉬었다. 그녀는 오랜 여행으로 지친 몸을 일으키며 오두막 밖으로 나섰다. 그녀는 긴 속눈썹을 드리우며 조용히 입을 열었다.

“바나 프레이, 그곳에 당신이 있지요?”

“과연 바나 에이아로군요.”

에이아는 이미 누군가가 자신들의 가까운 곳에 있다는 것을 알고 있었다. 그것은 남의 마음을 읽는 능력 덕분이기도 했지만 추측에 가까웠다. 바나 프레이, 그는 나무 뒤에서 모습을 드러냈다. 화사한 금발과 푸른 눈의 소유자는 에이아를 힐난하는 눈으로 바라보고 있었다.

“……”

“정말 그 녀석의 아이를 가지고 있는 겁니까?”

그는 조금 눈썹을 찡그린 채로 에이아에게 다가갔다. 프레이는 얇은 유리 조각처럼 아름다워서 부서질 것 같은 에이아에게 조금씩 다가갔다. 그러나 그럴 때마다 에이아는 뒤로 물러섰다.

"……?"

자신과 미나트의 말을 프레이가 엿들었다는 것을 알아챈 에이아는 입술을 깨물었다. 그녀의 눈썹이 약간 흔들리고 있었다. 프레이는 참을 수 없다는 듯이 그녀에게 다가가서 에이아의 어깨를 잡았다.

"그런 인간 따위는 에이아에게 전혀 어울리지 않습니다. 바나인과 인간과의 사랑은 한순간의 객기입니다. 그런 인간 녀석은 내버려 두고 내게로 와주십시오, 바나 에이아."

그러나 그런 프레이의 손을 에이아는 뿌리치고 그의 말에 대해 격한 분노를 느끼며 소리쳤다.

"미나트를 나쁘게 말하지 마세요!"

자신의 손에서 빠져나간 에이아를 바라보는 프레이의 눈은 격하게 흔들리고 있었다. 그의 손이 에이아의 어깨 쪽으로 향했는데 에이아는 일부러 그것을 피했다.

"돌아와 줘."

에이아는 고개를 저었다.

"제가 돌아갈 곳은 그곳에 없어요. 미나트의 옆이 내가 있어야 할 자리인걸요?"

그러나 프레이는 평소의 자존심 강한 그에게는 어울리지 않는 표정을 지으면서 그녀를 설득하기 시작했다. 원래는 에이아에게 관심이 없었던 그였다. 그렇지만 남의 것이 되는 것은 참을 수 없었고, 배신당했다는 분노와 질투가 그의 심장을 불살랐던 순간부터 그는 마력과 같이 에이아에게 빨려들었던 것이다.

"이곳에 있으면 당신은 죽게 될지도 모릅니다. 이 나는 당신을, 당신이 어떤 상황일지언정 제 옆에 있길 바래요."

"싫어요."

에이아는 단정적으로 대답했다.

"왜입니까? 내가 그 인간보다도 못하다는 건가!"

프레이는 이해할 수 없다는 듯 양손을 들어 올리며 허탈한 표정을 지었다. 절규에 가까운 발언이었다.

"당연하잖아요."

"왜죠? 전 그보다……!"

나는 인간보다 더 고귀한 존재다. 이해할 수 없다. 프레이는 그렇게 생각했다. 그는 격한 분노를 느끼며 입술을 깨물었다. 분노로 인해서 손이 떨렸고 그렇기 때문에 앞에 있는 유리 인형같이 아름다운 여성에게 좀 더 사랑을 느끼게 되었다. 에이아는 그런 프레이를 무시하고 잔잔한 바람이 불어오는 오두막의 맞은편으로 고개를 돌렸다. 하늘빛 머리카락이 흔들렸다.

"전 그의 목소리가 좋아요. 존재 자체가 좋고 내가 살아 있다는 걸 느끼게 해줘요. 그리고 그의 날개가 좋아요. 부드럽고 아주 크고 아름다워서 절 덮어주거든요."

그렇게 말하는 그녀의 얼굴은 분명히 행복해 보였다. 행복에 겨운 얼굴로 자신을 바라보는 에이아 때문에 프레이는 더욱더 분노를 느끼고 있었다.

"하지만 그런 것만으로……!"

나도 그 녀석 같은 것의 대용이 될 수 있다고, 아니, 난 그보다 훨씬 더 뛰어나라고 그는 마음속으로 외치고 있었다. 에이아는 마

음속으로 격하게 외치는 프레이를 정면으로 바라보면서 고개를
끄덕였다.

　"바나 프레이, 당신은 그대로도 충분히 멋지고, 앞으로도 혼자서
살아갈 수 있어요. 하지만 미나트는 저 없이는 살 수 없어요. 그래
서 제가 후회하지 않는 거예요."

　"후회할 만한 일이 벌어지게 될 거야."

　"무슨 일이 있어도 후회하지 않아요."

　에이아의 눈동자에는 흔들림이 없었다. 여행으로 인해 프레이의
성에 있을 때보다 확실히 피곤해 보였지만 눈과 표정만은 달랐다.
에이아의 표정은 행복에 겨운 그런 표정이었다.

　"그, 그런……."

　프레이는 절대 미나트에서 에이아를 떨어뜨릴 수 없다는 것
을 알고 있었다. 프레이가가 처음으로 맛본 인생 최대의 벽이었다.
그가 에이아의 말을 듣고 포기한 채 몸을 돌렸을 때 그의 뒤편에
서 익숙한 발자국 소리가 들렸다. 마치 기계처럼 정기적인 그 발
자국 소리와 함께 단정하게 묶은 윤기없는 검은 머리카락이 어둠
속에서 나타났을 때야 비로소 그가 크라겐이라는 것을 확신시켜
주었다.

　"역시 당신을 따라오면 알 수 있으리라 생각했습니다, 바나 프
레이."

　"라하인 아시르 크라겐?!"

　크라겐을 본 에이아는 조금 당황하고 있었다. 프레이도 크라겐
이 자신의 뒤를 미행했다는 것이 약간 의외라는 듯이 눈을 크게
떴다.

　"바나 바르하시온의 명령입니다. 바나 에이아, 돌아가시지요."

크라겐의 무뚝뚝한 말에서 에이아는 혐오감을 느꼈다. 절대로 그를 따라가고 싶지 않았다.

"싫어요! 당신은 절 미끼로 해서 미나트를, 미나트를 손에 넣으려고 하는 거잖아요?!"

"비니 바르하시온은 지금 다치셨습니다. 마검 시구르드의 힘 때문이었습니다. 당신은 돌아가셔야만 합니다."

"시구르드……!"

에이아는 심장이 격동적으로 흔들림을 느꼈다. 자신을 위해 생명을 버린 시구르드에 대한 것이 가슴에 쓰라린 상처로 남아 있던 것이다. 아버지와 시구르드에 대한 이야기를 듣자 에이아는 입술을 깨물면서 한 발자국씩 뒤로 물러섰다.

"자, 갑시다, 바나 에이아."

"싫어요. 가지 않을 거예요!"

크라겐은 여전히 에이아의 반응에도 무뚝뚝했다.

"그가 다치는 것을 보고 싶습니까?"

크라겐의 협박 아닌 협박에 에이아의 눈동자가 크게 흔들렸다.

"당신은 가셔야 합니다. 이 주위는 마검을 가진 병사들로 무장되어 있습니다."

크라겐의 말은 사실이었다. 이전에는 느껴지지 않았지만 지금은 뚜렷이 다른 사람들의 마음이 느껴지고 있었다. 게다가 그들은 아시르 인만으로 되어 있는 바르하시온의 정예 부대였다.

"어느 사이에!"

에이아는 바르하시온의 치밀함에 혀를 내두르지 않을 수 없었다. 에이아는 바나 프레이 쪽으로 고개를 돌렸다. 프레이 역시 알고 있었는지 눈썹을 찌푸린 채 에이아의 질책의 눈이 두려워 맞은 편으로 고개를 돌릴 뿐이었다.

"죄송합니다만 바나 프레이, 당신의 그 능력을 바나 바르하시온은 높게 평가하고 있었던 겁니다. 바르하시온이 실험체의 위치를 아는 것은 마검 시구르드가 없이도 가능한 일입니다."

"……"

프레이는 쓴 미소를 지었다. 프레이에겐 무엇이든 찾을 수 있는 천리안과 같은 능력이 있었다. 그것은 미래의 일을 내다보는 아르스리르와는 또 다른 예견의 능력이었다.

"날 미끼로 미나트를 잡으려고 하는 거잖아요?"

에이아는 도망칠 수 없다는 것을 알고 있으면서도 물러서고 싶은 생각이 없었다.

"당신 아버지의 명령입니다."

"아버지가 원하는 것은 절대 저 같은 것이 아닐 거예요. 그가 원하는 것은 단지, 단지 자신의 복수를 위해 실험하고 성공하는 것일 테니까."

미나트가 돌아오게 되면 놀랄 것이다. 겨우 행복해졌다고 생각했는데… 영원히 도망치더라도 좋으니까 함께 있었으면 좋겠다고 생각했는데……. 에이아는 가슴이 무너져 내리는 것을 느꼈다.

'제발 이곳으로 오지 말아줘!'

미나트에게 그녀는 알리고 싶었다. 이곳으로 돌아오면 나쁜 결과가 일어날 것이다. 이럴 줄 알았다면 그때 미나트와 함께 떠났어야 했는데. 아니, 그래도 결과는 마찬가지였을지 모른다.

"바나 프레이, 당신은 돌아가 주십시오. 이곳은 저, 크라겐에게 맡겨주세요."

"아니, 이곳에 남겠어."

"그렇습니까? 하지만 후회는 마십시오."

크라겐은 냉소를 띠면서 대답했다. 프레이는 그가 한 말이 무슨 뜻인지 잘 알지 못했지만 기분이 나빠져서 그와 반대 편으로 고개를 돌리며 혀를 찼다.

크라겐은 다른 아시르 인들에게 지시를 내려 그녀의 손을 잡도록 명했다. 에이아에게 저항할 힘이 없다는 것을 그도 이미 알고 있는 터였다.

"무슨 짓을 하려는 거예요, 크라겐, 저에게 다가오지 말아요!"

미나트에게 가야만 하는데, 그래서 미나트에게 알려야 하는데……. 이곳에 오지 말아달라고! 그녀는 미나트가 사라진 저편을 보면서 슬픈 표정을 지었다. 하지만 미나트는 반드시 이곳으로 돌아올 것이다. 자신이 먹을 것과 마실 것을 가지고.

"바나 에이아, 자각하십시오. 돌아가셔야 합니다. 이곳은 당신이 있어서는 안 될 자리입니다."

"거짓말! 나를 이용하려고 하는 것뿐이잖아요?!"

"바나 바르하시온께서 큰 상처를 입으셨습니다."

시구르드에게 상처를 입었다는 소리는 들었지만 사태가 심각하리라고는 생각하지 않았다. 크라겐은 에이아에게 냉랭하게 말했다.

"당신은 그분의 딸로서 자각하셔야 합니다."

예지의 능력을 가지고 있던 아르스리르는 이미 이것을 알고 있었을 것이다. 알면서 말하지 못했을지도 모른다. 그리고 혼자 괴로워하고 그 짐을 짊어지려고 했을 것이다. 에이아는 그 순간 자신의 사랑하는 동생이 불쌍해졌다. 아니, 어쩌면 그녀 자신도 알고 있었던 것인지도 모른다. 미나트를 떠나보낼 때 그녀는 이런 일이 일어나리라는 것을 짐작했고 시구르드가 자신의 목숨을 버렸을 때 그가 곧 사라질 것이라는 것을 눈치 챘을 것이다. 아니, 훨씬 이전으로 돌아가서 에이아 그녀가 토끼의 약을 구하기 위해 들어갔던 로크의 영지에서 미나트를 처음으로 만났을 때 이미 이렇게 될 것을 알고 있었던 것인지도 모른다.

"이곳에서 기다리면 나타날 것이다."

크라겐은 다른 아시르 인들에게 지시를 내렸다.

"크라겐!"

크라겐의 이름을 불렀지만 그는 답해 주지 않았다. 그가 오직 따르는 것은 바르하시온의 명령일 뿐이다. 그녀의 말 따위는 이전부터 들어준 일이 없었다.

미나트는 에이아에게 줄 것을 가까운 마을에서 간신히 구할 수 있었다. 신선한 물이 담긴 병과 약간의 음식이었다. 돈이나 바꿀 만한 귀중품은 없었지만 겨우겨우 돌아다니며 얻어낸 것들이었다. 그는 에이아가 기뻐할 것을 생각하면서 달리고 있었다. 돌아가면 그녀가 반겨주리라고 생각했다. 곧 어둑어둑해질 것 같아서 걱정하고 있겠지라고 생각하며 그는 발걸음을 재촉했다. 그런데 어둑어둑해진 가운데 낯선 자들이 자신들이 있던 오두막을 감싸고 있는 것을 깨달았다. 그는 초조한 기분이 들었다.

'에이아!'

그녀의 일이 우선적으로 걱정됐다. 그들은 틀림없이 바르하시온 수하의 사람들일 것이다. 이런 사실을 깨달았다면 자리에서 피해야 하는 것이 틀림없는 사실이지만 에이아의 일이 걱정되어서 발걸음이 더 빨라지고 있었다.

그는 에이아가 있는 오두막 쪽으로 무작정 날개를 펴고 날았다.

이젠 익숙해진 비행임에도 그는 초조함을 느끼고 있었다. 그곳에 에이아가 없다면?

그는 온갖 상상을 다 해보았지만 그곳에 도착하기 전에는 진실은 알 수 없는 법이다.

"옵니다!"

누군가의 목소리가 들렸다.

"어느 누구의 무슨 방해가 있더라도 죽지 않을 정도로만 상처를 입히고 산 채로 사로잡아야 한다!"

크라겐의 목소리가 들려왔다. 마검을 든 인간들의 모습이 보였다. 그리고 한쪽에서 떨고 있는 에이아의 모습도!

"에이아!"

"오지 마, 미나트! 오지 말라고!"

그녀를 잡고 있는 것은 프레이, 화사한 금발을 늘어뜨린 푸른 눈의 남자였다. 그는 경멸 어린 눈동자로 미나트를 노려보고 있었지만 미나트의 눈에는 오로지 에이아밖에는 보이지 않았다.

"에이아!"

미나트는 이젠 절대로 떨어질 수 없다고 생각했던 에이아를 보고 외쳤다. 그러나 무장한 마검을 들고 있는 남자들이 자신을 향해서 달려오는 것을 알 수 있었다. 조금 더 에이아에게 빨리 가고 싶었다. 에이아에게 빨리 다가가기 위해서 조금 더 빨리 하늘을 날았다. 그녀에게 다가가 그녀의 작은 몸을 안고 그 부드럽고 큰 날개로 감싸 안아주고 싶었다.

그런데 불에 타오르는 듯한 아픔을 느끼면서 그의 날개에서 타는 듯한 아픔이 전해왔다.

"욱!"

미나트는 신음 소리를 냈다. 아무리 날갯짓을 해도 더 이상 날 수 없었다. 쿵 소리와 함께 마검의 날에 베여 잘려 나간 그의 날개는 땅 위로 떨어졌다. 붉은색의 피를 대지에 흩뿌리고, 또 검푸른 날갯깃을 날리면서.

"미나트!"

에이아는 몸부림치며 그의 이름을 불렀다.

프레이는 한순간 손의 힘이 빠져나가는 것을 느꼈다. 그것은 있어서는 안 될 일이었지만 그 순간을 놓치지 않고 에이아는 달려나가 미나트의 다른 한쪽 날개를 감쌌다. 미나트가 손에 잡히자 에이아는 핑글 도는 눈물을 감추지 못하고 그의 날개를 껴안았다.

"에이아, 오지 마! 안 돼!!"

그러나 검은 움직임을 그치지 못했다. 마검은 주인의 명을 따라 다른 한쪽의 날개를 베었다. 그러나 날개가 있는 장소에는 푸른빛의 머리칼, 그리고 황금색 눈동자를 가진 에이아의 왜소한 몸이 있을 뿐이었다.

"에이아!"

미나트는 에이아를 감쌌다. 만일 날개가 잘리게 되더라도 좋았다. 그녀가 자신의 손안에서 날아가지 않기를 바랬다.

피가 튀었다. 에이아의 입에서 가느다란 피가 흘러내리자 동시에 그의 날개에도 극심한 통증이 왔다. 사방이 금세 피로 번져 나갔다. 미나트는 자신의 눈을 의심했다. 그토록 격하게 몸을 떨고 있는 상처 입은 새가 에이아라니… 믿고 싶지 않았다.

"응?"

그는 수초가 지난 후에야 비로소 그것이 현실임을 깨달았다. 자신의 팔 안에 식어가는 에이아의 몸이 만져졌다.

"에이아?"

에이아의 머리카락은 땅에 닿아 붉은 피를 흡수했다. 에이아는 자신의 몸에서 튄 피에 젖어 있는 미나트를 바라보았다.

"미나트……."

미나트는 눈물이 흘러나오는 것을 보이지 않으려고 꾹 참았다. 그렇지만 눈앞에서 그를 바라보고 있는 에이아를 볼 땐 참을 수 없었다.

"말하지 마. 말하지 마, 에이아."

"미나트의 날개를 지키고 싶었는데… 항상 곁에 있어주고 싶었는데… 미안해……."

에이아의 황금 빛 눈이 그를 응시하고 있었다. 그러나 얼마 지나지 않아서 다른 것을 응시하게 될 것이다. 그녀도 알고 있었다. 아르스리르가 보았던 자신의 미래. 그래서 그처럼 불안했고 또 그렇게 행복했던 것인지도 모른다. 그래서 그의 가족이 되었다는 행복감에 젖어 그의 품 안에 있을 수 있었던 것인지도…….

"앞을 봐, 미나트. 나를 위해서 잊지 말아줘. 앞을 보고 날아야만 한다는 것을……."

미나트는 결코 믿을 수 없었다. 차가운 공기도 그의 정신을 맑게 해주진 못했다.

그는 그녀의 몸을 가볍게 흔들어보았다. 에이아는 더 이상 거친 호흡도 하지 않고 그의 손을 잡았던 손을 놓았다.

"에이아……!"

그녀의 이름을 불러보았다. 몇 번을 불러도 그녀는 답하지 않았다.

“······.”

대답하지 않는 그녀에게 그는 처음으로 원망을 느꼈다. 절대 떨어지지 않겠다고 약속했으면서! 그는 울분이 솟구치는 것을 느끼며 그녀의 이름을 부르고 그녀의 몸을 격하게 흔들었다. 아무리 그렇게 흔들어도 대답은 돌아오지 않았다.

“에이아! 너는 나에게 모든 것을 주었지만 난 너에게 아무것도 주지 않았어. 나에게도 너에게 줄 기회를 줘! 눈을 뜨고 나에게 ‘그래’라고 말해 달라고!”

그래, 라고 대답해 준다면 얼마나 좋을까.

“······.”

그러나 그녀가 대답할 리가 없었다. 앞을 보라고 그녀는 그의 어머니와 같은 말을 남기고 떠나갔다. 뭐가 행복했다는 거냐! 뭐가 후회하지 않았다는 거냐?!

그는 소리쳤다.

“에이아—!”

대답할 리 없는 그녀의 이름을 불렀지만 에이아의 몸은 더 이상 움직이지 않았다. 황금 빛 눈은 더 이상 뜨이지 않았다.

“차라리······.”

에이아를 따라갈 수만 있다면······! 그는 그렇게 생각하고 크라겐에게 달려들었지만 크라겐은 냉소를 보냈다.

“그럴 순 없지, 로크 족의 미나트. 바르하시온의 명령이다.”

피도 눈물도 없단 말인가?! 에이아는 바르하시온, 자신의 딸이 아니던가?!

이해할 수 없어! 절대 이해할 수 없는 일이다! 그리고 절대 용서할 수 없는 일이다! 에이아는 무엇을 위해 목숨을 버렸고, 어째서 미나트 자신은 그녀를 끝까지 행복하게 해주지 못했단 말인가.

미나트의 몸에 적지 않은 충격이 왔다. 날개가 엉망으로 잘려 나가서 몸의 균형이 맞지 않았던 데다가 아시르 인들 중 하나가 그의 등을 내리찍었기 때문이기도 했다. 절대 죽이려고는 하지 않았다. 그는 한 아시르 인에게서 검을 빼앗았다.

에이아를 따라갈 수만 있다면……. 그는 그렇게 생각했지만 그것도 한순간일 뿐. 언제 나타났는지 알 수 없는 바르하시온의 손이 미나트의 자해를 막았다. 그의 멀쩡했던 한쪽 얼굴은 심하게 일그러져 있었는데 그 때문에 더욱더 그로테스크한 분위기를 연상시키고 있었다. 그의 얼굴이 보이자 미나트는 허탈하게 웃었다. 눈물이 흐르는 것은 멈출 수 없지만 입은 미친 사람처럼 웃고 있었다.

바르하시온은 그런 미나트를 보면서도 무표정할 뿐이었다. 크라겐이 그의 옆에 가서 섰다.

"당신은, 당신은 어째서 그런 짓을 하고 있는 거지?!"

미나트의 질문에 바르하시온은 대답하지 않았다. 미나트의 손에서 검이 떨어져 나갔다.

"절대 이해할 수 없어! 어떻게 그런 짓을… 어떻게 그런 짓을 할 수 있는 거지?"

그는 웃는 것도, 우는 것도 아니었다. 아니, 정확히 슬픔을 토로하고 있었다. 바르하시온을 이해할 수도 이해하고 싶지도 않았다. 그는 주저앉았다. 땅을 양팔로 짚고 흐르는 눈물을 닦을 생각조차 하지 않았다.

"이해할 수가 없다고. 당신은 절대로……."

마치 미친 사람처럼 그 말을 되뇌이면서 주먹을 꽉 쥐었다.

미나트의 종족을 말살시키고 또 자기 자신의 딸이 죽어도 눈 깜짝하지 않는 남자, 바르하시온은 미나트를 내려다보았다.

"이해할 필요는 없다."

그는 그렇게 대답하면서 크라겐에게 모든 것을 위임했다.

"에이… 아……."

단지 행복하게 해주고 싶었을 뿐이었다.

절대로 놓치고 싶지 않았다. 손을 놓으면 날아가 버릴 것 같았는데… 그래서 영원히 놓아주고 싶지 않았는데…….

아직도 내 옆에서 숨을 쉬고 있을 것 같은데, 그 밝은 얼굴로 웃어주면서 내 모든 것을 꿰뚫어 본 줄 알았었다. 영원히 내 곁에서 잔잔한 금색의 파동을 느끼면서 푸른 하늘을 날 수 있을 줄 알았다. 작은 새와 함께였으니까.

어디에 있어도 함께 있고 싶었다. 그 숨결을 잊고 싶지 않았었다.

하지만 이제 어디에도 그녀는 없다.

어디에서도 그녀를 찾아볼 수 없고 그 어디에서도 그녀의 숨결을 느낄 수 없을 것이다.

이 세상 어디에도 그녀는 없는 것이다.

그녀가 있는 매일이 좋아서, 날마다 날마다 그녀가 좋아져서 터질 것 같은 가슴을 움켜쥐곤 했는데… 믿을 수 없는 일이었다.

행복해지고 싶은 것은, 그것은 당연한 것이었는데…….

절대 잊지 않아! 잊을 수 없어. 사랑하는 사람의 얼굴을, 숨결을, 목소리를!

잊고 싶지 않았어…….

둔탁한 머리의 충격과 함께 미나트의 몸은 균형을 잃고 하늘에서 떨어지는 것처럼 그 자리에 쓰러졌다. 그의 날개는 날카로운 칼날에 잘려 나가 깃털이 심하게 흩날렸고 흩날리는 깃털이 땅에 닿기 전에 미나트의 몸이 대지와 맞닿았다.

"바나 바르하시온, 그에게 상처를 입혀도 상관없습니까?"

크라겐이 약간 걱정된다는 듯이 물었지만 바르하시온은 무표정이다.

"이제 그런 날개 같은 건 필요없어."

바르하시온은 가볍게 오른손을 들어 크라겐과 다른 사람들에게 지시를 내렸다.

"알겠습니다, 바르하시온. 유그드라실의… 미드가르드의 계획이 성사될 수 있었던 것을 축하드립니다."

그는 고개를 숙여 바르하시온에게 인사했지만 바르하시온은 뒤도 돌아보지 않고 자신의 저택으로 돌아가려고 하고 있었다. 그는 웃고 있는 것도, 울고 있는 것도 아닌 묘한 소리를 냈다.

하늘에 구름이 새까맣게 드리워졌다. 시구르드가 자신의 생명을 불살랐을 때와 마찬가지로 하늘에서 차가운 비가 한두 방울씩 떨어지기 시작했다.

"어리석은 일이다, 남을 사랑한다는 것은."

바르하시온은 피가 튀어 흩어진 에이아의 몸을 바라보면서 나지막이 중얼거렸다. 바람이 불어왔고 금빛 눈동자의 추억은 그처럼 바람에 실려 사라졌다.

만일 그때 그 장소에서 당신을 만나지 않았더라면, 우리는 서로 모르는 사람이었겠지.

흔한 말을 건네면서 매일이 새롭다고 느끼지 못했겠지.

절대로 후회하지 않아. 그때 그 장소에서 당신을 만난 것을 후
회하지 않아.
당신을 만났다는 것 자체가 기적과 같은 것이었으니까.

〈 8권에 계속 〉

제너시스
(cosmo 0013)

강현준판타지 장편 소설 / 1~2 / 값 7,500원

신비로운 비밀로 가득한 세계
곧 우리가 경험할지도 모를 가까운 미래
판타지, 그 이상의 판타지!!

신인작가 모집

시작이 반이라고 했습니다.
작가의 길에 대한 보이지 않는 벽을 과감히 깨뜨리십시오!
청어람은 작가 지망생 여러분들의
멋진 방향타가 되어 드리겠습니다.

저희 도서출판 청어람에서는
판타지 소설 신인 작가분들을 모집합니다.
판타지 소설을 사랑하시는 분들의 많은 참여를 바랍니다.
소정의 원고(A4용지 150매)를 메일이나 우편으로 보내주시면
검토 후 출판 여부를 알려 드리겠습니다.

주소:경기도 부천시 원미구 심곡1동 350-1 남성B/D 3F · 우편번호420-011
TEL:032-656-4452 · FAX:032-656-4453
e-mail:eoram99@chollian.net